BERSERKER

AF205863

Über den Autor

René Falk wurde 1955 geboren. Er ist ein echter Rheinländer und lebt in Troisdorf, einem Nachbarort von Köln. Schon sehr früh zeigte sich seine Neigung zum Schreiben von Kurzgeschichten, vor allem im Bereich SF und Fantasy. In späteren Jahren richtete sich sein Interesse mehr auf das Genre Krimis & Thriller und bald begann er selbst damit, Krimis zu schreiben. Er legt großen Wert darauf, seine Leser zu unterhalten, und wenn ihm dies mit seinen Geschichten gelingt, hat er sein Ziel erreicht.

BERSERKER

René Falk

Jede Verwendung von Bild und Text, auch auszugsweise, ist ohne schriftliche Zustimmung des Autors strafbar. Dies gilt auch für die Vervielfältigung, Übersetzung und die Überführung in elektronische Systeme. Sämtliche Namen, Charaktere und Handlungen sind frei erfunden und reine Fiktion des Autors. Alle Ähnlichkeiten mit lebenden oder toten Personen sind rein zufällig und nicht beabsichtigt. Sämtliche Namen und Charaktereigenschaften der Protagonisten sind zudem geistiges Eigentum des Autors und dürfen ohne dessen ausdrückliche Zustimmung nicht benutzt werden.

Bibliografische Information der Deutschen Nationalbibliothek: Die Deutsche Nationalbibliothek verzeichnet diese Publikation in der Deutschen Nationalbibliografie; detaillierte bibliografische Daten sind im Internet über http://dnb.dnb.de abrufbar.

René Falk
BERSERKER

Umschlaggestaltung: *Bryan Gehrke, Buchcovers.de*
Text und Innenillustrationen: *René Falk*

© *2020 Alle Rechte vorbehalten.*

Herstellung und Verlag:
BoD - Books on Demand, Norderstedt

ISBN: 978-3-7519-5883-7

Inhaltsverzeichnis

Über dieses Buch

Frühjahr 2020: Kriminalhauptkommissarin Denise Malowski arbeitet wegen der Corona-Pandemie im Homeoffice. Eines Nachts hört sie verdächtige Geräusche aus dem Nachbarhaus und ruft unverzüglich ihre Kollegen, die dort eine grausam zugerichtete Leiche finden. Denise wird bei den Ermittlungen dieses Mal nicht nur durch ihre dreijährige Tochter auf Trab gehalten, sondern muss sich zusätzlich um den erkrankten Ehemann kümmern.

Der tägliche vierfache Spagat zwischen Ehefrau, Hausfrau, Mutter und Polizistin bringt Denise Malowski schon bald an die Grenzen ihrer nervlichen Belastbarkeit. Zudem wird sie mit der beängstigenden Tatsache konfrontiert, dass das Verbrechen, welches sie geschworen hatte zu bekämpfen, ihren ureigensten Lebensraum und den ihrer Schutzbefohlenen erreicht hat!

»Der Begriff ›Berserker‹ wird erstmals in mittelalterlichen skandinavischen Quellen erwähnt und bezeichnet einen im Rausch kämpfenden Krieger. Die Redewendung ›wie ein Berserker wüten‹, bezieht sich auf solche Streiter. Sie waren bei ihren Gegnern gefürchtet, weil sie immer extrem wild und mit unbändiger Gewalt kämpften. Im Rausch der Schlacht nahmen diese Männer keine Schmerzen mehr wahr, weswegen man heute diese Redensart benutzt, wenn Menschen sinnlos herumtoben und dabei nicht selten gewalttätig sind.« Quelle: Wikipedia

KAPITEL 1

Sonntag, 3. Mai, 20:01 Uhr

»… und der stattliche Prinz und die schöne Königstochter lebten glücklich und zufrieden miteinander bis an das Ende ihrer Tage!« Denise Malowski klappt das Märchenbuch zu, aus dem sie Leonie eine Geschichte vorgelesen hatte, und gibt ihrer dreieinhalbjährigen Tochter einen Kuss. »So, Sternchen – jetzt wird aber geschlafen!«

Ein frommer Wunsch, der jedoch durch die grüblerischen Falten, die unvermittelt auf der Stirn des kleinen Mädchens erscheinen, sofort zunichtegemacht wird. Wenn das Kind diesen Blick aufsetzt, werden nahezu unvermeidbar endlose Diskussionen folgen, wie ihre Mutter aus leidvoller Erfahrung weiß.

Das mit dem Stirnrunzeln hat sie definitiv von mir, seufzt sie in Gedanken. *Diese Unart muss ich ihr unbedingt ganz schnell abgewöhnen, sowas gibt nur frühe Falten! Die schönen braunen Augen hat sie aber dafür von ihrem Vater geerbt, das ist nicht zu übersehen!*

Wogegen die goldblonden Locken wohl für alle Zeit ein Mysterium bleiben werden, da außer Oma Malowski niemand aus der Verwandtschaft blond ist. Wobei aber zwischen ihr und der Enkelin keine Blutsverwandtschaft besteht, weil Denise von ihr adoptiert wurde. Deren Haarfarbe stellt ein helles Braun dar und Svens Haarpracht ist dunkelbraun, fast schwarz.

Der lautstarke Protest, mit dem sie aus ihren Gedanken gerissen wird, kommt trotz der unübersehbaren Vorzeichen unvorbereitet. »Aber die Geschichte ist doch noch gar nicht zu Ende, Mama!«, zieht die Kleine einen Flunsch. »Da fehlt noch was!«

Denise blättert ratlos die letzte Seite um und schüttelt den Kopf. »Es tut mir leid, Herzchen, aber das war wirklich alles. Mehr steht da nicht geschrieben!«

»Was ist denn mit dem Drachen passiert?« Leonie ist ganz begeistert von diesen feuerspeienden Ungetümen, weshalb in jeder vorgelesenen Gute-Nacht-Geschichte mindestens *eines* davon vorzukommen hat! In dem heutigen Märchen war das zwar von dem unbekannten Verfasser nicht vorgesehen, Denise hatte aber ganz geschickt – wie sie bis zu diesem Augenblick angenommen hatte – einfach einen unglaublich freundlichen Drachen mit dem klangvollen Namen Windfang eingebaut.

Oje! Ihre Gedanken überschlagen sich förmlich. *Jetzt nur nichts Falsches sagen!* »Der Drache? Nun, der ist nach Hause zu seiner eigenen Drachenfrau und den sieben kleinen Drachenkindern zurückgeflogen und alle sind glücklich und zufrieden«, fällt ihr eine einigermaßen kindgerechte Antwort ein. Wie es scheint, hat sie den richtigen Ton getroffen, denn Leos Gesichtchen entspannt sich sichtbar. *Uff!* Denise wischt sich in Gedanken virtuell über die Stirn.

Aber die Gefahr ist längst nicht abgewendet, wie Leonies nächste Frage beweist: »Mama, was ist eigentlich ein Mohr?« Dieses Mal sind ihre kleinen Augenbrauen fragend in die Höhe gezogen.

»Wie kommst du denn jetzt darauf, Engelchen?«, fragt Denise verwundert, obwohl sie eine gewisse Ahnung beschleicht, worauf das Mädchen hinauswill.

»Jessika hat gesagt, dass Amara ein Mohr ist!«

Gemeint ist die fünfjährige Nachbarstochter, mit der sich Leo seit der gemeinsamen, durch die Corona-Krise verursachten Hausquarantäne zu ihrem Verdruss nur noch über den Zaun hinweg unterhalten kann. Und Amara ist die IT-Spezialistin aus der Forensik der Siegburger Kriminalpolizei, für die Denise Malowski als Hauptkommissarin ermittelt. Wenn sie nicht wie derzeit im erzwungenen Homeoffice ist, weil ihr Ehemann und Leos Vater

Sven positiv auf das Virus getestet wurde und sie aus diesem Grund das Haus seit nunmehr über einer Woche nicht mehr verlassen darf.

Die dunkelhäutige Amara Jones war vor einigen Tagen hier, um eine moderne Videoanlage zu installieren, mit der nicht nur Videokonferenzen mit dem Kommissariat möglich sind, sondern ebenfalls mit ihrem Ehemann, der für die Dauer seiner Erkrankung in die Räume der in das Haus integrierten Steuerberaterpraxis umgezogen ist, um den Rest der kleinen Familie nicht zu gefährden. Denise und Leonie sind nach Lage der Dinge noch nicht infiziert und Sven kann von dort, soweit sein Zustand es zulässt, seine Klienten wenigstens telefonisch beraten.

Auf diese Weise kann Leo ihn mehrmals am Tag sehen und mit ihm sprechen. Sie quengelt seitdem auch nicht mehr allzu oft wegen dessen erzwungener Abwesenheit, worüber Denise ganz froh ist. Das Kind bekommt dadurch hoffentlich nichts davon mit, dass ihr Vater mittlerweile starke Symptome der Krankheit zeigt und es ihm zeitweise recht schlecht geht. Und wie erklärt man einem so kleinen Kind die ganze Situation, wenn sogar Erwachsene zum Teil damit überfordert sind?

Zum Glück kann das Mädchen die möglichen Konsequenzen in ihrem Alter noch nicht vollständig abschätzen und genießt stattdessen die für sie neue Erfahrung der mehrmalig über den Tag verteilten Videochats mit ihrem Vater sichtlich. Wahrscheinlich kommt sie sich ein kleines Stück erwachsen dabei vor.

Die Mitte März von der Regierung verordneten, dringend erforderlich gewordenen Kontaktbeschränkungen gehen den Menschen mittlerweile auf die Nerven und auch Denise würde viel lieber mit ihrem Partner Tobias Heller ermitteln, als hier zu Hause an irgendwelchen Altfällen zu arbeiten. So etwas ist eher eine Aufgabe für ihre Kollegin Christina ›Chrissie‹ Ohlsen, die solche Recherchen mit großer Begeisterung durchzuführen pflegt.

Andererseits kümmert sich Denise tagsüber vornehmlich um den kranken Ehemann, der in seinem Zustand nicht in der Lage ist, sich selber zu versorgen. Persönlicher Kontakt und Zuwendung sind zudem jetzt extrem wichtig, selbstverständlich mit Sicherheitsabstand und beiderseitigem Mundschutz. Es ist schließlich der Gedanke, der zählt. Sein Krankheitsverlauf bereitet ihr zwar nicht geringe Sorgen, aber so ergibt ihr ›Hausarrest‹ wenigstens einen Sinn und wann hätte sie sonst dermaßen viel Zeit für ihren kleinen Sonnenschein?

Immerhin braucht sie sich mit *einer* Sache nicht zu belasten: Die Malowskis – ihre Adoptiveltern – sind beide Rentner und müssen das Haus zum Einkaufen nicht verlassen, da in Hennef gut organisierte Lieferdienste die Menschen mit Nahrungsmitteln und sonstigen Utensilien des täglichen Lebens versorgen, wie beispielsweise dem allseits beliebten Toilettenpapier, das in den Läden zeitweise kaum noch zu bekommen war. Um die leibliche Mutter in Frankfurt kümmert sich Zwillingsschwester Bettina, die in Wiesbaden wohnt. Für die menschliche Nähe müssen derweil Telefon, *Skype* oder *FaceTime* genügen.

Was die wohl alle mit dermaßen viel Klopapier anfangen? Denise schüttelt über die diesbezüglichen Hamsterkäufe der letzten Tage und Wochen innerlich den Kopf. Ihrer Meinung nach grenzt es ohnehin fast schon an Diebstahl, in Zeiten der Not alle Vorräte aufzukaufen und für die anderen nichts übrig zu lassen. *Wenn das hier vorbei ist, werden diese Leute feststellen, dass sie bis an ihr Lebensende keines mehr zu kaufen brauchen!*

»Früher hat man Menschen mit dunkler Hautfarbe so bezeichnet«, beantwortet sie endlich Leonies Frage, weil diese ihrer in Gedanken abgeschweiften Mutter ungeduldig am Ärmel der Bluse zupft. »Aber ›Mohr‹ sagt man nicht, Sternchen!«, berichtigt sie das Kind mit mildem Tadel. »Dieses Wort ist nicht angemessen und ziemlich herabwürdigend!«

»Und wie soll man sie sonst nennen, wo sie doch schwarz ist?«

»Man braucht überhaupt nichts zu sagen, was sich auf das Aussehen eines Menschen bezieht. ›Amara‹ reicht völlig, dann weiß jeder, wer gemeint ist. So, und nun schlaf gut und träum was Schönes, mein Schatz. Mama hat noch zu arbeiten!«

Das einzig Positive am jetzigen Zustand ist die Tatsache, dass sie ihre Zeit weitestgehend frei einteilen kann und, nachdem Mann und Kind versorgt sind, die ruhigen Abendstunden für die dienstlichen Belange nutzen kann, zumal sie von jeher ein ausgemachter Nachtmensch ist. Und obwohl heute Sonntag ist, bereitet ihr die Arbeit eine höchst willkommene Ablenkung von der bedrückenden Situation.

Lächelnd erinnert sie sich daran, dass es in besseren Zeiten meist solche Tage waren, an denen sie und ihr Partner mitten in der Nacht zu einem Tatort gerufen wurden, der dann nicht selten außerhalb jeglicher Zivilisation inmitten der Wildnis lag. *Sowas kann heute ja wohl nicht passieren*, stellt sie zufrieden fest und deckt die schon friedlich schlummernde Leonie ein letztes Mal sorgfältig zu, bevor sie auf leisen Sohlen das Zimmer verlässt.

* * *

Drei Stunden später ist ihre Konzentrationsgrenze vorerst erreicht und es drohen ihr die Augen zuzufallen. Dies stellt zwar für Denise als nachtaktiver Mensch eigentlich fast eine Unmöglichkeit dar, allerdings ist ihr Tag mit hingebungsvoller Pflege des kranken Ehemannes und Bespaßung der äußerst temperamentvollen Tochter mehr als ausgefüllt und nicht wenig anstrengend.

Das hinterlässt auf die Dauer Spuren, die Sichtung ungelöster Altfälle ist mental nicht gerade anspruchsvoll und viele sind es ohnehin nicht. Ihr Hauptaugenmerk liegt bei dieser für ihre Begriffe höchst langweiligen Tätigkeit vornehmlich darauf, etwaige Ermittlungsfehler und übersehene Hinweise aufzuspüren, auch wenn sowas praktisch niemals vorkommt. Nicht von ungefähr werden sie und ihre Kollegen von den Ermittlern anderer Kommissariate um ihre hohe Aufklärungsquote beneidet. Hinter vorgehaltener Hand werden Denise und Tobias daher mitunter ›*das dynamische Duo*‹ genannt, was den Kern der Sache durchaus trifft.

Gleich 23:00 Uhr! Ich werde eine kleine Pause einlegen und mich eine halbe Stunde auf die Terrasse setzen, beschließt sie spontan und klappt schnell den Laptop zu. *Wir haben heute einen sternenklaren Himmel, da ist es sowieso eine Schande, drinnen zu hocken und an der frischen Luft werde ich bestimmt rasch wieder munter. Natürlich könnte ich den Computer auch mit nach draußen nehmen und dort weiterarbeiten, aber man muss es ja nicht übertreiben!*

Es ist eine herrlich klare, wolkenlose Nacht. Denise sitzt mit ihrer vorsorglich übergezogenen Strickjacke entspannt auf der Hollywoodschaukel und bestaunt den mit Sternen förmlich übersäten Himmel, der infolge der fehlenden Beleuchtung – hier hinter dem Haus stoßen sämtliche Nachbargrundstücke mit ihren Gärten aneinander – besonders eindrucksvoll zur Geltung kommt.

Genauso ein romantischer Abend war es auch, als Sven auf dieser Schaukel vor fünf Jahren um ihre Hand anhielt. Ein zärtliches Lächeln stiehlt sich auf ihr Gesicht, als sie an seine jungenhafte Unbeholfenheit bei dieser Aktion zurückdenkt. Und an ihr eigenes Herzklopfen, als sie seinen Antrag mit strahlenden Augen annahm.

Schade, die diesjährigen Meteoritenschauer habe ich knapp verpasst, bedauert sie und betrachtet aufmerksam den Nachthimmel. *Mit etwas Glück gibt es aber vielleicht noch ein paar Nachzügler!*

Ihre spärlichen Astronomiekenntnisse reichen gerade aus, um zu wissen, dass die Erde auf ihrem Weg um die Sonne im Frühjahr und im Herbst Felder kleinster Gesteinstrümmer in ihrer Umlaufbahn durchquert, und zwar sind dies die Lyriden im April und die Leoniden im November. Aber wann hätte sie in den vergangenen Jahren jemals Zeit gehabt, sich an diesen wunderschönen Naturereignissen zu erfreuen?

Wie auf Bestellung zerteilt plötzlich ein heller Lichtschein den dunklen Nachthimmel: Es ist die allererste Sternschnuppe, die sie überhaupt in ihrem Leben zu sehen bekommt! Schnell schließt Denise die Augen und formuliert mit klopfendem Herzen still in Gedanken ihren Wunsch. Woraus dieser besteht, ist nach Lage der Dinge sicher leicht zu erraten.

Dieser Moment romantischer Anwandlung dauert indes nicht länger als wenige Augenblicke. Jäh wird Denise durch ein lautes Klirren und Splittern aus ihren Träumen gerissen. Sie reißt die Augen weit auf, vermag aber in der stockdunklen Nacht selbst mit dem fast vollen Mond am Firmament kaum etwas zu erkennen. Wenn ihre Sinne sie nicht getäuscht haben, kam das Geräusch jedoch höchstwahrscheinlich vom Nachbargrundstück zur Linken.

Gerade, als sie sich dazu aufraffen will, zu der etwa hüfthohen Hecke zu laufen, die beide Gärten voneinander trennt, und nach dem Rechten zu sehen, klettert eine dunkle Gestalt darüber und sprintet mit einem höchst eigentümlichen Schaukeltrab über ihren eigenen Rasen, um wenige

Augenblicke später mit der Dunkelheit zu verschmelzen. Denise vermeint aber, einen langen Gegenstand, eine Stange oder etwas in der Art, in ihrer rechten Hand ausgemacht zu haben.

Hinterherzulaufen kommt nicht infrage, da sie unbewaffnet ist und in der Dunkelheit einem in den Sträuchern lauernden Gegner hilflos ausgeliefert wäre. Ihre Waffe ist, wie es sich für einen gemeinsamen Haushalt mit ›Zivilpersonen‹ gehört, selbstverständlich ordnungsgemäß weggeschlossen und das dichte Gebüsch, das ihren Garten nach Süden hin abgrenzt, ist schon bei Tageslicht kaum mit den Blicken zu durchdringen.

Stattdessen wartet Denise – jetzt voll im Polizistenmodus – zwei Minuten ab, bevor sie vorsichtig zur Grundstücksgrenze schleicht und zum Nachbarhaus späht, das scheinbar friedlich in der Dunkelheit vor ihr liegt.

Jedoch nur auf den ersten Blick, wie sich sofort herausstellt. Kaum, dass ihre Nase über die niedrige Hecke ragt, erstrahlt eine Lampe, die durch einen sehr großzügig eingestellten Bewegungsmelder am Gebäude aktiviert wurde. Hell ist das Licht nicht, weshalb sie es vorhin von ihrem Standort auf der Schaukel wegen eines aus ihrer Perspektive davor stehenden Baumes nicht sehen konnte. Falls es überhaupt durch den Eindringling ausgelöst wurde, wovon jedoch auszugehen ist.

Aber jetzt zeigt sich zumindest die Ursache für das splitternde Geräusch, durch das Denise aufgeschreckt wurde: Eines der Seitenfenster wurde dem Anschein nach eingeschlagen, da die Scheibe nahezu vollständig fehlt. Es ragen nur noch einige wenige Glassplitter aus dem Rahmen. Alles deutet darauf hin, dass sie soeben Zeuge eines versuchten oder sogar vollendeten Einbruchs wurde.

Ihre Hand tastet nach dem Handy in ihrer Hosentasche, um die Polizei über den Vorfall zu informieren, greift jedoch ins Leere. Sie muss das Mobiltelefon wohl neben dem Laptop liegen gelassen haben. Sie eilt daher unverzüglich ins Haus zurück, um das Telefonat über das Festnetz zu tätigen.

* * *

Keine halbe Stunde nach ihrem Anruf auf der Polizeiwache klingelt es an der Haustür und Denise streift in oft geübter Routine den stets bereitliegenden Mundschutz über, bevor sie dem späten Besuch öffnet.

Auf dem Weg zur Tür fällt ihr Blick, wie so oft in letzter Zeit, auf die Golftasche neben der Garderobe, die dort vor Wochen abgestellt wurde und die neueste Verrücktheit ihres Mannes darstellt. Sven legte sich die teure Ausrüstung Anfang März aus einer Laune heraus zu und hatte sich fest vorgenommen, professionellen Unterricht in Anspruch zu nehmen. Aber daraus wurde dann nichts mehr, weil der örtliche Golfclub im Zuge des Lockdown seine Pforten schließen musste und Sven kurz darauf selbst erkrankte.

Vor ihr stehen wie erwartet zwei uniformierte Polizeibeamte im derzeit üblichen Abstand zur Tür. Keiner der beiden Polizisten – ein Polizeimeister und eine Polizeiobermeisterin – ist augenscheinlich älter als Anfang bis Mitte zwanzig. *Frischlinge*, kommentiert Denise es in Gedanken. *Na, das kann ja heute noch lustig werden!*

»Frau Malowski?«, richtet sich der junge Beamte mit fragend hochgezogenen Augenbrauen an sie. »Sie hatten einen Einbruch gemeldet, wir würden Sie gerne zur Befragung mit aufs Polizeirevier nehmen, wenn es Ihnen recht ist.«

Wo ist der denn entlaufen?, wundert sich Denise leicht amüsiert. *Seit wann ist es üblich, Leute mit aufs Revier zu schleppen, die telefonisch einen Einbruch melden?* »Ich fürchte, diesen Wunsch kann ich euch nicht erfüllen, Kollegen!«, lächelt sie siegessicher und holt ihren Dienstausweis hervor, den sie den verdutzten Polizisten am ausgestreckten Arm entgegenhält.

»Äh, entschuldigen Sie bitte, Frau Hauptkommissarin!«, stottert der junge Mann nach eingehendem Studium des Dokuments verlegen. »Wir wussten ja nicht …«

»Was ist denn jetzt dermaßen wichtig, dass Sie mich mitten in der Nacht zur Befragung mitnehmen wollen?«, unterbricht sie ihn, indem sie sich an seine ranghöhere Kollegin wendet. »Es handelt sich doch nur um einen Einbruch, oder nicht?« *Zum Glück habe ich die Dienstwaffe nicht angelegt. Wer weiß, was den beiden Komikern beim Anblick einer geladenen Pistole alles so eingefallen wäre!*

»Leider ist das nicht die ganze Wahrheit, Frau Malowski!«, antwortet die Polizeiobermeisterin selbstbewusst. »Mein Kollege vergaß zu erwähnen, dass es einen Toten gibt. Wir vermuten, dass der Hauseigentümer den Einbrecher überraschte und seinen Heldenmut mit dem Leben bezahlt hat.«

»Sie haben im Nachbarhaus also eine Leiche vorgefunden?«, vergewissert sich die Hauptkommissarin. Ihre Verblüffung über die unerwartete Wendung währt nur kurz und weicht sofort der gewohnten Professionalität. »Sie müssen umgehend die Kollegen der Kripo Siegburg von dem Vorfall in Kenntnis setzen und auch die Rechtsmedizin informieren«, belehrt sie die beiden nachsichtig. »Ich kann das aber für Sie erledigen und was die Befragung angeht: Dieser Fall liegt ab sofort ohnehin in meiner Zuständigkeit, somit hat sich das für Sie erledigt!«

»Wenn Sie das für uns übernehmen würden, wären wir Ihnen äußerst dankbar«, atmet der Polizeimeister hörbar auf. »Wir werden dann am Tatort auf Ihre Kollegen warten.« Er tippt zum Abschied mit dem Zeigefinger grüßend an die Schirmmütze. »Bitte entschuldigen Sie nochmals die späte Störung, Frau Malowski. Gute Nacht!« Dann folgt er seiner Kollegin zum Streifenwagen, der vor dem Nachbarhaus am Straßenrand geparkt ist.

So viel zu ›das kann heute nicht passieren‹, seufzt Denise auf dem Rückweg ins Wohnzimmer in Gedanken. *Zumindest müssen meine Kollegen aber dieses Mal nicht mitten in der Nacht in die Walachei. Ich selbst bin ja fein raus!*

Ihre Finger wählen auf dem Festnetzapparat nahezu eigenständig die Handynummer ihres Partners. Die ist zwar auf dem heimischen Telefon nicht im Kurzwahlspeicher, hat sich ihr im Laufe der Jahre aber förmlich ins Gedächtnis eingebrannt. Ähnliche Situationen wie diese gab es in der langen Zeit ihrer Zusammenarbeit schon haufenweise.

Tobias meldet sich nach dem dritten Klingelton mit verschlafener Stimme, er pflegt sein Dienst-handy nachts stets griffbereit auf die Nachtkonsole zu legen. Mit einem schnellen Blick zur Uhr stellt Denise überrascht fest, dass es bereits kurz vor Mitternacht ist. »Hi, Tobi!«, überfällt sie den Kollegen sofort und ohne Einleitung. »Wir haben eine Leiche!«

KAPITEL 2

Montag, 4. Mai, 00:31 Uhr

Tobias Heller stellt sein Motorrad hinter dem Streifenwagen ab, der vor dem Haus mit der Nummer 24 mit eingeschaltetem Blaulicht geparkt ist. Zwei recht junge uniformierte Beamte, eine Polizeiobermeisterin und ein Polizeimeister, wie er mit geübtem Blick registriert, lehnen an der Karosserie und führen eine angeregte Unterhaltung. Rechtsmedizin und Forensik sind wohl noch unterwegs, jedenfalls kann er kein bekanntes Fahrzeug in Sichtweite ausmachen und zumindest die Kollegen von der KTU pflegen ihren VW-Bus unmittelbar am Tatort abzustellen, sofern ihnen dies möglich ist.

Zugegebenermaßen hatte er die kürzeste Anfahrt von allen, da er nur zwei oder drei Kilometer vom Haus seiner langjährigen Ermittlungspartnerin Denise Malowski entfernt wohnt. Vermutlich wird die Pathologin Doktor de Luca erst in einer halben Stunde hier sein, was ebenso auf Jürgen Vogels Truppe von der Spurensicherung zutreffen dürfte.

Da seine Partnerin nicht zur Verfügung steht, hätte er eigentlich seinen Interimspartner Horst Weiland hinzuziehen müssen. Nach kurzer Überlegung nahm er jedoch davon Abstand, diesen aus dem Bett zu klingeln und fuhr unverzüglich zu der von Denise durchgegebenen Adresse.

Früher hätte er die Abwesenheit der KTU schamlos ausgenutzt, um sich ungestört umzuschauen, aber man wird wohl mit der Zeit ruhiger und auf den zu erwartenden Tobsuchtsanfall des Leiters der Forensik, wenn dieser bei seiner Ankunft einen kontaminierten Tatort vorfindet, kann Tobias zu dieser nächtlichen Stunde gerne verzichten.

Mit einem bedauernden Blick zum Objekt seiner Begierde geht er daher zunächst zu den Kollegen in Uniform, um sich von ihnen ins Bild setzen zu lassen. Das Interview mit seiner nebenan wohnenden Kollegin spart er für den Vormittag auf, Denise hat momentan genug um die Ohren und Ruhe dringend nötig.

Übertriebene Eile ist ohnehin nicht geboten, bevor die gesamte Belegschaft des Kriminalkommissariats 1 über den Vorfall informiert wurde. Das wird jedoch erst in frühestens acht Stunden geschehen, da momentan alle außer ihm in ihren Betten schlummern, wie er mit einiger Berechtigung annimmt. Er ahnt nicht, dass dies auf mindestens *eine* Person in seinem unmittelbaren Umfeld nicht zutrifft.

***

Der zu Beginn gefasste Vorsatz, sich aus den Tatortermittlungen herauszuhalten und den Kollegen das Feld zu überlassen, hatte nicht lange gehalten.

Keine halbe Stunde nach ihrem Anruf bei Tobias hält Denise die erzwungene Untätigkeit nicht mehr aus, holt kurzerhand die Dienstwaffe aus dem Tresor und begibt sich, mit der Pistole und einer großen Stablampe bewaffnet, in den Garten. Vorher schaut sie aber ein letztes Mal vorsichtig in Leonies Zimmer, wo das Kind zu ihrer Beruhigung friedlich in ihrem Bettchen liegt und schläft.

Schließlich kann mir niemand verbieten, auf meinem eigenen Grundstück herumzulaufen, versucht sie, den Anflug eines schlechten Gewissens zu verscheuchen. *Und genau genommen handelt es sich ja auch nicht um einen Tatort!*

Die Tatsache, dass es alles andere als normal ist, hier mitten in der Nacht bewaffnet herumzuschleichen, blendet sie dabei ebenso erfolgreich aus wie das kleine Teufelchen, das ihr dies einzureden versucht. Was wäre eine Ermittlerin, die nicht ermittelt?

Bei dem Kerl, der durch ihren Garten gerannt ist, handelte es sich garantiert um den Einbrecher, da ist sie sicher. Es wäre doch gelacht, wenn man keine Spuren seiner Anwesenheit fände!

Dass sie dabei eventuell vorhandene forensische Beweise vernichten könnte, kommt ihr in ihrem Eifer aber nicht in den Sinn. Dennoch hält sie zur Sicherheit ein paar Meter Abstand zu der Hecke, an der die Person entlang lief. Ob es tatsächlich ein Mann war, weiß sie ja nicht hundertprozentig.

Ihr Hauptaugenmerk richtet sie ohnehin nicht auf etwaige Fußspuren. Sie hat ja gesehen, dass da jemand langgelaufen ist, der vom Nachbargrundstück kam. Viel mehr verspricht sie sich hingegen von dem dichten Gebüsch, das ihren Garten im Süden zum nächsten Nachbarn abgrenzt. Dort ist die Wahrscheinlichkeit groß, dass der Flüchtende eventuell etwas zurückließ.

Textilfasern oder DNA an den Ästen wären wie ein Sechser im Lotto, aber bis dahin sind gute dreißig Meter durch stockfinstere Nacht zurückzulegen und der Verdächtige könnte durchaus noch irgendwo in der Dunkelheit lauern!

* * *

Polizeiobermeisterin Kerstin Albers und Polizeimeister Kai Bachmann konnten ihm nichts sagen, was er von Denise nicht schon am Telefon erfahren hatte. Tobias Heller beschließt daher nach seinem Gespräch mit den Kollegen von der Streife, sich hinter dem Haus etwas umzuschauen, bis die anderen eingetrudelt sind und er endlich den Tatort besichtigen kann.

Zu diesem Zweck muss er über eine hüfthohe Hecke steigen, die das Grundstück lückenlos umfasst und nur den Eingangsbereich auslässt, indem sie diesen wie ein Spalier umschließt. Aufgrund seiner Größe bereitet ihm das aber keine Mühe. Die eingeschlagene Scheibe, von der Denise gesprochen hatte, ist selbst in der hier herrschenden Dunkelheit nicht zu übersehen. Als er vorsichtig einen Schritt zur Seite geht, um den auf dem Weg herumliegenden Glassplittern auszuweichen, schaltet sich eine Lampe an der Hauswand an. Irgendwo hier muss ein Bewegungsmelder angebracht sein, in dessen Fokus er soeben geraten ist.

Tobias erstellt in Gedanken eine Notiz dazu. Es ist durchaus davon auszugehen, dass dem flüchtenden Einbrecher dasselbe passierte und ihn dadurch jemand von der Straße aus gesehen haben könnte. Zugegebenermaßen dürfte dies wegen der nächtlichen Stunde recht unwahrscheinlich sein. Spuren hat der oder die Unbekannte auf den Steinplatten wohl keine hinterlassen, wie es scheint.

Er will sich gerade wieder abwenden und zur Straße zurückgehen, als ihm auf dem Nachbargrundstück in etwa zwanzig Meter Entfernung ein Licht auffällt, das in Bodennähe zitternd hin und her bewegt wird. *Da schleicht doch jemand mit einer Taschenlampe in Denises Garten herum!*, durchfährt es ihn.

Die Dienstwaffe gleitet nahezu von selbst in seine Hand, während er Anlauf nimmt, um über die auch hier vorhandene Hecke zu springen, die ihn von der verdächtigen Person trennt. Im letzten Augenblick entscheidet er sich jedoch um und stoppt abrupt davor, weil der Lichtschein der Lampe für eine sichere Einschätzung der Lage nicht ausreicht. Hinter der Hecke könnte alles Mögliche herumliegen und ihn zu Fall bringen. »Halt, bleiben Sie stehen!«, ruft er stattdessen laut in die Nacht. »Polizei!«

Zwei Dinge geschehen in genau dieser Sekunde nahezu zeitgleich: Die von ihm zuvor unbeabsichtigt aktivierte Lampe erlischt und der Lichtstrahl der Taschenlampe wird auf sein Gesicht gerichtet. Er schließt geblendet die Augen und ist somit einem potenziellen Angreifer hilflos ausgeliefert.

»Tobi?«, ertönt aber zu seiner Erleichterung eine ihm nur allzu bekannte Stimme mit gedämpfter Lautstärke aus der Dunkelheit. »Was ist denn los? Du wirst mit deinem Gebrüll noch die Kleine aufwecken!«

»Ach, du bist es, Denise!« Aufatmend schiebt er die Pistole ins Holster zurück. »Und ich dachte schon, da schleicht bei euch auch ein Einbrecher herum oder sogar derjenige, der dafür verantwortlich ist, dass wir uns jetzt die Nacht um die Ohren schlagen. Was treibst du eigentlich hier draußen?«

Denise berichtet ihm in aller Kürze von ihrer Pause, die sie zu nächtlicher Stunde auf der Terrasse verbrachte und was sie bei dieser Gelegenheit von der Angelegenheit mitbekommen hatte. »Ich hörte also dieses Glas splittern und sah dann eine Gestalt, die ich in der Dunkelheit nicht richtig erkennen konnte, über die Hecke in unseren Garten steigen«, schließt sie ihre Ausführungen ab. »Er rannte da hinüber und verschwand.« Sie zeigt zum hinteren Ende des Grundstücks. »Ich wollte mich dort schnell mal umschauen, als du auf der Bildfläche erschienst.«

»Das lässt du schön bleiben! Jürgen bekommt einen Anfall, wenn du Spuren vernichtest. Ich werde ihm sofort davon berichten, sobald er mit seinen Leuten eingetrudelt ist. Richte dich darauf ein, dass dann in deinem Garten einiges los sein wird! Ist dir sonst noch was aufgefallen?«

»Er oder sie trug etwas in der Hand, glaube ich. Eine große Stange vielleicht, das konnte ich im Dunkeln nicht genau erkennen.«

»Okay, ab hier übernehmen wir. Du gehst jetzt besser ins Bett!«

»Du hast sicher recht, Tobi. Gute Nacht!« Ihre Stimme klingt müde, was garantiert mit ein Grund dafür ist, dass sie so schnell einlenkt. Für ihren Partner ist dies eine völlig neue Erfahrung, aber er kann sich sehr gut vorstellen, was Denise derzeit durchmacht.

»Schlaf gut«, antwortet er ihr daher nur. »Wir sehen uns spätestens morgen früh bei der Dienstbesprechung per Videokonferenz, dann kannst du uns ausführlich berichten, was du gesehen und gehört hast.«

* * *

Tobias Heller beschließt, dass es sinnlos ist, hier draußen noch weiter herumzustolpern, und wendet sich der Straße zu. Sollen doch die von der KTU sich um die Spurenlage kümmern, das ist schließlich deren Aufgabe und vielleicht sind die Spezialisten ja mittlerweile endlich angekommen! Auf dem Weg zurück zum Vordereingang, wozu er erneut über die Hecke steigen muss, wäre er um ein Haar mit Doktor Martina de Luca zusammengestoßen, die mit der üblichen missmutigen Miene strammen Schrittes auf das Haus zumarschiert.

Dass es sich bei der hochgewachsenen Gestalt, die ihn beinahe umgerannt hätte, um die Rechtsmedizinerin aus Bonn handelt, ist indes nur an ihrer rabenschwarzen Mähne erkennbar, da die Frau bis zur Unkenntlichkeit vermummt ist. Die dunkelbraunen Augen blitzen ihn über dem Mundschutz spöttisch an, als sie wortlos an ihm vorbeigeht, um den gerade angekommenen Forensikern in das Gebäude zu folgen.

Die Spurensicherer tragen zwar gleichermaßen Schutzanzüge, aber das ist bei diesen Leuten an einem Tatort ja normal. Jürgen Vogel, der Leiter dieser Abteilung, ist schon aufgrund seiner hageren, fast zwei Meter großen Gestalt nicht zu verwechseln. Er drückt ihm im Vorübergehen wortlos einen steril verpackten Einmalschutzanzug in die Hand, umgangssprachlich auch Ganzkörperkondom genannt. Das breite Grinsen, das diese Handlung begleitet, ist hinter der Schutzmaske lediglich zu erahnen.

Tobias geht ein paar Schritte zur Seite und streift das unbequeme Teil seufzend über. Einen Mundschutz trägt er ja neuerdings ohnehin immer, wenn er das Haus oder sein Büro im Kommissariat verlässt. Die einzige Alternative zur Schutzkleidung wäre, hier draußen zu warten, bis die Spurensicherer mit ihrer Arbeit fertig sind. Dies jedoch ist für ihn keine Option. Hauptsache, es geht endlich weiter!

* * *

Drinnen sucht er zuerst den Raum auf, der zu dem eingeschlagenen Fenster gehört, das er bereits von draußen begutachtet hatte. Diesen zu lokalisieren, ist nicht sonderlich schwer. Das einzige Zimmer im Erdgeschoss außer dem Wohnzimmer ist auf dieser Seite der Diele die Küche und diese wiederum mündet in eine Kammer, die als Hauswirtschaftsraum genutzt wird, wie an einer Waschmaschine nebst Trockner leicht zu erkennen ist.

Die Glasscherben, die vor dem einzigen Fenster an der Stirnwand auf dem Boden liegen, sind ungleich zahlreicher als die, die er draußen sah, was die Vermutung nährt, dass der Einbrecher die Scheibe von außen einschlug, um sich Zutritt zum Gebäude zu verschaffen. Alles andere ergibt ohnehin keinen Sinn und da dies logischerweise nicht geräuschlos abgelaufen sein kann, muss der oder die Unbekannte von einem leeren Haus ausgegangen sein, vermutet Heller. Niemand, der einigermaßen bei Verstand ist, veranstaltet einen solchen Lärm, wenn er davon ausgeht, jemanden anzutreffen.

Zum großen Pech für den Hausherrn ist der Dieb dabei aber einer Fehleinschätzung aufgesessen, denn der Mann liegt lang ausgestreckt in einer Blutlache in seinem Wohnzimmer und es sieht dort aus, als habe eine Schlacht stattgefunden. Von KTU und Rechtsmedizin wird hoffentlich in Kürze mehr darüber zu erfahren sein.

Er schaut ein letztes Mal sorgfältig in alle Ecken, bevor er den Rückweg in das Wohnzimmer antritt, in das er auf dem Weg hierher nur einen flüchtigen Blick durch die offen stehende Tür geworfen hatte. Es wimmelte förmlich von herumwuselnden Forensikern und er wollte diese und die Pathologin, die mitten im Raum bei der Leiche kniete, nicht über Gebühr bei der Arbeit stören. Unter diesen Umständen hätte er sich nicht angemessen umsehen können, was er nun nachzuholen gedenkt.

Das Chaos am Tatort zeigt sich Tobias erst jetzt in vollem Umfang, weil bei seiner Ankunft nur noch zwei Männer aus Vogels Truppe darin werkeln. Diese laufen vornehmlich in der Peripherie des Raumes herum und sind damit beschäftigt, akribisch sämtliche Flächen mit jenem grauen Pulver einzustäuben, mit dem seit Anbeginn der forensischen Kriminologie Fingerabdrücke katalogisiert werden. Der Rest der Mannschaft ist auf die übrigen Räume des Einfamilienhauses verteilt.

Auf dem Fußboden zeugen zertrümmerte Gegenstände in großer Zahl von einer enormen Wut, die der Einbrecher an den Tag legte, ob nun vor oder nach dem Mord, muss noch geklärt werden. Tobias setzt dies an die oberste Stelle seiner gedanklichen To-do-Liste. Die Vermutung, dass dabei höchstwahrscheinlich ein schweres Gerät wie etwa ein großer Hammer beziehungsweise eine Axt zum Einsatz kam, kommt ebenso darauf. Sagte Denise vorhin nicht, dass die Person, die durch ihren Garten lief, etwas in der Art in der Hand trug?

Er geht vorsichtig an den überall herumstehenden gelben Nummerntafeln vorbei, die von der Forensik zur Markierung von Beweisstücken verwendet werden und begibt sich zu Doktor de Luca, die abseits davon noch mit der Untersuchung der Leiche beschäftigt ist. Diese liegt nahe einer weiteren, geschlossenen Tür, die zur Küche führen dürfte.

Falls der Mann mit einem solchen Werkzeug getötet wurde, wird die Rechtsmedizinerin es ihm spätestens im Zuge der Autopsie sagen können. Tobias hofft natürlich wie immer auch dieses Mal auf eine diesbezügliche Aussage gleich hier vor Ort. Ein oft gehegter Wunsch eines jeden Kriminalisten, der aber leider von der launenhaften und eigenwilligen Pathologin selten erfüllt wird.

Martina de Luca erhebt sich bei seiner Ankunft sofort aus ihrer knienden Haltung und wendet sich ihm zu. Mit knapp 1,80 Meter Körpergröße ist sie für eine Frau recht hochgewachsen und nur eine Handbreit kleiner als er, wobei ihre Gestalt sehr schlank, ja fast knochig ist, was sie womöglich noch größer erscheinen lässt. Mit einer Geste, die ihr augenscheinlich bereits zur Gewohnheit geworden ist, greift sie mit einer Hand an ihren Mundschutz, um den korrekten Sitz zu kontrollieren. Tobias verkneift sich eine Bemerkung darüber, dass dies aus medizinischer Sicht eher nicht empfohlen wird, um keine Keime auf die Außenseite der Maske zu übertragen.

»Seine Armbanduhr ist acht Minuten vor elf Uhr stehengeblieben«, kommt de Luca ohne Einleitung direkt zum Punkt. »Sie könnte beim Kampf mit dem Einbrecher kaputtgegangen sein und daher den genauen Todeszeitpunkt anzeigen.«

»Aber?«

»Sich darauf zu verlassen, wäre äußerst unprofessionell!«, schüttelt sie den Kopf. »So etwas ist in Fernsehkrimis zwar immer wieder ein beliebtes Motiv, doch wer sagt uns, dass die Uhr nicht schon gestern um diese Zeit kaputtging, oder am Vormittag?«

»Ich bin zutiefst erschüttert, Frau Doktor de Luca!«, spöttelt Tobias. »*Sie* schauen sich Krimis im Fernsehen an? Das hätte ich ja im Leben nicht von Ihnen erwartet!«

Die als völlig humorlos verschriene Medizinerin hebt nur leicht die rechte Augenbraue, um ihre Missbilligung bezüglich seiner Albernheit zu bekunden. »Nichtsdestotrotz kann diese Zeit durchaus stimmen, jedenfalls ist dieser Mann keine zwei Stunden tot und jetzt ist es ...« Sie schaut auf ihre Armbanduhr. »... 00:42 Uhr. Es käme demnach hin. Genaueres erfahren Sie wie immer bei der Obduktion. Wo ist eigentlich Ihre Partnerin?«

Tobias erklärt es ihr. »Frau Malowski wohnt übrigens gleich nebenan und sah den mutmaßlichen Täter noch fortlaufen«, schließt er und kommt sofort zum Thema zurück: »Was können Sie mir zu Todesursache und Tatwaffe sagen?«

»Ein stumpfer Gegenstand mit einer planen, etwa zwei Zentimeter breiten Fläche«, erwidert de Luca selbstbewusst. »Es könnte ein Hammer oder etwas in der Art gewesen sein. Hier im Raum sehe ich zwar nichts Entsprechendes, aber ich denke, die Leichenschau wird meine erste Annahme bestätigen.«

»Die Sie wann genau vornehmen werden?«

Die Rechtsmedizinerin stößt einen tiefen Seufzer aus. »In diesen Tagen fallen die Leute buchstäblich um wie die Fliegen«, gibt sie niedergeschlagen zurück. »Wie Sie wissen, ist vor allem bei jungen Menschen eine Autopsie vorgeschrieben, sofern sie zu Hause gestorben sind. Dies ist selbst dann der

Fall, wenn sie eine Infektion hatten, die eventuell zum Tode geführt haben könnte. Die Pathologie ist daher momentan etwas überlastet, rechnen Sie also in frühestens drei bis vier Tagen mit einem Ergebnis. Ich werde Sie vor der Leichenschau über den Termin telefonisch in Kenntnis setzen.«

»Haben Sie vielen Dank, Frau Doktor de Luca!« Tobias Heller nickt der Medizinerin zu und richtet sein Augenmerk nunmehr auf die Leiche zu deren Füßen. Es handelt sich um einen vollständig bekleideten Mann in den Sechzigern, der bäuchlings in einer Blutlache auf dem Fußboden liegt, den Kopf zur Tür gewandt und einen Arm von sich gestreckt, als habe er sterbend nach etwas greifen wollen.

Tobias folgert zweierlei daraus: Der einzige Bewohner dieses Hauses – laut Auskunft der beiden uniformierten Kollegen ein Rentner namens Theodor Gronau – war beim Erscheinen des Einbrechers noch nicht zu Bett gegangen und er hatte zu flüchten versucht, bevor das Schicksal ihn ereilte. Worin dieses bestand, ist selbst ohne medizinische Kenntnisse deutlich zu erkennen, denn der gesamte Hinterkopf wurde durch einen mit großer Wucht ausgeführten Schlag nahezu vollständig zertrümmert.

Dies ist ein weiteres Indiz für die Fluchttheorie. Die tödliche Verletzung befände sich, hätte der Mann den Eindringling beispielsweise angegriffen, eher seitlich oder vorne am Schädel und er würde auf eine andere Weise, höchstwahrscheinlich rücklings und mit dem Gesicht nach oben, vor ihnen liegen. Tobias Heller nickt Martina de Luca ein letztes

Mal grüßend zu und verlässt den Raum, um den Leiter der Forensik zu suchen, der irgendwo im Haus herumgeistert.

***

Er findet Jürgen Vogel im ausgebauten Dachgeschoss, wo dieser im Bad auf den Fliesen herumrutscht und mit einer UV-Lampe gewissenhaft jeden Quadratzentimeter Fußboden absucht. In Verbindung mit dem vorher aufgesprühten Luminol, einer Substanz, die Körperflüssigkeiten im UV-Licht aufleuchten lässt, können auf diese Weise selbst kleinste Blutspritzer nachgewiesen werden, die normalerweise mit bloßem Auge nicht zu sehen wären.

»Es würde mich sehr wundern, wenn du hier oben etwas Tatrelevantes finden würdest!«, spricht er in den Rücken des in seine Arbeit versunkenen Wissenschaftlers. Vogel richtet sich erschrocken ruckartig auf und stößt heftig mit dem Kopf an die Unterseite des Waschbeckens. Ein dumpfes Geräusch ertönt.

»Aua!«, entfährt ihm und er reibt über die schmerzende Stelle am Hinterkopf. »Verdammt, was schleichst du hinter meinem Rücken herum, Tobias? Kannst du dich nicht vorher ankündigen?«

»Ach, und wie soll das bitte gehen? Die Birne hättest du dir dann doch auch gestoßen. Musst halt aufpassen, wo du herumkriechst!« Vogel überragt ihn mit 1,92 Meter Körpergröße um ein gutes Stück und sollte eigentlich jederzeit darauf gefasst sein, irgendwo anzustoßen, zumal er seinen Beruf ohnehin meist in Bodennähe ausübt. Zusammenstöße

mit in normaler Arbeitshöhe angebrachten Gegenständen wie Regale oder Waschbecken sind da geradezu vorprogrammiert.

»Wo wir schon hier sind, werden selbstverständlich *sämtliche* Räume untersucht!«, beantwortet der
Wissenschaftler Hellers erste Bemerkung ungehalten. »Zumal an dem Tatort etwas nicht stimmt, wie
mir scheint. Zwei meiner Jungs sind im Augenblick
dabei, den Keller zu inspizieren und sobald ich hier
oben fertig bin, hauen wir ab. Das Schlafzimmer
nebenan habe ich mir schon angesehen, dort gibt es
ebenso wenig Spuren wie hier im Badezimmer.«

»Alles klar«, nickt Heller und will sich wieder
entfernen. Plötzlich stutzt er über eine beiläufige
Bemerkung des Forensikers. »Was meinst du damit,
dass an dem Tatort etwas nicht stimmt? Mir ist da
nichts weiter aufgefallen!«

»Muss ich jetzt eure Arbeit auch noch
erledigen?«, brummt Jürgen Vogel missmutig.
»Also gut, nehmen wir einmal an, du sitzt gemütlich im Wohnzimmer und hörst, wie nebenan ein
Fenster eingeschlagen wird. Was wäre deine
Reaktion? Du wirst doch garantiert nachschauen
wollen, was das für ein Lärm ist, oder nicht? Ganz
sicher wirst du nicht in aller Seelenruhe abwarten,
bis der Einbrecher zu dir kommt und dich von hinten erschlägt, also aus dem Inneren des Raumes
heraus, wozu er aber erst an dir vorbeilaufen muss.
Die Leiche liegt ja mit dem Kopf zur Tür, die in die
Küche führt und damit auch zum Waschraum, wo
die Scheibe eingeschlagen wurde. Die Fenster im
Wohnzimmer waren bei unserer Ankunft beide
geschlossen und die Rollläden herabgelassen!«

»Hm!« Tobias reibt sich nachdenklich das Kinn. »Dafür muss es eine Erklärung geben, Jürgen! Vielleicht übersehen wir ja etwas … Hast du dich schon draußen vor dem kaputten Fenster umgesehen? Der Täter hat definitiv nach der Tat auf diesem Weg das Haus verlassen, er wurde dabei gesehen!«

Er berichtet ihm von der nächtlichen Beobachtung seiner Kollegin, die letztlich zu dem Polizeieinsatz führte. »Denise sagt, dieser Mensch – sie konnte nicht sehen, ob es ein Mann oder eine Frau war – habe eine Art Werkzeug in der Hand gehabt, als er durch ihren Garten flüchtete. Es könnte sich dabei um die Tatwaffe gehandelt haben, am besten schaut ihr euch dort nachher auch noch gründlich um, Denise weiß Bescheid.«

KAPITEL 3

Montag, 4. Mai, 08:24 Uhr

Sven sieht heute Morgen überhaupt nicht gut aus, stellt Denise erschrocken fest, nachdem das stoppelige Gesicht ihres Gatten auf dem heimischen Fernseher materialisiert ist.

Das TV-Gerät wurde von Amara durch einige Zusatzmodule kurzerhand in ein Videokonferenzsystem umfunktioniert, sodass Svens Kopf auf dem riesigen Bildschirm überlebensgroß dargestellt wird. Mit sämtlichen damit verbundenen Konsequenzen, denn jetzt kann man die schlimme Krankheit, die seit Tagen in ihm frisst und für die es immer noch kein Gegenmittel gibt, in aller Deutlichkeit erkennen.

Die Haare hängen ihm unordentlich in die Stirn, die sichtbar vom Fieber glüht, das ihn seit gestern gepackt hat und dunkle Ringe um die Augen zeugen von einer schlaflosen Nacht. Denise zerreißt es beim Anblick des geliebten Lebenspartners fast das Herz, versucht aber mit eiserner Beherrschung, ihr Erschrecken darüber zu verbergen und gibt sich stattdessen betont burschikos.

»Du könntest eine Rasur vertragen, mein Schatz!«, neckt sie ihn zur Begrüßung. Die Praxis, die er bewohnt, besteht zwar nur aus dem Sprechzimmer, dem Empfang und einem Warteraum, verfügt jedoch über ein kleines Bad mit Toilette. Sogar eine Dusche ist vorhanden, sodass für die tägliche Körperpflege alles Notwendige verfügbar ist.

»Sobald die Restaurants wieder geöffnet sind, gehen wir beide essen«, gibt er trocken zurück. »Wenn es so weit ist, bleibt immer noch Zeit für eine Rasur!«

Denise schaut sorgfältig umher, ob nicht irgendwo ein naseweiser Dreikäsehoch mit riesigen Ohren lauert, und stellt die bange Frage: »Wie viel ist es heute?«

Sven schüttelt sich in einem langen, besorgniserregenden Hustenanfall und gibt nach endlosen Minuten das Ergebnis der letzten Messung bekannt, noch atemlos vom husten und der durch das Virus verursachten Lungenschädigung. »39,8. Soeben erst gemessen.«

Großer Gott! Seine Frau kann ein Erbleichen dieses Mal nicht verhindern. *Das ist ein Grad höher als gestern, hoffentlich geht das in dem Tempo nicht so weiter! Wenn das Fieber über 40 steigt, bringe ich ihn sofort höchstpersönlich ins Krankenhaus, notfalls mit Gewalt!*

»Mach dir keine Sorgen, Herzblatt«, dringt Svens sanfte Stimme, die sie so sehr an ihm liebt, in ihre Gedanken. Er weiß natürlich wieder einmal genau, was ihr durch den Kopf geht. »Ich bekomme heute etwas besser Luft und wenn das Fieber nicht weiter steigt, ist das Schlimmste überstanden. Das ist bei allen Viruserkrankungen so.«

Ein erneuter Hustenanfall scheint seine Worte Lügen strafen zu wollen. Doch Denise vertraut seiner Einschätzung, er muss seinen Zustand schließlich am besten beurteilen können. Sie weiß aber auch, dass ihr Ehemann über ein großes schauspielerisches Talent verfügt, wenn es darum geht, Kummer von ihr fernzuhalten.

»Benötigst du noch etwas für den Tag, Schatz?«, weicht sie auf ein unverfänglicheres Thema aus und blinzelt unauffällig eine kleine Träne in ihrem Augenwinkel fort. »Wir haben einen neuen Fall auf dem Tisch, ich werde ab sofort tagsüber arbeiten müssen.« Dass die Tat sozusagen direkt vor ihrer Nase verübt wurde, verschweigt sie ihm zunächst geflissentlich.

»Ich brauche nur dich und unseren kleinen Sonnenschein. Wenn ihr zwei bei mir seid, ist alles halb so schwer. Sag mal, dieser neue Fall, von dem du gerade sprachst ... Hängt der irgendwie mit der Horde Marsmenschen zusammen, die heute Nacht den Garten zertrampelt haben?«

Dann hat er das also mitbekommen!, seufzt Denise in Gedanken. *Das ist ja auch kein Wunder, wo er momentan so schlecht schläft und sein Fenster strategisch günstig nach hinten zeigt!*

In derselben Sekunde fegt ein graugetigerter Schatten zur Tür herein und bringt sich laut fauchend unter dem Sofa in Sicherheit, die Augen vor Schreck weit aufgerissen. Leonie, noch im Schlafanzug, folgt dem Kater mit einem wilden Indianergeheul auf dem Fuße beziehungsweise den Pfoten. Ihre Mutter nimmt das Intermezzo mit hochgezogenen Augenbrauen und einem gequälten Lächeln zur Kenntnis: Das ist zurzeit der ganz normale tägliche Wahnsinn im Hause Malowski! Im Stillen bewundert sie ihren Mann, der dieses kleine Energiebündel bislang alleine und noch dazu neben seiner Arbeit bändigen musste, während sie Verbrecher jagte.

Was dem Kind jetzt dringend fehlt, ist ein Spielkamerad, denkt sie wehmütig. *Man sollte über ein Geschwisterchen für Leo nachdenken ...*

»Du sollst Caruso doch nicht immer so durch die Gegend jagen!«, tadelt sie die temperamentvolle Tochter, ist im Grunde jedoch erleichtert über den Zwischenfall, der ihr eine Erklärung bezüglich des nächtlichen Polizeieinsatzes erst einmal erspart. »Der Kater ist schließlich nicht mehr der Jüngste, er wird eines Tages noch vor Schreck einfach tot umfallen! Willst du das?«

»Du hast gesagt, er ist vierzehn!«, rechtfertigt sich Leonie trotzig und hüpft aufgeregt vor dem Fernseher auf und ab. »Hallo, Papa!«, begrüßt sie ihren Vater mit einem heftigen Winken.

»In Katzenjahren ist er schon im Rentenalter«, brummt Denise und holt ihren verstörten Kater unter der Couch hervor. »So, ihr beiden«, wendet sie sich an das Videobild und ihr Kind, das ohnehin jetzt nur noch auf den Vater fixiert ist. »Ich muss an die Arbeit! Heute Mittag gibt es Eintopf«, informiert sie ihren Mann. »Sei also zu Hause, wenn ich ihn dir vorbeibringe!« Mit einem albernen Kichern über ihren eigenen Witz und einem angedeuteten Kussmund verlässt sie das Wohnzimmer und lässt

Vater und Tochter allein, um das Frühstück zuzubereiten. Wie es tatsächlich in ihr aussieht, brauchen die beiden nicht zu wissen!

* * *

Der Besprechungsraum des Kriminalkommissariats 1, Schauplatz unzähliger Fallbesprechungen und Brainstormings, erfuhr in den letzten Jahren mehrfach dringend notwendige Modernisierungen und Aufrüstungen in Form von zeitgemäßen technischen Neuerungen.

Da wäre beispielsweise die auf Betreiben von Kommissariatsleiter Peter Donner installierte Videoanlage zu nennen, bestehend aus Motorleinwand, Beamer und PC. Ohne die unzähligen, mit dieser Technik gezeigten Präsentationen, grafisch aufbereitete Tatortbeschreibungen und Tatortvideos im Großformat wäre so mancher Mordfall sicherlich weniger schnell aufgeklärt worden, darüber sind sich alle Ermittler einig.

Unter dem Druck der weltweit wütenden Corona-Pandemie, die selbstverständlich auch vor der Kreispolizeibehörde mit ihren hunderten von Mitarbeitern nicht haltmachte, ist vor einer Woche ein weiteres technisches Gerät hinzugekommen: Ein großformatiger Bildschirm, der für Videokonferenzen benötigt wird und an der Stirnseite des Besprechungstischs platziert wurde. Und zwar der Leinwand gegenüber, sodass diese und das davor stehende Whiteboard von Kriminalhauptkommissarin Denise Malowski, die auf diese Weise an

Fallbesprechungen von zu Hause aus teilnimmt, eingesehen werden kann und sie gleichzeitig die Kollegen im Blickfeld hat.

Außerdem wurden zur Wahrung der empfohlenen Sicherheitsabstände an jeder Tischseite drei Stühle entfernt, sodass der normalerweise für zwölf Personen ausgelegte Raum mit den heute anwesenden sechs Teilnehmern praktisch ausgelastet ist. Da der Kommissariatsleiter sich jedoch selten hinsetzt, reicht der verfügbare Platz aus und es ist sogar noch ein Sitzplatz freigeblieben, da Jürgen Vogel heute alleine erschienen ist.

»Ihr seht aus wie die letzte Räuberbande!«, spottet Denise. Sie hat gut lachen, trägt sie doch als Einzige im Raum keinen Mundschutz, wenn man ihr Abbild auf dem Monitor denn als Anwesenheit werten möchte. Aber im Gegensatz zu den Kollegen im Kommissariat sitzt sie auch alleine vor dem heimischen Bildschirm und nach heutigem Wissensstand sind Computerviren die einzigen Schädlinge, die über das Internet verbreitet werden können.

»Wie geht es deinem Mann?«, erkundigt ihr Vorgesetzter sich zunächst fürsorglich, ihre flapsige Bemerkung geflissentlich ignorierend. Er weiß, dass sie dieses Ventil jetzt braucht, um den Boden nicht unter den Füßen zu verlieren. Zudem ist beim *dynamischen Duo* normalerweise Tobias derjenige, der für faule Witze zuständig ist. Für Denise ist ein solches Verhalten eher ungewöhnlich, was für sich alleine schon auf eine gewisse seelische Anspannung schließen ließe, wüsste man nichts von Svens Krankheit.

Auf ihrem eigenen Bildschirm sieht Denise die Augen sämtlicher Anwesenden bei Donners Frage auf sich gerichtet. Selbstverständlich sind alle ihre Kollegen an den neuesten Nachrichten aus dem Hause Malowski/Leuchner interessiert. »Sein Fieber ist seit gestern wieder gestiegen«, gibt sie niedergeschlagen bekannt. »Wenn es weiter steigt, werde ich ihn wohl ins Krankenhaus bringen müssen, zumal er mittlerweile leichte Atemprobleme bekommen hat und auch sonst die üblichen Symptome zeigt.«

»Das würde ich mir an deiner Stelle gründlich überlegen«, ergreift Tobias das Wort. Seine Stimme klingt hinter der Maske etwas dumpf. »Stand heute kann man dort medizinisch überhaupt nichts für ihn tun und solange er nicht künstlich beatmet werden muss, ist er zu Hause sicher besser aufgehoben! Er ist doch separat untergebracht, nehme ich an?«

»Ja, er bewohnt nach wie vor seine Steuerberaterpraxis.« Denise atmet hörbar tief durch. »Also gut, dann werde ich mir das mit dem Krankenhaus unter diesen Umständen noch einmal überlegen. Außerdem kommt sein Hausarzt zweimal die Woche und checkt ihn durch, seinem Urteil werde ich sicher vertrauen können. Was ist denn jetzt mit dem neuen Fall?«, wechselt sie schnell das ihr unangenehme Thema. »Gibt es bezüglich des Tathergangs schon die ersten Erkenntnisse?«

»Tobias?«, fordert Donner seinen leitenden Ermittler mit einem Nicken auf, von seinem nächtlichen Einsatz zu berichten. Die anwesenden Kollegen wissen zwar im wesentlichen schon Bescheid, aber es gilt jetzt vor allem, die wenigen Fakten erstmals in der großen Runde zu diskutieren. Außerdem ist man natürlich auf den Vortrag des Leiters der Forensik gespannt, der ebenso wie der Ermittler naturgemäß etwas übernächtigt wirkt.

»Der Tote heißt Theodor Gronau, ist achtundsechzig Jahre alt, verwitwet und Eigentümer des Einfamilienwohnhauses, in dessen Wohnzimmer er gefunden wurde«, beginnt Heller. »Er lebte nach dem frühen Tod seiner Frau dort allein. Ob es erwachsene Kinder gibt, habe ich noch nicht recherchiert, werde es aber gleich im Anschluss nachholen.« Er entnimmt einem mitgebrachten Hefter eine großformatige Zeichnung und zeigt sie herum.

»Ich habe euch wie immer auch dieses Mal zum besseren Verständnis einen Grundriss des Tatortes erstellt«, erläutert er die Skizze, wird aber sofort von einer Kinderstimme unterbrochen, die vom Videochat am Kopfende in voller Lautstärke ein freudiges »Tooobiiiii« kräht.

Sämtliche Köpfe rucken synchron zu der Unruhestifterin herum: Neben Denise ist auf dem Bildschirm jetzt übergangslos das von goldblonden Locken umrahmte Gesicht ihrer Tochter erschienen. Und zwar in Überlebensgröße, weil das Kind auf den Schoß ihrer Mutter geklettert ist und nahezu in den Monitor hineingekrochen zu sein scheint.

Tobias winkt dem Mädchen freundlich zu. Er war oft bei Denise zu Hause, um seine Ermittlungspartnerin zu einem Tatort abzuholen und ist darüber hinaus mit ihrem Mann befreundet, weshalb er für Leonie kein Fremder ist und sie sich freut, ihn jetzt zu sehen. Sie langweilt sich naturgemäß, da ihr Vorrat an Spielkameraden im Augenblick zugegebenermaßen ziemlich eingeschränkt ist. Verfügbar wäre eigentlich nur der Kater ihrer Mutter, aber der hat lieber seine Ruhe und verkrümelt sich tunlichst, sobald Leo auf der Bildfläche erscheint.

»Sorry, Leute! Sie ist momentan etwas aufgedreht«, entschuldigt sich Denise bei den Kollegen für die Unterbrechung. »Mama muss arbeiten, Engelchen!«, flüstert sie der Kleinen anschließend zu und hebt sie von ihrem Schoß herunter. »Es dauert aber bestimmt nicht lange und nachher lese ich dir eine schöne Geschichte vor, versprochen!«

»Ist gut!« Spontan und unbeschwert, wie Kinder in diesem Alter eben sind, protestiert Leonie gar nicht erst, sondern rennt auf der Stelle davon, um ein anderes Opfer zu suchen. »Caruusooo!«, hört man sie noch im Wegrennen rufen, dann ist es bis auf einen deutlich vernehmbaren Seufzer ihrer Mutter still.

Und ich hatte tatsächlich ernsthaft über ein Duplikat davon nachgedacht, überdenkt sie kritisch ihre diesbezügliche romantische Anwandlung von heute früh. *Dabei kann ich ein einzelnes Exemplar jetzt schon kaum bändigen!*

»So, ich bin wieder bei euch!«, meldet sie der geduldig wartenden Runde betont forsch. Jeder im

Besprechungsraum kann sich ihren Tagesablauf im Homeoffice lebhaft vorstellen, dementsprechend großzügig gehen die Kollegen mit der Situation um.

Außerdem ist die aufgeweckte Leonie ohnehin bei allen äußerst beliebt, seit Denise sie vor ein paar Monaten einmal notgedrungen mit ins Büro brachte. Sven besuchte seinerzeit eine Fortbildungsveranstaltung in Frankfurt und konnte sich daher tagsüber nicht um die gemeinsame Tochter kümmern. Zum Glück war gerade kein wichtiger Fall zu bearbeiten, denn das lebhafte Kind hielt das gesamte Kommissariat auf Trab.

»Kommen wir also wieder zur Tagesordnung zurück!«, erinnert Kommissariatsleiter Donner seine Leute nachdrücklich daran, dass erst vor wenigen Stunden ein grausamer Mord verübt wurde, den es schnellstmöglich aufzuklären gilt. Tobias Heller hatte inzwischen die im Grunde recht unterhaltsame Unterbrechung dazu benutzt, den von ihm aus dem Gedächtnis gezeichneten Grundriss an die Tafel zu heften.

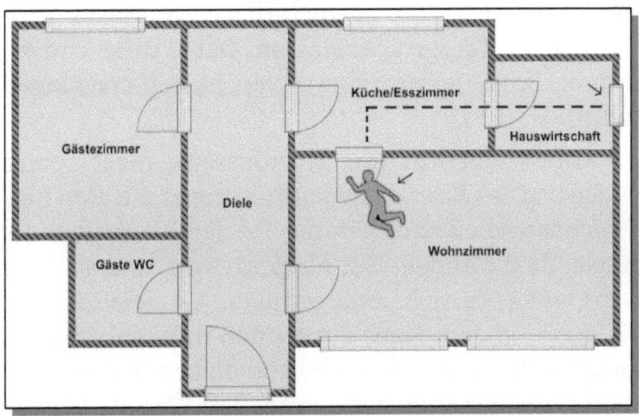

»Bei unserem Eintreffen fanden wir das Wohnzimmer verwüstet vor«, beginnt Tobias Heller mit seinem Bericht. »Alles war kurz und klein geschlagen worden und es sah aus wie auf einem Schlachtfeld!« Er zeigt auf die Tafel. »Die Leiche lag vor der Tür, die zur Küche und somit auch zum Hauswirtschaftsraum führt, durch dessen Fenster der Einbrecher in das Gebäude gelangte, nachdem er es zuvor eingeschlagen hatte. Das lässt die Frage offen, weshalb der Mann von hinten erschlagen wurde. Wenn Theodor Gronau durch den Lärm aufgeschreckt wurde und nach dem Rechten sehen wollte, wäre er dem Dieb direkt in die Arme gelaufen, sofern dieser den durch die gestrichelte Linie markierten Weg nahm!«

»War die Tür offen oder geschlossen?«, erkundigt sich Kommissarin Christina ›Chrissie‹ Ohlsen. »Wenn sie zu war, liegt die Vermutung nahe, dass der Eindringling durch die andere Wohnzimmertür, also über die Diele in den Raum gelangte. Den Hausherrn, der sich gerade der Küchentür zugewandt hatte, tötete er kurzerhand, um keine Zeugen seiner Tat zurückzulassen. Das würde immerhin erklären, warum dieser von hinten erschlagen wurde.«

»Die Küchentür war geschlossen«, nickt Tobias Heller. »Dies lässt zwei Vermutungen zu: Der Einbrecher verließ nach getaner Tat den Raum über die Diele, da die andere Tür blockiert war, und er hätte sich, wenn es sich so zugetragen hat, wie Chrissie es sagte, in dem Haus auskennen müssen! Er hatte ja keine Zeit zu verlieren, nachdem er einen solchen Lärm veranstaltet hatte und der Weg durch die

Diele ist etwa doppelt so weit. Für die Insider-Theorie spricht auch die Tatsache, dass er anschließend über das Nachbargrundstück flüchtete, wo er ungesehen in der Nacht verschwinden konnte. Dass dort jemand im Dunkeln auf der Terrasse saß und ihn dabei beobachtete, konnte er nicht ahnen«, lächelt er in Richtung Videochat, was aber wegen der Maske vor seinem Mund nicht zu sehen ist.

»Er ging vielleicht davon aus, dass niemand daheim war«, wirft Denise Malowski über die Konferenzschaltung ein. »Und dann musste er erkennen, dass dies entgegen seiner Annahme doch der Fall war. Er geriet daraufhin in Panik, weshalb er den unvermutet angetroffenen Hausherrn kurzerhand mit dem Einbruchswerkzeug tötete!«

»Warum verwüstete er aber das Wohnzimmer?«, überlegt Oberkommissar Wolfgang Müller. »Das ergibt doch gar keinen Sinn!« Er sitzt als einziger direkt neben seiner Partnerin Chrissie, da er mit dieser ohnehin zusammenlebt und die beiden als Paar die Abstandsregeln nicht zu beachten brauchen.

»Er muss diese Verwüstung logischerweise *nach* dem Mord veranstaltet haben«, schlägt Donner in dieselbe Kerbe. »Aus welchem Grund? Wolfgang hat recht, das scheint mir eine sinnlose Handlung zu sein. Zudem ist es in Zeiten wie diesen schon sehr gewagt, von einer Abwesenheit des Bewohners auszugehen, noch dazu um diese Uhrzeit! Wo hätte der denn sein können, wo Restaurants, Kinos und Konzerthallen auf Anordnung der Behörden bis auf Weiteres geschlossen sind?«

»Die restlichen Räume des Hauses waren übrigens in tadelloser Ordnung«, meldet sich Jürgen Vogel ungefragt zu Wort. »Die Zerstörungswut des Täters richtete sich offensichtlich ausschließlich auf den Bewohner und dessen direktes Umfeld. Wir konnten bislang nicht ermitteln, ob etwas gestohlen wurde, dazu müssten wir jemanden fragen, der die häuslichen Gegebenheiten kennt. Fingerabdrücke waren außer vom Hausherrn keine zu finden, der Einbrecher wird also höchstwahrscheinlich Handschuhe getragen haben.«

»Es war zwar dunkel, als die verdächtige Person durch meinen Garten lief«, wirft Denise Malowski ein, »ich bin mir aber ziemlich sicher, dass er oder sie keinen größeren Gegenstand mitgeschleppt hat. Falls er etwas Wertvolles mitgehen ließ, muss es demnach in seine Hosentasche gepasst haben. In der Hand trug er jedenfalls nur das mutmaßliche Tatwerkzeug.«

»Du hast natürlich recht, wir wissen nicht mit absoluter Gewissheit, ob es ein Mann war«, übernimmt der Kommissariatsleiter die geschlechtsneutrale Darlegung der Kollegin. »Oder hat die KTU diesbezüglich eine andere Information?«, wendet er sich an Jürgen Vogel.

Jeder hier im Raum weiß, dass eine der zahlreichen Macken des Forensikers darin besteht, bei seinen Vorträgen brisante Sachverhalte gerne bis zum Schluss zurückzuhalten. Und es fehlt ja immer noch sein Bericht über die Durchsuchung des Nachbargrundstücks, die er mit seinen Leuten auf

Tobias Hellers Geheiß im Anschluss an die Tatortuntersuchung in den frühen Morgenstunden
durchgeführt hatte.

»Zunächst möchte ich der Kollegin für ihre präzise nächtliche Beobachtung danken!«, beginnt
Jürgen Vogel und steht umständlich von seinem
Stuhl auf. Dies ist eine weitere seiner Marotten:
Vorträge hält der schlaksige Wissenschaftler am
liebsten im Stehen. Er könne sich dann besser konzentrieren, pflegt er zu sagen, wenn man ihn darauf
anspricht. Das gilt angeblich gleichermaßen für die
schwarzen Zigarillos, die er bei jeder sich bietenden
Gelegenheit zwischen seinen Lippen wälzt und die
oft nicht einmal angezündet sind. Bei Besprechun-
gen wie dieser muss er zu seinem Leidwesen allerdings darauf verzichten, da im ganzen Gebäude
striktes Rauchverbot herrscht und Mundschutz
und Rauchen sich sowieso gegenseitig ausschließen.

»Denises ausführliche Beschreibung des Flucht-
wegs des mutmaßlichen Täters ließ uns recht bald
fündig werden«, fährt Vogel fort, wobei er die
Daten wie immer vom Vorabentwurf seines späteren offiziellen Berichts abliest, um keine wesentlichen Fakten zu vergessen. »Wahrscheinlich wurde
die verdächtige Person an der Grenze zum Nachbargrundstück mit dem gleichen Problem konfrontiert, das auch uns anfangs beschäftigte: Jenseits
der etwa einen Meter hohen Hecke wartete ein rie-
siger Dobermann auf uns!«

»Das war Rocky«, wirft Denise Malowski ein. »Er ist aber harmlos und sowieso nicht mehr der Jüngste. Leonie spielte vor Ausbruch der Pandemie oft mit ihm im Garten, wenn schönes Wetter war.«

»Das wird die verdächtige Person ebenso wenig gewusst haben wie wir anfangs«, grinst Vogel schadenfroh. »Jedenfalls reagierte dieser Mensch höchstwahrscheinlich wie jeder andere auch, der mitten in der Nacht auf unbekanntem Terrain unvorbereitet mit einem solchen Monster zusammentrifft: Er gab Fersengeld, wobei dies hier zurückblieb.« Er greift mit unbewegter Miene in seine Dokumentenmappe und zieht ein großformatiges Foto hervor, das er unter den aufmerksamen Blicken seiner Zuhörer an die Tafel zu seiner Rechten heftet. »Wir fanden das gute Stück nur ein paar Meter jenseits der Hecke im knöchelhohen Gras!«

»Wenn er nichts von dem Hund wusste, widerspricht das aber deiner Insider-Theorie, Tobias!«, bemerkt Chrissie Ohlsen mit hochgezogenen Augenbrauen. Der Angesprochene reagiert jedoch nicht erkennbar darauf. Er verlässt stattdessen seinen Platz, um das neu hinzugekommene Foto aus allernächster Distanz anzuschauen, obwohl selbst aus der Ferne zu erkennen ist, worum es sich bei dem abgelichteten Gegenstand handelt.

»Eine Axt!«, entfährt es denn auch der am entferntesten ›sitzenden‹ Denise Malowski verblüfft. Allerdings ist sie per Videochat am heimischen Bildschirm in der Lage, den Ausschnitt mit der Tafel per Zoomfunktion zu vergrößern. »Von der

Größe her könnte das durchaus der Gegenstand sein, den die verdächtige Person in der Hand hielt, als sie durch meinen Garten rannte!«

»Ich denke, wir werden in wenigen Tagen in der Lage sein, dieses herumeiern mit Bezeichnungen für ein geschlechtlich nicht spezifiziertes menschliches Wesen lassen zu können«, bemerkt Tobias Heller dazu, nachdem er seinen Platz wieder eingenommen hat. »Habe ich recht, Jürgen?«

»Damit dürftest du richtig liegen«, bestätigt Vogel ihm nickend. »Es handelt sich um eine stinknormale Gartenaxt, wie man sie in jedem Baumarkt kaufen kann und sie scheint recht neu zu sein. Fast wie aus dem Laden, würde ich sagen, wenn man einmal von dem Blut daran absieht. Wie unschwer zu erkennen ist, haftet reichlich davon am Kopfstück des Werkzeugs«, wendet er sich an die restlichen Ermittler. »Dass ähnliche Anhaftungen in geringer Menge an der Klinge sind, könnt ihr auf die Entfernung nicht so gut sehen, ist jedoch Tobias' Adlerauge natürlich nicht entgangen.«

Er schaut zur Sicherheit auf seine Vorlage, bevor er weiterspricht: »Die DNA-Analysen stehen zwar noch aus, aber ich kann euch jetzt schon sagen, dass es von zwei verschiedenen Personen stammt. Das Blut an der flachen Seite stimmt zudem von der Blutgruppe her mit dem des Opfers überein. Ich habe die Axt gleich heute früh per Boten zur Rechtsmedizin bringen lassen, damit Doktor de Luca sie mit der Schädelverletzung abgleichen kann. Aufgrund der vorgenannten Fakten besteht für mich jedoch kaum ein Zweifel daran, dass es die Tatwaffe ist. Fingerabdrücke waren aber leider keine darauf zu finden.«

»Demnach könnte das Blut an der Klinge vom Täter stammen?«, vergewissert sich Kommissariatsleiter Donner. »Das würde bedeuten, dass er sich bei der Aktion selbst verletzte!« Er reibt sich die Hände: »Ich kann es kaum erwarten, bis die DNA-Analyse vorliegt. Hoffentlich haben wir einen passenden Eintrag in unseren Datenbanken!«

»Eine Verletzung würde auch erklären, weshalb der Verdächtige sich auf der Flucht so merkwürdig bewegte«, überlegt Denise Malowski. »Er legte so eine Art Schaukeltrab hin, als er durch meinen Garten lief. Das sah irgendwie total ungleichmäßig aus und könnte auf eine Beinverletzung hindeuten. Wir sollten versuchen, herauszufinden, bei welcher Gelegenheit diese Verletzung entstanden ist.«

»Die geringe Blutmenge deutet auf eine eher oberflächliche Verwundung hin«, schüttelt Vogel den Kopf. »Es wurden jedenfalls nirgends in der Wohnung weitere Blutspuren entdeckt, auch nicht auf dem Weg, den der Täter nach der Tat vermutlich genommen hat.«

»Zumindest belegt sie, dass derjenige nicht unbedingt versiert im Umgang mit einem solchen Werkzeug ist«, wirft Oberkommissar Horst Weiland ein. Es ist das erste Mal, dass er in dieser Runde das Wort ergreift. »Einen Holzfäller können wir demnach wohl ausschließen!«

»Okay. Schauen wir uns in dem Haus ein weiteres Mal gründlich um!«, stimmt Donner dem Vorschlag seiner Hauptkommissarin bereitwillig zu. »Aufgrund der derzeitigen Personalknappheit«, nickt er in Richtung Videochat, »muss dazu aber dieses Mal *einer* von euch reichen. Derjenige müsste dann auch in der Wohnung des Getöteten nach Hinweisen auf Verwandte und Bekannte suchen, damit wir in der Lage sind, uns im sozialen Umfeld des Opfers umzuhören. Tobias: Du versuchst, etwaige Angehörige aufzuspüren, die uns vielleicht sagen können, ob etwas gestohlen wurde!«

»Das mit dem Tatort könnte ich doch übernehmen, Chef!«, meldet sich Denise Malowski zu Wort. Sie wittert Morgenluft, denn hier könnte bei geschickter Argumentation eine Gelegenheit zum Ermitteln für sie drin sein! »Ich wohne schließlich gleich nebenan und könnte das Haus des Opfers somit über den Garten betreten. Da es jetzt leer steht, verstoße ich auf diese Weise nicht gegen die Quarantäneauflagen und du hast weiterhin deine Leute beisammen!«

»Das hast du ja geschickt eingefädelt«, schmunzelt Donner, was wegen der Maske jedoch nur an den Augen zu erkennen ist. Denises fadenscheinige Argumente erinnern ihn lebhaft an ihre Schwangerschaft. Sie war damals durch die Mutterschutzbestimmungen zum Innendienst gezwungen und versuchte in dieser Zeit ständig, diesem unhaltbaren Zustand hin und wieder wenigstens für einige Stunden zu entkommen. Zugegebenermaßen damals wie heute mit äußerst mäßigem Erfolg.

»Einverstanden, ich werde umgehend einen Beamten mit dem Schlüssel zu dir schicken«, stimmt er ihrem Vorschlag nach reiflicher Überlegung schließlich dennoch zu. Einen Rechtsbruch kann Denise bei dieser Aktion ja nicht begehen, da sie immer noch im Dienst ist und außerdem ist es in der momentanen Situation sicher nicht verkehrt, die erfolgreiche Ermittlerin durch eine solche ›Sonderaufgabe‹ bei Laune zu halten.

»Ach ja, der Schlüssel ... Dabei fällt mir gerade ein: Wie sind eigentlich die Kollegen von der Streife gestern Abend in das Haus gelangt?«, erinnert Denise ihn daran, dass der einzige Bewohner ja zu diesem Zeitpunkt bereits tot war und den Beamten unmöglich die Tür geöffnet haben kann.

»Es gab da wohl den berühmten Schlüssel unter einem losen Stein. Wenn die Leute endlich mal begreifen würden, dass solche Verstecke allgemein bekannt sind und von daher wenig Sicherheit bieten! Ich frage mich nur, weshalb der Einbrecher nicht auf diesen Gedanken gekommen ist, wenn das so naheliegend war ... wie auch immer, die Kollegen verschafften sich auf diese Weise Zutritt, nachdem ihnen auf mehrmaliges Klingeln und lautem Rufen niemand öffnete und sie die unübersehbaren Einbruchsspuren bemerkt hatten.«

Der Kommissariatsleiter räuspert sich vernehmlich, bevor er sich abschließend an seine im Raum anwesenden Mitarbeiter wendet: »Der Rest von euch sucht derweil in den Fallakten der umliegenden Bezirke nach ähnlich gelagerten Vorfällen in der Vergangenheit! Womöglich handelt es sich ja zumindest bezüglich des Einbruchs um einen Wiederholungstäter und der Mord war gar nicht geplant.« Er klatscht auffordernd in die Hände: »An die Arbeit, Leute!«

* * *

Wo ist nur dieser vermaledeite Schlüssel? Kommissariatsleiter Donner sucht hektisch jede freie Stelle auf seinem Schreibtisch ab, hebt sogar die Kaffeetasse hoch und inspiziert den Zettelkasten. *Nichts!*

Wie schnell man etwas verlegen kann, hat ihm neulich erst seine Adelheid vor Augen geführt. Sie fahndete stundenlang vergeblich nach ihrer Lesebrille und fand sie später im Kühlschrank wieder, gleich neben der Butter. *Das kommt davon, wenn man seine Sinne nicht beisammenhält*, rügt er sich in Gedanken für seine Schussligkeit.

Er erinnert sich, dass Heller ihm den Schlüssel heute Morgen bei Dienstbeginn überreicht hatte. *Habe ich mir das etwa nur eingebildet?* »Tobias?«, ruft er quer über den Flur. Das Büro des Hauptkommissars liegt seinem genau gegenüber und da die Tür dort ebenfalls sperrangelweit offen steht, ist das durchaus eine Alternative, statt anzurufen oder hinüberzulaufen. Außerdem müsste er in diesem Fall seine Maske wieder aufsetzen. »Hast du den Schlüssel zum Tatort noch bei dir? Ich finde ihn nirgends!«

* * *

In der berechtigten Annahme, dass etwaige Kinder der Eheleute Gronau bis zu ihrem Erwachsensein unter der Adresse der Eltern gemeldet waren, ruft Tobias Heller als Erstes die Hausauskunft des elektronischen Einwohnerverzeichnisses auf, auf das die Polizei landesweit Zugriff hat.

Nachdem er sich mühsam durch das gewöhnungsbedürftige Menü gehangelt und seine Eingaben getätigt hat, steht wenig später das niederschmetternde Ergebnis fest: Außer Theodor Gronau ist nur dessen verstorbene Ehefrau aufgelistet. Das Ehepaar war demnach entweder kinderlos oder das Haus wurde erst später erworben. Die Möglichkeit, dass vorhandene erwachsene Kinder nicht mehr im Stammdatensatz der Eltern aufgeführt sind, besteht natürlich ebenfalls, da die Meldebehörden ältere Datensätze mittlerweile aus Kapazitätsgründen in sogenannte Historiendatenbanken auslagern, die ihm nicht zur Verfügung stehen.

Dann werde ich eben das Standesamt bemühen müssen, seufzt er und greift zum Telefon. Mit etwas Glück existiert in Troisdorf eine Beurkundung, ansonsten könnte die Recherche ein tagesfüllender Job werden. Und das auch nur, wenn er sich auf den Rhein-Sieg-Kreis beschränkt und es überhaupt Kinder gibt!

Gerade, als er die Nummer eintippen will, hört er von jenseits der offenen Bürotür seinen Namen rufen. *Nanu, was brüllt denn der Chef hier herum?*, wundert er sich über Donners ungewöhnliches Verhalten und legt den Hörer wieder auf das Telefon.

»Der Schlüssel?«, wiederholt er die Frage des Chefs, nachdem er schnell die paar Meter bis zu dessen Tür zurückgelegt hat, um nicht auch noch herumschreien zu müssen. »Nein, den habe ich heute

Morgen persönlich bei dir abgegeben!«, schüttelt er nachdrücklich den Kopf. »Hast du schon in der Hosentasche nachgesehen?«

»Hältst du mich für blöd? Also, hier ist er nicht! Schau doch bitte noch einmal über deinen Schreibtisch, bei der Unordnung wäre es wirklich kein Wunder, wenn da mal was verschwindet! Ich werde in der Zwischenzeit überlegen, wo ich nach der angeblichen Übergabe überall gewesen bin.«

»Das ist eine gute Idee, Chef!«, nickt Tobias erleichtert und nimmt seinen Platz wieder ein, um das Gespräch mit dem Standesamt schnellstmöglich nachzuholen. Die Sache mit dem verschwundenen Schlüssel hakt er als erledigt ab, da er zu hundert Prozent sicher ist, ihn abgegeben zu haben.

Die kurz darauf im Vorbeilaufen zugerufene Mitteilung Donners, dringend etwas erledigen zu müssen und für ein paar Stunden aushäusig zu sein, nimmt er mit einem bestätigenden Kopfnicken eher beiläufig zur Kenntnis, während er der Stimme der freundlichen Standesbeamtin am Telefon lauscht.

Und so kommt es, dass seine Kollegin Denise Malowski zu Hause im Homeoffice vergeblich auf die von Donner versprochene Überbringung des Hausschlüssels wartet.

KAPITEL 4

Dienstag, 5. Mai, 11:15 Uhr

»Danke, Kollege!« Denise Malowski nimmt den Schlüssel für das Nachbarhaus mit einem dankbaren Nicken entgegen. Bei dem blutjungen Polizisten im Rang eines Polizeimeisters vor ihrer Haustür handelt es sich jedoch nicht um denselben Beamten wie Sonntagnacht, dessen Schicht jetzt wohl vorbei sein dürfte, sofern es keinen Wechsel gab. Ein Plausch unter Kollegen ist in diesen Zeiten eher unangebracht und so lässt sie es bei der nonverbalen Kommunikation bewenden.

Donner hatte das Missverständnis bezüglich der für gestern geplanten Lieferung vorhin auf der – mangels neuer Erkenntnisse – nur kurzen Fallbesprechung aufgelöst: Er hatte den Schlüssel schlichtweg verlegt und war zudem durch den verzweifelten Hilferuf seiner Frau wegen eines Wasserschadens in der Wohnung bei der Suche gestört worden und nach Hause geeilt. Als er am späten Nachmittag zurückkam, hatte er angenommen, Tobias habe das in der Zwischenzeit erledigt und es vergessen. Im Zuge der Vorbereitung zur heutigen Besprechung fand er den Schlüssel auf der Stiftablage der Tafel.

Der junge Mann nickt nur stumm dazu und wendet sich mit einem gequälten Gesichtsausdruck schnell zum Gehen, offenbar ist er mit der Situation überfordert. Vielleicht liegt es daran, dass er als Brillenträger durch die Maske über Mund und Nase doppelt gehandicapt ist. Sie behindert ihn nicht nur beim Atmen, sondern sorgt zusätzlich dafür, dass die Gläser seiner Sehhilfe bei den derzeit niedrigen Außentemperaturen ständig beschlagen.

Denise fühlt sich aus einem gänzlich anderen Grund ebenfalls unbehaglich bei der Sache. Im Nachhinein wurde ihr nämlich klar, dass sie ihren Mund in der gestrigen Fallbesprechung wieder einmal viel zu voll genommen und stattdessen ihren ausgeprägten Instinkten als polizeiliche Ermittlerin die Führung überlassen hatte. Erst jetzt, nachdem sie den Hausschlüssel – wenn auch mit einem Tag Verspätung – in Händen hält, wird ihr schlagartig bewusst, dass ein dreijähriges Kind unmöglich allein hier im Haus bleiben kann, während sie selbst nebenan eine Tatortuntersuchung durchführt.

Wie hatte ich das nur übersehen können?, scheltet sie sich in Gedanken. *Ich bleibe zwar in der Nähe, aber ich will gar nicht daran denken, was alles passieren kann, wenn Leo stundenlang ohne Aufsicht bleibt!*

Ein Babysitter ist auf die Schnelle nicht zu bekommen und käme aufgrund der häuslichen Situation ohnehin nicht infrage. Das Haus steht ja sozusagen unter Quarantäne, deren Auslegung sie allein mit dem Betreten des Nachbargrundstücks schon arg strapazieren wird. Leonie mitzunehmen, ist sowieso keine Option, so wie es dort naturgemäß immer noch ausschaut. Sven sollte dem Kind zwar wegen des Infektionsrisikos besser nicht zu nahe kommen, aber ... Unvermittelt kommt ihr ein nahezu genialer Gedanke und ihr Gesicht hellt sich zusehends auf.

* * *

Tobias Heller knallt gefrustet den Hörer auf das Telefon. Der dritte Anruf auf der Festnetznummer von Cornelia Berger innerhalb der letzten halben Stunde war ebenso wenig von Erfolg gekrönt wie die beiden zuvor. Leider handelt es sich bei der dem örtlichen Telefonbuch entnommenen Nummer neben dem Namen und der Adresse der Tochter des verstorbenen Theodor Gronau um die einzige verlässliche Information, die ihm diesbezüglich – dank einer Auskunft des Troisdorfer Standesamts – momentan vorliegt.

Indes nutzt ihm diese Kenntnis herzlich wenig, wenn niemand ans Telefon geht! Dort persönlich vorbeizufahren, hat seiner Meinung nach keinen Sinn, denn falls jemand zu Hause wäre, würde derjenige ja wohl den Anruf entgegennehmen. Er trommelt unruhig einige Takte aus der Ouvertüre von ›Wilhelm Tell‹ auf der Tischplatte. Dies hilft ihm beim Denken meist ebenso wie die Angewohnheit, vor seinem Arbeitsplatz hin und her zu laufen. Beide Marotten sind allerdings bestens dazu geeignet, seine stets auf Ruhe und Ausgeglichenheit bedachte Partnerin in den Wahnsinn zu treiben.

Denise! Unwillkürlich stoppt er das Stakkato seiner Finger und schaut schuldbewusst zu ihrem verwaisten Schreibtisch. *Sie ist ja leider jetzt nicht hier!* Er würde es freiwillig niemals zugeben, aber sie fehlt ihm. Ihre Angewohnheit, ihn unverblümt zu kritisieren, wenn er sich wieder einmal in etwas verrannt hat, bringt ihn jedes Mal sofort auf den Boden der Tatsachen zurück. Außerdem ist ihre analytische Denkweise eine wertvolle Ergänzung zu seiner eigenen, sodass ihm mit Denise im Grunde eine Hälfte des gemeinsamen Intellekts abhandengekommen ist.

In Erinnerung an das Missverständnis mit dem Schlüssel schmunzelt er still in sich hinein. Er und Donner waren beide davon ausgegangen, dass der jeweils andere das erledigen würde. Der Chef hatte zudem nach einem dramatisch klingenden Anruf seiner Frau überhastet das Haus verlassen müssen und war erst am späten Nachmittag zurückgekehrt. Und dabei lag der Hausschlüssel die ganze Zeit auf der Stiftablage der Tafel im Besprechungsraum, wo Donner ihn offenbar bei der letzten Zusammenkunft gedankenlos ablegte, nachdem Tobias ihm das Teil auf dem Weg dorthin in die Hand gedrückt hatte.

Wenn ich wenigstens eine Handynummer von die-ser Cornelia Berger hätte!, kommt er gedanklich zu seinem Kernproblem zurück. *Falls sie in Urlaub gefahren sein sollte, kann es Monate dauern, bis sie wieder zu Hause ist, weil die Grenzen weltweit geschlossen sind!*

An diesem Punkt seiner Überlegungen ange-kommen, hat er unvermittelt eine Erleuchtung. Fast ist es, als habe ihm seine nicht anwesende Kollegin die Lösung für das Dilemma eingeflüstert. *Aber natürlich! Wenn überhaupt irgendjemand ihre*

Handynummer kennt, ist das doch wohl ihr Vater!, schießt es ihm durch den Kopf. Er greift zu seinem Diensthandy, um eine SMS zu schreiben.

* * *

Für das ›Leonie-Problem‹ war auf die Schnelle eine praktikable Lösung gefunden: Sven hatte sich sofort bereit erklärt, das Kind per Videochat so lange wie möglich zu bespaßen. Ein dauerhafter Erfolg ist aber natürlich, da die Kleine äußerst spontan sein kann, weder zu erwarten noch garantiert. Für diesen Fall ist ein sofortiger Anruf auf dem Handy vereinbart, der die nur wenige Meter entfernt arbeitende Mutter umgehend auf den Plan rufen wird.

Gerade, als Denise das Haus des Nachbarn betreten will, meldet eines der beiden Mobiltelefone in ihrer Tasche eine eingehende SMS. ›*Schau bitte nach, ob du eine Mobilfunknummer der Tochter in den persönlichen Unterlagen findest*‹, fordert Tobias sie darin auf. Denise muss beim Lesen der Nachricht schmunzeln, ihr Partner sollte sie mittlerweile wirklich besser kennen! Sie stellt zunächst den mitgebrachten Karton in der Diele ab, bevor sie die Haustür sorgfältig hinter sich schließt. Das polizeiliche Siegel, das sie beim Öffnen der Tür zerstören musste, wird sie im Hinausgehen erneuern.

Die Kiste ist für diverse Gegenstände vorgesehen, die sie nach eingehender Sichtung vor Ort mitnehmen wird. Tobias hatte vorgestern in der Nacht nicht mehr den Nerv, sich damit zu befassen, und die KTU war nicht daran interessiert, da die persönlichen Unterlagen eines im eigenen Haus getöteten

Opfers nicht tatrelevant sein dürften. Bevor sie den Karton erneut aufnimmt, greift ihre rechte Hand wie von selbst zum Holster, um den korrekten Sitz der Waffe zu kontrollieren. Dieser Griff ist ihr sozusagen in Fleisch und Blut übergegangen. Die Frage, ob sie die Pistole mitnehmen soll, stellte sich ihr aber zu keiner Zeit, da ein Polizist niemals einen Tatort unbewaffnet betritt.

Ihr Weg führt die Ermittlerin zunächst ins Wohnzimmer gleich rechts von der Diele. Schon beim Öffnen der Zimmertür bekommt Denise einen ersten persönlichen Eindruck vom Geschehen Sonntagnacht. Bisher war das ja alles graue Theorie, vornehmlich auf den Bericht ihres Partners und den von ihm gezeichneten Grundriss gestützt, doch die Realität ist wie immer wesentlich grauenvoller. Nur ihr durch langjährige Berufserfahrung und Konfrontation mit unzähligen Leichen gestähltes Nervenkostüm verhindert eine Gänsehaut beim Betrachten der Szene.

Der muss wahrhaftig wie ein Berserker gewütet haben, schießt es ihr durch den Kopf, während sie ihre Blicke langsam durch den Raum schweifen lässt. Beim Anblick dieser massiven Verwüstungen kommt ihr gar nicht erst in den Sinn, es könne sich bei dem Täter um eine Frau gehandelt haben.

Die auf dem Fußboden vor dem Durchgang zur Küche mit Klebeband angebrachte Silhouette der Leiche hatte sie ja bereits auf dem Plan gesehen, nicht jedoch die große Blutlache im Kopfbereich und schon gleich gar nicht die zertrümmerte Wohnlandschaft, an deren Rand sie jetzt steht. Dominiert wird diese von einem in der Mitte durch mehrere Axthiebe entzweigeschlagenen Couchtisch aus Holz, um den herum die restlichen Trümmer verstreut sind.

Es handelt sich vornehmlich um Gegenstände wie Bücher, Vasen, Bilder und sonstige Objekte des täglichen Lebens, alle in sinnloser Wut kurz und klein geschlagen. Lediglich die Möbel entlang der Wände blieben unangetastet, aus welchem Grund auch immer. Die beiden ehemals sicher schönen, lederbezogenen Sessel allerdings teilen das Los des dazugehörenden Tisches. Sie bestehen nur noch aus Fetzen.

Der Chef hat recht, überlegt sie. *Diese Verwüstungen müssen nach dem Mord stattgefunden haben, alles andere ergibt keinen Sinn! Es wird demnach folgendermaßen abgelaufen sein: Nachdem der Einbrecher die Scheibe im Hauswirtschaftsraum zerschlagen hatte, lief er in das Wohnzimmer und fand dort den Hausherrn vor, der nach dem Rechten sehen wollte. Er erschlug ihn, verwüstete das Zimmer und verließ das Haus wieder durch das kaputte Fenster. So muss es gewesen sein, aber ergibt das irgendeine Art von Sinn?*

Tief versteckt in einer hinteren Ecke ihres Gehirns entstehen verhaltene Zweifel über den von ihr soeben selbst skizzierten Tathergang, ohne diese konkret benennen zu können. Irgendetwas stimmt an der Sache ganz gewaltig nicht, aber was? In der Gewissheit, dass die Erleuchtung sich von alleine einstellen wird, sobald sie den Kopf frei dafür hat, zuckt Denise mit den Schultern und begibt sich zunächst an den Wohnzimmerschrank, um nach persönlichen Unterlagen des Opfers zu suchen.

***

Bereits die erste flüchtige Inspektion der wenigen im Raum vorhandenen Ablagemöglichkeiten nähren in Denise Malowski die Befürchtung, dass sie hier nichts finden wird, das eine Untersuchung wert ist. Hatte der unbekannte Randalierer gleichfalls nach etwas Bestimmtem gesucht und sich über seinen Misserfolg dermaßen aufgeregt, dass er alles kurz und klein schlug? Fand er es womöglich sogar und nahm es mit? Was hätte er in diesem Fall aber für einen Grund für diese sinnlose Raserei gehabt?

Auffällig ist das völlige Fehlen von elektronischen Geräten, die man heutzutage in jedem besseren Haushalt vorfindet, von einem Fernseher im Großformat einmal abgesehen. Ihn ließ der Einbrecher merkwürdigerweise heil. Nirgends sieht Denise aber ein Handy herumliegen, der einzige Fernsprechapparat ist das Festnetztelefon in der Diele, und dabei handelt es sich erkennbar um ein älteres Modell.

Sie versucht, sich an Momente mit Theodor Gronau in der Vergangenheit zu erinnern, der seit ihrer Heirat vor fünf Jahren ihr direkter Nachbar war, aber außer einigen belanglosen Worten über die Grundstücksgrenze hinweg gab es da nie etwas. Seine Frau war bei ihrem Einzug gerade verstorben und der Witwer in seiner Trauer nicht sonderlich mitteilsam, woran sich bis zum heutigen Tag auch wenig geändert hatte. Hatte der Mann eigentlich Enkel? Denise kann sich nicht erinnern, jemals Kinder in seinem Garten spielen gesehen zu haben. Ihr wird bewusst, dass sie im Grunde gar nichts über ihren Nachbarn weiß.

Eine vorsorgliche Überprüfung ihres privaten Handys lässt sie erleichtert aufatmen, da kein verpasster Anruf angezeigt wird und mit Leonie demnach alles in Ordnung sein dürfte. Sie wirft einen letzten Blick auf die Verwüstungen und verlässt den Raum, um ihre Suche in dem Zimmer gegenüber fortzusetzen. Bei Gronaus Zurückgezogenheit könnte es durchaus als Arbeitszimmer zweckentfremdet worden sein, denn wozu benötigt einer, der praktisch nie Besuch erhält, ein Gästezimmer?

Im selben Augenblick, als sie die eine Tür hinter sich zuzieht, fällt oben im ausgebauten Dachgeschoss eine andere mit einem lauten Knall zu! Denises Herz setzt für einen Takt aus, da sie sich bis zu diesem Moment allein im Haus wähnte. Indes gibt es bei ihr keine Schrecksekunde, als Trägerin eines schwarzen Gürtels für den dritten Dan in der Kampfsportart Taekwondo sind ihre Reflexe nahezu katzengleich.

Dass Täter zum Tatort zurückkehren, ist zwar ein viel zu oft strapaziertes Klischee, aber es kommt schon hin und wieder vor, wenn zum Beispiel versehentlich etwas zurückgelassen wurde. Und vermisst der Mörder nicht seine Axt? Ihr Jagdinstinkt ist geweckt, mit einer gleitenden Bewegung zieht sie ihre Schusswaffe und schleicht vorsichtig zur Treppe, wobei sie diese nicht eine Sekunde aus den Augen lässt.

Das kleine Teufelchen, das ihr einflüstern will, es wäre an der Zeit, Hilfe herbeizurufen, überhört sie in ihrem Eifer. Außerdem würde es ohnehin viel zu lange dauern, bis die Kollegen erscheinen, und hier kommt es jetzt auf jede Minute an!

* * *

»Habt ihr schon was?« Horst Weiland steckt den Kopf in das Büro von Wolfgang Müller und Chrissie Ohlsen, die mit ihm zusammen auf Geheiß des Chefs seit gestern Nachmittag die Fallakten der letzten Jahre auf Gemeinsamkeiten mit dem Mord untersuchen. Während die beiden sich bislang erfolglos auf die Nachbarstädte konzentrierten, nahm er sich die im eigenen Haus bearbeiteten Fälle vor.

Weiland saß bis vor ein paar Monaten noch selber hier mit seinem damaligen Ermittlungspartner Müller. Es hatte sich jedoch herausgestellt, dass Chrissie immer dann Bestleistungen abliefert, wenn sie mit ihrem Freund Wolfgang zusammenarbeitet. Solche Talente durfte man natürlich nicht brachliegen lassen und so räumte er auf eine diesbezügliche Anfrage Donners freiwillig das Feld, um den beiden eine Chance zu geben.

Chrissie hebt den Kopf und grinst ihn an. Eine Maske trägt sie im Büro ebenso wenig wie Wolfgang, da dies für das Paar keinen Sinn ergibt. Die Erheiterung der Kommissarin bezieht sich hingegen auf das, was das Gesicht des Besuchers ziert. Seit die Schulen wegen der Corona-Krise geschlossen sind, hat seine Frau als Lehrerin naturgemäß massenhaft Zeit, und die verbringt sie überwiegend mit dem Nähen überaus kunstvoll gestalteter Atemschutzmasken. Das Exemplar, das der Kollege heute außerhalb seines Büros heldenhaft trägt, ist mit einem Haifischgebiss verziert.

»Leider bisher Fehlanzeige!«, gibt sie ihm zur Antwort. »Aber wie ich dem breiten Grinsen entnehme, waren deine Bemühungen von mehr Erfolg gekrönt«, witzelt sie mit einem bedeutsamen Blick auf die Maske. Wolfgang Müller ist ebenfalls aufmerksam geworden und sieht seinen ehemaligen Partner auffordernd an. Aus langjähriger Erfahrung weiß er, dass dieser sich garantiert nicht extra vom anderen Ende des Flures hierherbemüht hat, nur um einen Plausch unter Kollegen zu halten.

»Die Suche in den Archiven habe ich heute Morgen erstmal abgebrochen«, gibt der als Querdenker bekannte Ermittler freimütig zu. »Ihr wisst selbst, was das für eine Plackerei ist und mit der Digitalisierung der Akten hat man ja gerade erst begonnen. Ich habe deshalb in der vergangenen Stunde online in den digitalisierten Ausgaben der hiesigen Tageszeitungen gestöbert und vor wenigen Minuten das hier aufgetan!«

Er schiebt Müller den Ausdruck eines Zeitungsartikels über den Tisch, den dieser nach gründlicher Inaugenscheinnahme mit einem nachdenklichen Stirnrunzeln kommentarlos an seine Partnerin weiterreicht, die ihm das Blatt vor lauter Ungeduld förmlich aus den Händen reißt.

»Von wann ist denn dieser Artikel?«, wundert sich Chrissie Ohlsen, nachdem sie den Zeitungsbericht mehrmals sorgfältig durchgelesen hat.

»Das ist bis auf den Mord eine exakte Kopie der Tat von Sonntag! Zudem muss sich das in derselben Gegend abgespielt haben und da der Ortsteil Troisdorf-West nicht sehr groß ist, wird es allerhöchstens hundert Meter von Denises Haus entfernt gewesen sein. Ich frage mich, warum sie gestern Morgen bei der Besprechung nicht sofort einen Zusammenhang gesehen hat?«

Der »Berserker« schlug erneut zu!

Troisdorf. Ein offenbar wahnsinniger Einbrecher hält seit Wochen die Bewohner des Troisdorfer Ortsteils »West« im Atem (wir berichteten darüber). Auch an diesem Wochenende war der unbekannte Täter wieder aktiv: Nachdem er sich am späten Sonntagabend auf bewährte Weise gewaltsam Zutritt zu einem Haus in der Speestraße verschafft hatte, indem er auch hier kurzerhand ein Fenster auf der Gartenseite zertrümmerte, schlug er mit seinem »Markenzeichen«, einer großen Axt, sämtliche Möbel im Haus in sinnloser Raserei kurz und klein. Gestohlen wurde laut den Bewohnern, die den Abend bei Freunden verbracht hatten, ebenso wie bei den vorangegangenen Einbrüchen auch dieses Mal nichts. Über das Motiv des Täters herrscht nach Angabe der Kriminalpolizei weiterhin Unklarheit. (*ref*)

»Der Artikel ist vom 5. Mai 2015«, klärt Horst Weiland sie auf. »Das war übrigens ebenfalls ein Dienstag. Denise ist erst einige Monate später dorthin gezogen, nachdem sie Sven kennengelernt hatte. Und der wird seiner Zukünftigen nichts davon erzählt haben, um sie nicht zu verschrecken. Er konnte ja damals noch nicht wissen, was er sich mit ihr eingehandelt hat!« Das aufgestickte Haifischgebiss passt jetzt haargenau zu dem Grinsen, das er darunter aufgesetzt hat. Es ist unter den Kollegen im Haus allgemein bekannt, dass Denise alles andere als zart besaitet ist, wenn es um die Aufklärung von Verbrechen geht.

»Die Tat, die hier beschrieben wird, fand an einem Sonntag statt«, rekapituliert Wolfgang Müller. »Das war demnach der 3. Mai und somit auf den Tag genau fünf Jahre vor unserem Mord. Kann das noch ein Zufall sein?«

»Nach dem, was da steht, hat es zuvor schon Überfälle dieser Art gegeben, und alle in dieser Gegend«, erinnert Chrissie die Kollegen, »Es wurde aber nie etwas gestohlen und die Eigentümer waren, wie es scheint, in sämtlichen Fällen nicht zu Hause.«

»Ich werde mich mal mit Tobias' Ehefrau kurzschließen«, bietet Horst an. »Melanie Heller war zwar damals noch nicht Leiterin ihres Kommissariats, aber ich verspeise einen Besen, wenn sie seinerzeit nicht an den Ermittlungen beteiligt war. Sie wird uns sicher wertvolle Informationen dazu liefern können!«

»Zumindest haben wir jetzt einen Namen für unseren Mörder«, grinst Wolfgang Müller. »Wir werden ihn ›Berserker‹ nennen, wie findet ihr das?«

* * *

Langsam und behutsam schleicht Denise mit vorgehaltener Pistole die wenigen Stufen, die glücklicherweise beim Betreten nicht knarren, zum Dachgeschoss hinauf. Dies ist beileibe nicht ungefährlich, da sie ganz auf sich allein gestellt ist und sie den Bereich jenseits des Treppenabsatzes erst einsehen kann, wenn sie oben angekommen ist.

Ein dort verborgender Angreifer wäre also vorher nicht für sie zu sehen, Denise vertraut jedoch auf ihre antrainierten Reflexe. Dennoch atmet sie unwillkürlich auf, als sie vorsichtig durch das Treppengeländer linst und den kleinen Flur leer vorfindet. Schnell schaut sie sich um: Die Tür zum Bad an der Stirnwand steht weit offen und sie kann jeden Winkel des nicht sehr großen Raumes überblicken. Dort hält sich definitiv niemand auf.

Bleibt also die geschlossene Tür unmittelbar vor ihr, die nach Tobias' Angaben zum Schlafzimmer führt. Sie legt ihre freie Hand auf die Klinke, atmet noch einmal tief durch und gibt ihr dann einen heftigen Stoß. Mit einem Knall ähnlich dem, den sie vorhin in der Diele vernahm, kollidiert das Türblatt mit der Wand, was der Polizistin beweist, dass dahinter unmöglich jemand lauern kann. Wäre dies der Fall, hätte derjenige sich spätestens jetzt durch einen Schmerzensschrei verraten.

Der nur etwa zwölf Quadratmeter große Raum ist bis auf einen Kleiderschrank und ein Bettgestell leer, wie Denise sofort erkennt. Darunter ist zu wenig Platz für einen erwachsenen Menschen und das Bettzeug ist fein säuberlich zurückgeschlagen. Ihr Blick wird indes von der Dachgaube ihr gegenüber gefesselt, wo zurückgezogene Vorhänge behäbig im Wind flattern! *Ob wohl derselbe Luftzug die Tür zufallen ließ, nachdem jemand das Fenster geöffnet hat?*

In der nächsten Sekunde klingelt ihr privates Handy. Es ist Sven! »Bitte sag mir, dass Leo dir nicht ausgebüxt ist!«, fährt sie ihren Mann am anderen Ende der Leitung ungehalten an.

»Leo ist mir nicht ausgebüxt«, wiederholt Sven artig und sie sieht förmlich dieses jungenhafte Grinsen vor ihrem inneren Auge, in das sie sich bei ihrem ersten Zusammentreffen sofort verliebt hatte und das sie auch jetzt augenblicklich sanft wie ein Lamm werden lässt.

»Fein, aber das entspricht nicht der Wahrheit, oder?«

»Ich kann nichts dafür, Schatz! Du weißt, wie impulsiv sie ist. Mitten in dem Kartenspiel, das wir über den Videochat gespielt hatten, sprang sie auf und rannte davon, weil ihr etwas in den Sinn kam, das unbedingt auf der Stelle erledigt werden muss. Du musst bitte sofort nach Hause kommen!«

Mit einem letzten bedauernden Blick zum offenen Fenster steckt Denise ihre Pistole ins Holster und wendet sich zum Gehen. *Falls tatsächlich jemand hier oben war, ist der jetzt ohnehin über alle Berge*, tröstet sie sich. *Es ist nicht sonderlich schwierig, sich von hier aus an der Dachkante zum Garten hinabzulassen.*

»Ich bin in zwei Minuten da!«, informiert sie ihren Mann hastig, während sie die Treppe hinabstürzt. Das Haus kann Leo zwar nicht verlassen, da Fenster und Türen mit Kindersicherungen versehen sind, aber wenn dieses Kind frei und ohne Aufsicht herumläuft, kann alles Mögliche passieren.

Ich werde den Chef darum bitten müssen, jemand anderen mit der Suche nach Hinweisen in dem Haus zu beauftragen, gesteht sie sich auf dem Rückweg zerknirscht ein, dass in diesem speziellen Fall Mutterrolle und Polizeidienst wohl doch nicht unter einen Hut zu bringen sind. *Ach was, ich erledige es heute Abend, sobald das kleine, liebenswerte Monster schläft! Die erwarten meinen Bericht sowieso erst morgen früh bei der Fallbesprechung. Und so dringend kann es ja auch nicht sein, wenn der Chef einfach vergisst, mir den Schlüssel vorbeibringen zu lassen!*

KAPITEL 5

Mittwoch, 6. Mai, 09:12 Uhr

Denise stürzt die erste Tasse Kaffee an diesem Morgen gierig hinunter. Neben ihr am Frühstückstisch sitzt Leonie und plappert wie immer munter vor sich hin. Ihre Mutter hört heute nur mit einem halben Ohr zu, viel zu müde ist sie nach den Stunden, die sie in der Nacht im Nachbarhaus verbrachte, statt in ihrem zugegebenermaßen einsamen Bett.

Der nächtliche Einsatz hatte sich aber gelohnt. Das Gästezimmer war, wie von ihr vermutet, als Büro benutzt worden und enthielt neben einem altmodischen Schreibtisch und einem kleinen Aktenschrank nichts weiter von Belang. Elektronische Geräte wie Smartphone, Tablet oder PC suchte sie allerdings auch hier vergeblich. Lediglich eine alte, elektrische Schreibmaschine thronte auf dem Tisch, gleich neben einem weiteren Telefonapparat.

Hinweise auf einen missglückten Axthieb, der zur Verletzung des Einbrechers geführt haben könnte, waren im ganzen Haus nicht zu entdecken gewesen, aber dafür erwies sich der Aktenschrank als eine wahre Fundgrube persönlicher Unterlagen, die Denise der Einfachheit halber komplett in den mitgebrachten Karton verfrachtete und mitnahm. Gleich nach dem Frühstück wird sie einen Streifenwagen anfordern, der die dringend benötigten Schriftstücke ins Kommissariat bringen wird. Sicherheitshalber fertigte sie auf dem Multifunktionsdrucker in ihrem Arbeitszimmer Kopien davon für den eigenen Gebrauch an.

Ein Highlight stellt hierbei das Telefonverzeichnis dar, das sie auf dem Schreibtisch vorfand. Es enthält nämlich neben einigen anderen Einträgen eine Handynummer, die mit dem Namen ›Cornelia‹ versehen ist. Da Tobias diese Information sehnlichst erwartet, hat sie ihm die Telefonnummer gleich heute früh vorab schon per E-Mail zukommen lassen.

Für die Überwachung Leonies während ihrer Abwesenheit hatte sie sich etwas nahezu Geniales ausgedacht: Sie baute mit ihren beiden iPhones eine *FaceTime*-Verbindung auf und platzierte ihr privates Telefon so in Leos Schlafzimmer, dass ihr Bettchen im Fokus der Kamera war. So brauchte sie nur hin und wieder einen Blick auf ihr Diensthandy zu werfen, um sich zu vergewissern, dass das Kind friedlich schlummerte.

Ich darf nur nicht vergessen, das Programm zu deinstallieren, ermahnt sie sich. Softwarepakete wie *WhatsApp* oder *FaceTime* sind auf Diensthandys wegen erwiesener Sicherheitslücken mittlerweile per Dienstanweisung strengstens untersagt. Sie war dermaßen in Gedanken, dass ihr erst jetzt auffällt, dass das kindliche Geplapper verstummt ist und Leonie lustlos in ihren in Milch ertränkten Froot-Loops herumstochert.

»Hast du heute Morgen keinen Hunger, Sternchen?«, fragt sie besorgt und streichelt ihr zärtlich über die Haare. »Du wirst mir doch nicht krank werden?«

In plötzlicher Panik fühlt sie die Stirn des Mädchens, die sich jedoch zu ihrer Erleichterung kühl anfühlt. »Nein, ich glaube nicht. Wir werden aber zur Sicherheit trotzdem nachher Fieber messen!«

Leonie zieht eine Schnute. »Wird der Papa bald wieder gesund, Mama?«, stellt sie weinerlich die im Grunde schon seit Tagen erwartete Frage, um in der nächsten Sekunde endgültig in bittere Tränen auszubrechen. »Ich will meinen Papa wiederhaben!«, schluchzt das Kind herzzerreißend. »Er fehlt mir so!«

»Komm mal her zu mir, Spatz!« Denise wird es durch den großen Kummer ihres kleinen Lieblings noch schwerer ums Herz, als es ohnehin schon ist, und nimmt sie tröstend in den Arm. »Er fehlt mir auch, Engelchen. Hab etwas Geduld. Du wirst sehen: Bald sitzt der Papa wieder mit uns hier am Tisch und wir albern zusammen herum wie früher!«

In Anbetracht der nicht gerade rosigen Gesamtlage fällt es Denise nicht leicht, den notwendigen Optimismus zu verbreiten. Einzig die Tatsache, dass Svens Zustand sich seit gestern nicht erkennbar verschlimmert hat und das Fieber nicht weiter gestiegen ist, gibt Anlass zur Hoffnung, dieses Mal mit einem blauen Auge davonzukommen.

Beim morgendlichen Videochat hinterließ er zumindest einen verhältnismäßig munteren Eindruck und gleich nach dem Frühstück folgt ohnehin die obligatorische Morgenvisite. Selbstverständlich wird diese wie immer unter den üblichen Sicherheitsvorkehrungen und natürlich ohne das Kind stattfinden.

Leonie mitzunehmen, hält Denise für viel zu gefährlich. Es zerreißt ihr zwar fast das Herz, ihrem kleinen Sonnenschein weiterhin den Vater vorzuenthalten, aber es sind ja nur noch fünf Tage, dann ist die durchschnittliche Genesungszeit für diese furchtbare Krankheit erreicht. Sie müssen eben beide bis dahin tapfer durchhalten und hoffen, dass alles gut ausgeht. Svens Hausarzt Doktor Jonas wird ihr sicher Genaueres sagen können, wenn er morgen am späten Nachmittag seinen Hausbesuch absolviert haben wird.

* * *

Denise hastet an ihren Arbeitsplatz und stellt mit fliegenden Fingern die überfällige Verbindung zum Besprechungsraum im Kommissariat her. Sie ist fast zehn Minuten zu spät dran, aber Leonie hatte sie mit ihrer Trauer um den Vater bis jetzt aufgehalten, und das Kind geht nun einmal vor. Für die nächste Stunde wird sie jedoch hoffentlich ungestört sein, da die Kleine im Wohnzimmer im Videochat mit Sven ist und somit eine Weile beschäftigt sein dürfte. Denise beneidet ihre Tochter um die Fähigkeit, selbst das größte Leid innerhalb kürzester Zeit wie ein Kleidungsstück abzulegen, aber dazu muss man wohl ein Kind sein.

»Dann wären wir jetzt also endlich vollzählig!«, quittiert Kommissariatsleiter Donner das verspätete Einschalten seiner Hauptkommissarin mit einem leicht sarkastischen Unterton. Wie üblich steht er mit Textmarkern bewaffnet vor der Tafel, hier hat er die ganze Mannschaft im Blick und kann wichtige Fakten, sofern sich solche im gemeinsamen Dialog ergeben sollten, umgehend notieren.

Aber nicht *er* lenkt Denises Aufmerksamkeit sofort auf sich, sondern die flammrote Löwenmähne, die hinter Tobias' breiten Schultern hervorlugt und aufgrund von Farbe und Volumen kaum zu verwechseln ist. *Das ist Melanie! Was hat denn die Leiterin von ›Diebstahl und Betrug‹ in unserer Fallbesprechung verloren?*

»Falls du dich über die Anwesenheit von Hauptkommissarin Heller wundern solltest«, wendet sich Donner direkt an sie, als habe er ihre Gedanken gelesen. »Nun, für ihre Teilnahme gibt es einen triftigen Grund, und den erläutert sie uns allen jetzt am besten persönlich«, fährt der Kommissariatsleiter fort und nickt der Chefin des Kriminalkommissariats 2 auffordernd zu.

Ist schon die weithin leuchtende Haarfarbe der Frau ein unverwechselbares Merkmal, kommt spätestens ein weiteres hinzu, sobald sie zu sprechen beginnt: Melanie Heller ist im Besitz einer überaus volltönenden Altstimme, die sie jedoch weder in Ausdruck noch in Lautstärke je zu mäßigen pflegt. Sie nimmt, wie es im Volksmund heißt, kein Blatt vor den Mund und ist von ihrer Mentalität her für die leisen Töne eher ungeeignet, aber im Grunde weiß jeder, der die Vollblutpolizistin erst einmal näher kennengelernt hat, deren direkte und ehrliche Art zu schätzen. Dass sie trotz ihrer 1,75 Meter

Körpergröße am liebsten Stiefel mit mörderisch hohen Absätzen trägt und dadurch ihren Ehemann Tobias noch um einen Zentimeter überragt, ist jetzt nicht zu sehen, da sie ihren Vortrag im Sitzen hält.

»Gestern Nachmittag kam Kollege Weiland zu mir ins Kommissariat und zeigte mir einen alten Zeitungsbericht, den er im Rahmen seiner Ermittlungen zu einem aktuellen Mordfall ausgegraben hatte«, holt Melanie Heller zum besseren Verständnis etwas weiter aus. »Ihr könnt euch sicher meine Verblüffung vorstellen, als ich hörte, dass unlängst erneut ein ähnlicher Fall von Vandalismus stattgefunden hat, der den damaligen Vorkommnissen bis aufs Haar gleicht, von dem bedauerlichen Todesfall einmal abgesehen!«

Horst Weiland schmunzelt unter seiner heute mit einem Kussmund verzierten Maske still vor sich hin. Die Reaktion der Hauptkommissarin auf seinen Bericht zum aktuellen Mordfall bestand aus einem für sie absolut typischen und nicht jugendfreien ›Four-Letter-Word‹.

»Was gibt es da zu grinsen?«, blafft sie ihn sofort an. Natürlich hat sie ihm seine Belustigung an den Augen angesehen, denn Melanie Heller verfügt über eine ausgeprägte Beobachtungsgabe!

»Jedenfalls habe ich mir umgehend die Fallakten von damals aus dem Archiv besorgt und bin diese mit meinem Mann gestern Abend gemeinsam durchgegangen«, kommt sie aber gleich wieder zum Thema zurück. »Tobias und ich sind zu der Überzeugung gelangt, dass diese Ereignisse irgendwie zusammenhängen müssen, weil für einen

Zufall die Übereinstimmungen einfach viel zu groß sind. Und da ihr momentan ohnehin etwas unterbesetzt seid«, bemerkt sie mit einem Seitenblick zum Videochat, wo Denise ihren Ausführungen gebannt lauscht, »habe ich beschlossen, euch bei den Ermittlungen zu unterstützen!« Sie knallt eine umfangreiche Akte auf den Tisch: »Das sind meine gesammelten Werke zu den Taten des Berserkers!«

»Berserker?«, echot Donner mit hochgezogenen Augenbrauen.

»So nannte ihn die Presse«, hebt Melanie die Schultern. »Wir fanden den Begriff aber dieses Mal richtiggehend zutreffend und so haben wir ihn der Einfachheit halber übernommen. Du hast doch sicher nichts dagegen, wenn ich mich an deinem Schreibtisch breitmache?«, wendet sie sich übergangslos an Denise.

Die beantwortet die ohnehin rhetorische Frage der Kollegin mit einem gleichgültigen Schulterzucken. Melanie Heller pflegt sich sowieso immer zu nehmen, was sie will. »Von wie vielen Taten des *Berserkers* reden wir hier überhaupt?«, erkundigt sie sich stattdessen pragmatisch bei ihr. »Diese Bezeichnung kam mir gleichfalls in den Sinn, als ich die Verwüstungen am Tatort sah!« Für persönliche Befindlichkeiten ist jetzt nicht die richtige Zeit und Tobias' Ehefrau wäre trotz all ihrer Eigenarten durchaus eine wertvolle Bereicherung des Teams, das steht außer Frage!

»Drei, wobei der vom 3. Mai 2015 der Letzte war, danach hörten die Überfälle schlagartig auf. Sie wurden im Abstand von einer Woche in derselben

Wohngegend und immer sonntags am späten Abend verübt, also am 19. und 26. April und eben am 3. Mai. Die Eigentümer waren jedes Mal aushäusig, einmal war man im Urlaub, ein anderes Mal auf einem Konzert und zuletzt bei Freunden auf einer Geburtstagsfeier.«

»In der gestrigen Ausgabe des ›Rhein-Sieg-Echo‹ ist übrigens ein Artikel dazu erschienen«, wirft Horst Weiland ein und entnimmt einem Aktendeckel ein DIN-A4-Blatt. »Dieses Mal von unserer allseits beliebten ›Starreporterin‹ Irene Leitner verfasst, ich habe ihn für euch ausgeschnitten und vergrößert.« Er heftet den Zeitungsausschnitt an die Magnettafel. »Nur für den Fall, dass ihr ihn noch nicht kennt!«

Ist der »Berserker« zurück?

Troisdorf-West. Auf den Tag genau 5 Jahre nach dem letzten Vorfall dieser Art drang am vergangenen Sonntag eine unbekannte Person in das Haus von Theodor G. ein und verwüstete mit einer Axt die Wohnung des Rentners. Dieser wurde von dem Überfall überrascht und fiel ebenfalls der sinnlosen Raserei des Einbrechers zum Opfer. Ist der »Berserker« wieder zurück? Alle Hinweise deuten darauf hin, dass es sich hierbei um denselben wahnsinnigen Täter handelt, der im Jahr 2015 die Ermittlungsbehörden schon einmal wochenlang in Atem hielt und niemals gefasst wurde (wir berichteten darüber). Damals wie heute wurde nichts gestohlen, jedoch muss der tragische Tod des Theodor G. uns zu denken geben: Hat die Zerstörungswut des »Berserkers« eine neue Stufe der Gewalt erreicht? (*lei*)

»Dieses Schmierblatt lese ich nur selten. Ich frage mich, wie die schon wieder an diese Informationen gelangt ist!«, knurrt Tobias Heller ungehalten. »Ihr Informant hier im Haus wurde schließlich im vergangenen Jahr gefeuert!«

»Das soll jetzt nicht unsere größte Sorge sein!«, würgt Donner eine mögliche Diskussion darüber schon im Ansatz ab. »Du hast eine Frage dazu?«, wendet er sich dennoch mit gewölbten Brauen dem Videochat zu, wo Denise Malowski soeben eine Hand hebt, den Blick auf den neu hinzugekommenen Zeitungsartikel gerichtet und mit einem deutlich sichtbaren Fragezeichen auf der Stirn.

»Die Wohngegend, wo das geschah, ist dieselbe, wo auch ich mit meiner Familie zu Hause bin?«, vergewissert sie sich mit einem zusammengekniffenen Auge. Hier wird diesem Thema zwar ständig ausgewichen, aber ihr kann man nichts vormachen: Melanie hatte selbst vorhin die vielen Gemeinsamkeiten der jetzt insgesamt vier Fälle erwähnt, und in einem davon gab es erst vor drei Tagen in ihrer unmittelbaren Nachbarschaft eine Leiche!

»Wir können dein Haus unter Polizeischutz stellen, Denise«, bietet Kommissariatsleiter Donner sofort an. »Das kostet mich nur einen Anruf!«

»Lass nur, ich bin durchaus in der Lage, selber auf meine Familie aufpassen, Chef. Soll der Kerl nur kommen!« *Und wenn er das längst getan hat?*, schießt es ihr in Erinnerung an die gestrige Episode im Nachbarhaus siedend heiß durch den Kopf. Diese Begebenheit hatte sie in dem ganzen Chaos, das ihr Privatleben derzeit darstellt, fast schon wieder vergessen.

»Es gab einen höchst merkwürdigen Vorfall, als ich gestern in dem Haus war!«, holt sie jetzt das Versäumte nach und informiert die Kollegen hastig über das offene Fenster im Schlafzimmer. »Weißt du, ob es in der Tatnacht geschlossen war?« Ihre Frage ist an Tobias Heller gerichtet, der jedoch den Kopf schüttelt.

»Ich war gar nicht in dem Zimmer«, gesteht er ihr. »Jürgen sagte, dass dort nichts Ungewöhnliches zu sehen sei, und das hat mir gereicht. Ich werde aber gleich bei ihm deswegen nachfragen. Glaubst du, es war jemand in dem Haus?«

»Ich hatte ja nur die Tür zuschlagen gehört. Könntest du Jürgen bei der Gelegenheit darum bitten, dort noch einmal nachzuschauen?«

»Wenn ihr mich fragt, sieht das nach einem Insider aus!«, meldet sich Chrissie Ohlsen zu Wort. »Also, das vor fünf Jahren, meine ich. Es kann doch kein Zufall sein, dass die Häuser zur fraglichen Zeit alle verlassen waren! Die Opfer wurden entweder vorher sauber ausspioniert oder derjenige ist ein gemeinsamer Bekannter!«

»Das hatten wir damals natürlich auch angenommen«, verteidigt Melanie Heller sich. »Es gab sogar einen Kandidaten, dem wir aber nichts nachweisen konnten. Bezeichnenderweise hörten diese Überfälle sofort auf, nachdem wir dem Kerl auf die Pelle gerückt waren! Wir haben den Mistkerl damals zwar nicht geschnappt, aber gemeinsam werden wir dieses Mal hoffentlich mehr Glück haben!«

»Somit dürfte unser weiteres Vorgehen festliegen!«, beendet Donner den Disput. »Tobias und Melanie fühlen dem Verdächtigen von damals auf den Zahn und der Rest der Mannschaft befasst sich mit dem sozialen Umfeld der drei Familien. Versucht herauszubekommen, ob es gemeinsame Bekannte mit unserem Opfer gab. Denise, du wühlst du dich durch die im Nachbarhaus gefundenen Unterlagen. Achte besonders auf irgendwelche Querverbindungen zu den Vorfällen von vor fünf Jahren. Ich nehme doch an, du hast dir Kopien davon angefertigt? Und Melanie: Dein Rang spielt hier nur eine untergeordnete Rolle«, wendet er sich im selben Atemzug an die neue ›Mitarbeiterin‹, ohne eine Antwort von Denise auf seine eher rhetorische Frage abzuwarten. »Du fügst dich in das Team ein. Keine Extratouren. Die Ermittlungen leitet Tobias. Kommst du damit klar?«

»Sicher, Peter«, antwortet sie einsilbig und bedenkt ihn mit einem Blick, den der Kommissariatsleiter sehr wohl richtig zu deuten versteht. Er bedeutet, dass ihr Mann schon wissen wird, was gut für ihn ist. Innerlich seufzend lässt er es aber dabei bewenden, damit muss Tobias alleine fertig werden!

»Apropos Unterlagen«, ergreift dieser das Wort. Er sieht der Zusammenarbeit mit seiner Frau mit wesentlich größerer Gelassenheit entgegen als sein Vorgesetzter. Im Gegensatz zu diesem weiß er durchaus mit den Allüren seiner Angetrauten umzugehen, die größtenteils ohnehin nur Show sind.

»Denise hatte mir ja die Handynummer von Gronaus Tochter gemailt«, informiert er ihn und die Kollegen, »und ich konnte vorhin endlich mit ihr sprechen. Sie und ihr Mann gehören zu den unzähligen Touristen, die nach Ausbruch der Pandemie im Ausland gestrandet sind. In ihrem Fall ist das irgendein winziges Bergdorf in Peru ohne die geringste Chance, aus eigener Kraft von dort wegzukommen. Man hofft daher jetzt auf Hilfe der Bundesregierung. Bezüglich ihres Vaters hatte sie nichts Wissenswertes zu sagen. Er habe nach dem Tod der Mutter sehr zurückgezogen gelebt und so gut wie keine Kontakte gepflegt, meinte sie.«

»Okay, Leute!« Donner klatscht zum Zeichen, dass die Besprechung zu Ende ist, kräftig in die Hände. »Es gibt viel zu erledigen, fangt also am besten gleich damit an!«

* * *

Denise Malowski hat sich der Einfachheit halber mit ihrem Notebook und der bislang nicht näher in Augenschein genommenen Beute aus Gronaus Arbeitszimmer an den Küchentisch gesetzt. Auf diese Weise kann sie sowohl ihrer Arbeit nachgehen als auch auf Leonie aufpassen, die ihr gegenüber auf ihrem Kindersitz thront und sich still einem kindgerechten Puzzle aus besonders großen Teilen widmet.

Denise hatte es bei einem ihrer letzten Einkäufe vor der Quarantäne zufällig entdeckt und aufgrund des Motivs gleich gekauft. Seither fristete es zu ihrer Enttäuschung wochenlang ein Schattendasein in der Spielekiste, weil Leonie es nach einem verächtlichen Blick in den Karton sofort als langweilig einstufte, obwohl sie nie zuvor ein Puzzle gesehen hatte. Ihre negative Einstellung dazu scheint sich jetzt aber wohl geändert zu haben. Die Zungenspitze in kindlicher Konzentration zwischen die Zähne geschoben, versucht sie das Bild eines Drachen zusammenzusetzen. Wie es aussieht, ist der Weltschmerz von heute Morgen bezüglich ihres Vaters zumindest vorübergehend vergessen.

Diesen hatte Denise zuvor mit allem Notwendigen versorgt, die Bettwäsche gewechselt und das Mittagessen vorbeigebracht. Erfreulich war dabei das leicht gesunkene Fieber und dass Sven heute wieder etwas besser Luft bekommt. Entsprechend beschwingt widmet sie sich ihrer im Grunde recht eintönigen Arbeit, mit deren Erledigung sie im Kommissariat wahrscheinlich Chrissie oder Wolfgang betraut hätte. Mit Melanies Fallakte über den *Berserker*, die ihr Tobias vor wenigen Minuten in digitaler Form per E-Mail zukommen ließ, will sie sich später befassen. Vielleicht ergeben sich dann ja tatsächlich irgendwelche Zusammenhänge mit dem Mord an Theodor Gronau.

Sie fischt die ersten beiden Dokumente aus dem Karton, der auf dem Stuhl neben ihr steht. *Zwei abgelaufene Karten für ein klassisches Konzert in Köln!* Sie erinnert sich daran, die Originale der offenbar über einen Online-Dienst bestellten und selbst ausgedruckten Tickets auf Gronaus Schreibtisch liegen gesehen zu haben und gründlich, wie sie nun mal ist, hatte sie auch davon Kopien angefertigt.

»Mama, hilfst du mir mal?«, dringt Leos Stimme in ihre Gedanken, während sie die Blätter noch unentschlossen in der Hand hält. »Die Teile passen alle nicht zusammen!«

»Was? Das kann aber nicht sein, Herzchen! Lass mich mal sehen!« Ein Blick genügt und sie erkennt sofort, worin das Problem liegt. »Du musst mit dem Rand anfangen, Schatz. Wenn du jedes Teil mit allen anderen probierst, brauchst du ...« Sie überschlägt im Kopf rasch sämtliche rechnerisch vorhandenen Möglichkeiten bei hundert Puzzleteilen. »... dann sind das im günstigsten Fall fast fünftausend Versuche, also jedenfalls ziemlich viele!«, fügt sie vorsorglich hinzu, weil Leo mit einer so großen Zahl vermutlich noch nichts anfangen kann. Sie zeigt ihr ein Eckstück: »Schau dir die Teile mit einer oder zwei geraden Seiten an, so wie das hier. Die kommen alle an den Rand, das geht viel schneller!«

Leonie grabscht das Puzzleteil aus der Hand ihrer Mutter und widmet sich mit neuer Begeisterung ihrem Drachenbild. Denise nimmt sich derweil das nächste Blatt vor, bei dem es sich um die Kopie einer Versicherungspolice handelt. Die Lebensversicherung zugunsten der Tochter beläuft sich auf 100.000 Euro und stellt somit durchaus ein Motiv für einen Mord dar. Der einzige Haken: Cornelia Berger hält sich seit Wochen in Peru auf.

Das Schriftstück teilt daher das Schicksal des Vorgängers und kommt zu den bereits gesichteten und für unwichtig erachteten Unterlagen. Plötzlich stutzt sie, nimmt die Kopien mit den Tickets erneut zur Hand, und sieht dieses Mal genauer hin.

Natürlich! Sie fasst sich in jäher Erkenntnis an den Kopf. *Warum ist mir das nicht gleich aufgefallen? Ich war wohl etwas abgelenkt, man kann eben nicht gleichzeitig puzzeln und recherchieren!*

In der nächsten Sekunde greift sie zum Handy, um Tobias Heller im Kommissariat, oder wo immer er sich gerade aufhält, über ihre Entdeckung zu informieren. Die Wahrscheinlichkeit, dass er zu diesem Zeitpunkt gemeinsam mit seiner Frau den Verdächtigen von vor fünf Jahren aufsucht, erscheint ihr zwar groß, aber ihr Partner ist uneingeschränkt multitaskingfähig. Er wird auch in diesem Fall mit der neuen Information vernünftig umgehen können, zumal sie einen Hunderter darauf setzen würde, dass Melanie den Dienstwagen fährt.

* * *

»Ich denke, es wäre eine gute Idee, die Originale auf Fingerabdrücke untersuchen zu lassen«, schlägt Tobias Heller vor, nachdem er sich Denises Theorie zu den beiden Eintrittskarten angehört hat. »Du könntest verdammt recht damit haben, dass jemand sie ihm mit der Absicht zugespielt haben könnte, ihn zur Tatzeit aus dem Haus zu locken.«

»Zudem es ja auch *zwei* Karten sind, Tobi!«, tönt es aus dem Lautsprecher der Freisprecheinrichtung.

Denise hätte ihre Wette glatt verloren, da er seinen Willen dieses Mal gegen seine Frau durchgesetzt hat und den Wagen selbst fährt. Auf den mitunter halsbrecherischen Fahrstil Melanies kann er heute ganz gut verzichten. Sie verfügt zwar über eine Menge herausragender Eigenschaften, aber Geduld gehört definitiv nicht dazu, weshalb sie am liebsten ständig mit eingeschaltetem Blaulicht und entsprechender Geschwindigkeit unterwegs wäre.

»Ja, mir kommt es ebenfalls verdächtig vor, dass es zwei Karten für den Tatabend sind, wo Gronau doch als Eigenbrötler bekannt war«, stimmt er seiner Partnerin vorbehaltlos zu. »Pech für denjenigen, dass das Konzert wegen Corona abgesagt wurde!«

»Na, das war aber doch wohl eher ein Unglück für das Opfer!«

»Natürlich. Du, ich bin mit Mel gerade auf dem Weg zu dem Kerl, der damals in den Fokus der Ermittlungen zum Berserker-Fall geriet. Das ist übrigens ganz in deiner Nähe, aber das wirst du dir ja denken können, wenn du die Akte gelesen hast, die ich dir gemailt hatte. Ich möchte dich deshalb darum bitten, Chrissie im Kommissariat anzurufen. Sie soll die Karten in die KTU bringen. Ich komme die nächsten Stunden nicht dazu und es ist besser, wenn das sofort erledigt wird. Der Karton mit den Unterlagen vom Tatort steht auf meinem Schreibtisch.«

»Sag mal«, wendet er sich an Melanie, nachdem er das Gespräch beendet hat, »waren von den drei Hauseigentümern, die dieser Kurt Jansen mutmaßlich mit seiner Axt heimsuchte, nicht auch welche mit einem Konzertbesuch am Tattag?« Dank der

Freisprecheinrichtung war seine Ehefrau in der Lage, dem Dialog zu folgen und ist daher über Denises Entdeckung vollständig im Bilde.

»Das stimmt, aber den Urlaub und den Besuch bei Freunden der beiden anderen Opfer konnte man nicht durch gefälschte Einladungen türken!«, gibt sie zu bedenken. »Wir können die Leute mit dem Konzert gerne nachher dazu befragen, wenn wir schon in der Gegend sind. Ich denke jedoch eher, dass der Kerl, so es sich denn überhaupt um denselben Täter handelt, seine Taktik geändert hat oder er kannte *dieses* Opfer ausnahmsweise einmal nicht. Dass er nach exakt fünf Jahren erneut zugeschlagen haben soll, ist für mich schon beunruhigend genug.«

»Du meinst, das am Sonntag war womöglich erst der Auftakt zu einer weiteren Serie?«

»Sag du es mir!«, brummt Melanie Heller missmutig und hüllt sich in nachdenkliches Schweigen.

»Wie seid ihr eigentlich damals auf Jansen als möglichen Täter gekommen?«, reißt Tobias sie schließlich aus ihren offenbar wenig erfreulichen Gedanken, ihrem grimmigen Gesichtsausdruck nach zu urteilen. Die Stille an Bord zehrt an seinen Nerven und es wird noch einige Minuten dauern, bis sie ihr Ziel erreicht haben.

»Hättest du die Fallakte *gelesen*, statt sie nur deiner Partnerin zu mailen, wüsstest du das, mein Schatz!«

»Wann sollte ich dafür die Zeit gehabt haben? Gib mir einfach eine Kurzfassung, irgendeinen Sinn muss es ja schließlich haben, mit der Leiterin des zuständigen Kommissariats verheiratet zu sein!«, grinst er und duckt sich gleichzeitig elegant unter ihrem erwarteten Nackenschlag weg, der jedoch ausbleibt.

»Na warte, ich weiß ja, wo du wohnst!«, gibt Melanie lediglich brummig zurück, wobei sie aber Mühe hat, ernst zu bleiben. Solche Kabbeleien sind bei dem Paar an der Tagesordnung, seit die beiden sich kennen. Es ist ihre Art, sich ihres gegenseitigen Respekts und Zuneigung zu versichern, obwohl es für Uneingeweihte eher nach dem Gegenteil aussieht.

»Du wirst es gleich sehen«, beantwortet sie seine Eingangsfrage schließlich bereitwillig. »Die Grundstücke von zwei der drei Häuser, die der *Berserker* damals heimsuchte, grenzen links und rechts an das Anwesen Jansens, das aber im Gegensatz zu den liebevoll renovierten Nachbarhäusern in einem total verwahrlosten Zustand ist. Was im übrigen auch für den Besitzer gilt, einen heruntergekommenen Säufer ohne festes Einkommen. Das dritte Haus stößt auf der Rückseite mit dem Garten an den seinigen.«

»Du meinst, er hat deren Wohnungen aus purem Besitzneid verwüstet?«

»Ich denke, es war wohl eher aus Rache. Alle drei Nachbarn hatten ihm wiederholt die Behörden auf den Hals gehetzt, weil sich der Unrat auf seinem Grundstück häufte und sie Ratten dort gesehen haben wollen. Zudem hat der Kerl nicht alle Nadeln an der Tanne, wenn du mich fragst.« Melanie vollführt mit dem Zeigefinger eine kreisende Bewegung an ihrer Schläfe. »Jedenfalls wusste er in mindestens zwei der drei Fälle von der Abwesenheit der Bewohner.«

»Wie denn das? Sie werden es ihm doch sicher nicht brühwarm erzählt haben, wenn sie sich nicht grün waren!«

»Irgendwie schon. Die Nachbarn zur Linken, die verreist waren, luden gerade ihre Koffer ins Auto, als er des Weges kam. Er sprach sie darauf an, worauf sie ihm unvorsichtigerweise von der bevorstehenden Urlaubsreise in die Karibik berichteten. Schon am nächsten Tag wurde deren Wohnung verwüstet.«

»Ich nehme an, das war die erste Tat?«

»Richtig. Im letzten Fall, also bei den Nachbarn zur Rechten, die auf einer Feier bei Freunden waren, verhielt es sich ähnlich. Er beobachtete sie heimlich dabei, wie sie in schicken Klamotten und aufgebrezelt in ihren Wagen stiegen. Es gibt Zeugen, die uns das bestätigt haben. Lediglich zur zweiten Tat fehlten diesbezügliche Informationen, wir gingen aber davon aus, dass er von dem Konzertbesuch des Ehepaars irgendwie erfahren haben könnte.«

»Oder er hat ihnen die Karten persönlich zukommen lassen, um sie aus dem Haus zu locken«, erinnert Tobias sie an Denises Entdeckung.

»Danach haben wir die Leute damals natürlich nicht gefragt und es ist aufgrund der finanziellen Verhältnisse Jansens auch eher unwahrscheinlich, aber nicht unmöglich. Letztes Indiz war dann die Axt, die wir bei einer Hausdurchsuchung fanden«, beendet Melanie ihre Ausführungen. »Leider reichten die Beweise für eine Anklage nicht aus und wir mussten ihn nach stundenlangen Verhören auf freien Fuß setzen. Hätten wir damals nur mehr gegen ihn in der Hand gehabt, dann könnte Theodor Gronau noch leben!«

Sie gibt sich die Schuld an dem, was passiert ist, weil sie ihren Täter vor Jahren nicht gefasst hat, erkennt Tobias schlagartig. »Das ist nicht gesagt, Mel. Ich frage mich ernsthaft, wo da die Verbindung besteht! Unser neuer Tatort liegt an die hundert Meter von euren damaligen entfernt, was hätte Jansen denn *dabei* für ein Motiv gehabt?« Melanie zuckt nur ratlos mit den Schultern.

* * *

»Keiner zu Hause!«, konstatiert Tobias Heller halblaut, weil auch eine geschlagene Minute nach seinem Klingeln immer noch niemand an der Haustür erschienen ist. Er schaut auf die Uhr: »Gleich drei. Rechtschaffene Menschen sind um diese Uhrzeit normalerweise auf der Arbeit.«

»Das sind jetzt aber keine normalen Zeiten!«, widerspricht Melanie ihrem Gatten. Im Gegensatz zu diesem versucht sie erst gar nicht, ihre Stimme zu dämpfen, sodass ihre Worte garantiert noch drei Häuser weiter zu vernehmen sind. »Jansen lebte damals von Stütze und daran wird sich höchstwahrscheinlich bis heute nichts geändert haben. Du brauchst dir nur diese Bruchbude anzuschauen, in der er haust. Wenn er das Haus nicht geerbt hätte, würde er sicher unter irgendeiner Brücke pennen!«

Nur wenige Meter von den Ermittlern entfernt steht Kurt Jansen zitternd in der kleinen Diele und starrt mit angstvoll aufgerissenen Augen auf die geschlossene Haustür. Zuerst hatte er nach dem Klingeln wie gewohnt die Tür öffnen wollen, aber dann hörte er diese Stimme! Niemand, der Hauptkommissarin Melanie Heller einmal in einem Verhörzimmer ausgeliefert war, wird dieses Organ jemals vergessen. Diese Frau ist wahrhaftig der Teufel in Person! Mit klopfendem Herzen geht Jansen zögernd einen Schritt rückwärts, dann noch einen. Schließlich humpelt er in heller Panik davon. Dass er bei seinem Rückzug einige der auf dem Boden stehenden leeren Bierflaschen umstößt, bekommt er in seiner Hysterie überhaupt nicht mit.

* * *

»Ich glaube, wir kommen ein anderes Mal wieder«, beschließt Tobias Heller und wendet sich um, aber der Platz an seiner Seite, wo vor wenigen Augenblicken seine Frau stand, ist leer!

Nanu, sie war doch vorhin noch hier! Wann hat sie sich davongemacht? Einigermaßen ratlos schaut er sich um.

Es ist erwiesenermaßen nahezu unmöglich, unbemerkt aus seiner Gegenwart zu verschwinden, da er über ein ausgeprägtes peripheres Sehen verfügt und Vorgänge am Rande seines Gesichtsfeldes selbst dann wahrnimmt, wenn er sich auf etwas anderes konzentriert. Gehört hat er jedenfalls nichts! Melanie vollbringt zwar das Kunststück, sich auf ihren Mörderabsätzen nahezu lautlos zu bewegen. Aber hier ist alles mit Kies ausgelegt, da *muss* man doch zwangsläufig ein Geräusch verursachen!

Zum Auto zurück ist sie jedenfalls nicht gegangen, wie er mit einem Blick zur Straße feststellt. Bleibt eigentlich nur noch der verwilderte Garten übrig, zu dem ein steiniger Weg führt. Tobias stößt einen tiefen Seufzer aus, zieht seine Waffe, und folgt ihr vorsichtig hinter das Haus. Bereits nach wenigen Metern sieht er ihre rote Haarpracht in der Sonne glänzen. Melanie steht mit dem Rücken zu ihm und richtet ihre Pistole auf eine Person, die von seiner Position aus aber nicht zu sehen ist.

»Das war's dann, Kleiner!«, hört er sie mit tiefer Befriedigung in der Stimme sagen. »Dein Weg ist hier zu Ende!«

* * *

Eine Minute zuvor

»Kannst du das noch etwas lauter sagen? Ich glaube, in Köln hat man dich nicht gehört!«, reagiert Tobias sarkastisch auf ihre in der üblichen Lautstärke vorgetragene Erklärung zum Gesamtzustand des ›Anwesens‹. Es stimmt: Melanie ist es nicht gewohnt, ihre Stimme zu dämpfen, aber dieses Mal war es Kalkül. Sie hegt nämlich den Verdacht, dass Jansen hinter der Tür lauert und ihnen bewusst nicht öffnet, weil er genau weiß, wer davor steht.

Genährt wird ihre Vermutung durch ein Geräusch, das von einem schlecht geölten Türscharnier oder einer knarrenden Diele herrühren könnte und das sie im Haus vernommen zu haben glaubt. Ganz leise nur, aber Melanies Gehör ist ausgezeichnet. Sie hört, wie Tobias es ausdrückt, geradezu das Gras wachsen. Dennoch ist sie nicht vollkommen sicher, weshalb sie Jansen auf diese Weise aus der Reserve zu locken versucht. Beim damaligen Verhör, bei dem sie wie gewohnt den ›Bad Cop‹ spielte, hatte das Kerlchen sich fast in die Hosen gemacht vor Angst, war aber bedauerlicherweise trotzdem nicht eingeknickt, weshalb sie ihren einzigen Verdächtigen zu ihrem Verdruss wieder laufenlassen mussten.

Heute, fünf Jahre später, könnte der Respekt, den sie sich seinerzeit mit ihrer ruppigen Art bei ihm verschafft hatte, endlich Früchte tragen. Dass das alles bloß Theater ist, muss ja niemand wissen. Tatsächlich ertönt mitten in Tobias' Rede, von ihm offenbar überhört, ein verhaltenes Scheppern von jenseits der Tür und dieses Mal *ist* Melanie sicher! Die Polizistin denkt nicht lange nach: Zwei, drei große Schritte zur Seite, und sie hat die Hausecke erreicht. Mit einigen weiteren raumgreifenden Sätzen ist sie auf der Rückseite, wo Kurt Jansen, genau wie von ihr vorausgesehen, soeben aus einem Fenster klettert und zu türmen versucht. Er hinkt dabei unübersehbar auf dem rechten Bein!

Die Dienstwaffe hat Melanie Heller längst in der Hand und richtet sie jetzt lässig auf den Flüchtenden, der dummerweise auch noch direkt auf sie zuläuft. »Das war's dann, Kleiner!«, ruft sie dem gerade mal 1,64 Meter messenden, schmächtigen Männchen entgegen. »Dein Weg ist hier zu Ende!«

KAPITEL 6

Donnerstag, 7. Mai, 11:52 Uhr

Peter Donner und Melanie Heller verfolgen im Beobachtungsraum mit einiger Spannung die Vorbereitungen zur Vernehmung des Tatverdächtigen. Normalerweise wäre zu diesem jede Mordermittlung krönenden Ereignis ja das ganze Kommissariat anwesend oder zumindest diejenigen, die Zeit dafür erübrigen können. Die beengten Platzverhältnisse lassen jedoch momentan nicht mehr als zwei Personen zu, will man die vorgeschriebenen Abstandsregeln nicht verletzen.

Auf der anderen Seite der einseitig verspiegelten Scheibe nehmen jetzt Tobias Heller und Horst Weiland am Vernehmungstisch gegenüber dem gestern unter recht dramatischen Umständen festgenommenen Kurt Jansen Platz. Es ist für die Kommissare das erste Verhör in dem in aller Eile umgebauten Vernehmungszimmer. Denn auch hier waren wegen der erforderlichen Hygienemaßnahmen Änderungen notwendig, die sich allerdings in einem größeren Tisch für die Wahrung des Mindestabstands erschöpfen. Auf die ursprünglich angedachte Plexiglasscheibe zwischen den vernehmenden Beamten und dem Verdächtigen wurde vorerst verzichtet, da dies bei Verhören eher stören würde. Stattdessen herrscht strenge Maskenpflicht und auch Jansen bekam leihweise eine aus dem Fundus des Kommissariats zur Verfügung gestellt.

Zu dessen aufschlussreichem Verhalten am Vortag, wo er sich einer harmlosen Befragung durch Flucht zu entziehen versuchte, kommen seit heute weitere, höchst bedeutsame Indizien hinzu. Sie wurden von der Forensik im Rahmen der von Denise Malowski angeregten zweiten Tatortuntersuchung erbracht und werfen kein gutes Licht auf den Verdächtigen.

Dies scheint Jansen ähnlich zu sehen, denn er zappelt jetzt unruhig auf seinem Stuhl herum, während Oberkommissar Weiland in aller Seelenruhe die Aufzeichnungsgeräte für das anstehende Verhör vorbereitet. Nach einem Rechtsbeistand hatte er allerdings bisher noch nicht verlangt.

»Warum sitzt Horst jetzt mit meinem Mann da drinnen und nicht ich?«, hinterfragt Melanie Heller zum wiederholten Mal Donners Entscheidung, die ihr die undankbare Zuschauerrolle bei dem anstehenden Spektakel beschert hat.

Die Frage ist an niemanden speziell gerichtet, aber der Kommissariatsleiter – außer ihr ohnehin der Einzige in diesem Raum – beantwortet sie ihr dennoch ebenso geduldig wie selbstbewusst. Mit nur 1,77 Meter Körpergröße wirkt er neben der ihn auf ihren Absätzen deutlich überragenden Kollegin trotzdem alles andere als klein und die Tatsache, dass er momentan irgendwie ihr Chef ist, gibt der Situation eine besonders reizvolle Note, wie er findet.

»Das halte ich, wie schon gesagt, für keine gute Idee«, wiederholt er seine diesbezüglichen Argumente. »Zum einen wollen wir den armen Mann doch nicht zusätzlich dadurch verwirren, dass ›Heller & Heller‹ ihm beim Verhör gegenübersitzen«, zeigt er auf Jansen, der einen gehetzten Eindruck macht. Dauernd schielt er zur Tür, als befürchte er, der Leibhaftige höchstpersönlich würde jeden Augenblick erscheinen. »Er ist ja so schon ein einziges Nervenbündel. Ich frage mich, was dafür die Ursache sein könnte. Weißt du es vielleicht? Ich habe keine Ahnung, was damals zwischen euch vorgefallen ist«, fährt er fort, ohne ihr Zeit zum Antworten zu lassen. »Auf eines kannst du aber Brief und Siegel haben: In *meinem* Kommissariat werden Verdächtige allerhöchstens durch Konfrontation mit unwiderlegbaren Beweisen eingeschüchtert und nicht durch gefletschte Zähne!«

»Ich weiß wirklich nicht, was du meinst, Peter!«, gibt sie betont harmlos zurück, ohne den Blick von der Scheibe zu nehmen.

»Wie lange kennen wir uns jetzt, Melanie? Solche Hänflinge wie den da nebenan verspeist du doch zum Frühstück! Meinst du, es ist mir entgangen, wie er dich vorhin angeschaut hat? Es war nur noch das Weiße in seinen Augen zu sehen! Nein, wenn das gerichtsfest bleiben soll, dürfen wir uns keinen Fehler erlauben. *Das* ist der Grund dafür, dass du jetzt hier mit mir im Zuschauerraum stehst, und Tobias mit Horst das Verhör führt!«

* * *

Nachdem sein Kollege die Vorbereitungen abge-schlossen und die einleitenden Worte bezüglich Datum und Grund der Vernehmung sowie Namen und Dienstgrade der anwesenden Beamten ins Mikrofon gesprochen hat, legt Tobias Heller endlich die Unterlagen zur Seite, in denen er bis zu diesem Zeitpunkt zu lesen vorgegeben hatte. Die beim ›Stu-dium‹ der Akte zur Schau getragene sorgenvolle Miene und das ab und zu eingestreute Kopfschüt-teln sollten dabei ebenso zur Verunsicherung des Verdächtigen beitragen wie der Umfang des Hef-ters, der einiges an ›Füllmaterial‹ enthält, extra zu diesem Zweck hinzugefügt.

»Das sieht gar nicht gut aus für Sie!«, wendet er sich an sein Gegenüber und schüttelt erneut den Kopf, wobei er tiefe Sorgenfalten auf seiner Stirn entstehen lässt. Mit seinen Augen jedoch nagelt er den Mann förmlich fest und Jansen, der sofort mit seinem Gezappel aufhört, starrt ihn erschrocken an. »Das sieht sogar, wenn ich es recht bedenke, überaus übel für Sie aus!« Heller klopft auf den Hef-ter: »Sie haben Spuren an einem Tatort hinterlas-sen! Diese belegen eindeutig Ihre Anwesenheit dort, ein frühzeitiges Geständnis würde Ihre Situa-tion also nur verbessern!«

»Ich habe überhaupt nichts angestellt!«, stößt Jansen weinerlich hervor.

»Ach, und weshalb sind Sie dann abgehauen, als meine Kollegen gestern bei Ihnen waren?«, mischt sich Horst Weiland ein. »Wir hatten lediglich vor, Sie zu einem Vorfall in Ihrer Nachbarschaft zu befragen!«

»Ich weiß doch, wie das bei euch läuft!«, zischt der Beschuldigte aufgebracht. »Dieser rothaarige Teu... äh, Hauptkommissarin Heller hatte mich schon einmal in der Mangel, das hat mir gereicht! Ich hatte gerade erst in der Zeitung von dem Mord gelesen und weil die Tatumstände dieselben waren wie damals ... äh, also das mit der Axt und so ... äh, da dachte ich, die will mich wieder einkassieren und bin vorsichtshalber getürmt!«

Tobias Heller nimmt die Ermittlungsakte zur Hand und blättert darin herum. Sie enthält seit heute Morgen einige höchst aufschlussreiche Dokumente, darunter einen Bericht der Forensik über die gestern durchgeführte zweite Tatortuntersuchung. Das Schriftstück, das er zuerst zur Hand nimmt, befasst sich jedoch mit etwas gänzlich anderem: »Ich habe hier das Attest des Amtsarztes bezüglich der nach Ihrer Festnahme vorgenommenen medizinischen Untersuchung Ihres rechten Beines«, erklärt er und fixiert Jansen dabei aufmerksam.

Der zuckt zusammen und wird kreidebleich. »Ich ... ich kann das erklären«, stammelt er und reibt die Hände nervös aneinander.

»Na, da bin ich aber mal gespannt! Nach Aussage des Arztes wurde die frische, allerhöchstens drei bis vier Tage alte Wunde direkt unterhalb Ihres Kniegelenks durch einen scharfkantigen Gegenstand verursacht. Bei der Gelegenheit: Wo haben Sie eigentlich Ihre Axt gelassen? Bei der gestrigen Durchsuchung Ihrer Behausung wurde sie nicht gefunden, wir wissen aber von Hauptkommissarin

Heller, dass Sie ein solches Werkzeug besitzen!« Mit großer Genugtuung sieht Tobias ihn bei der Namensnennung erneut zusammenzucken.

»Keine Ahnung, hab sie ewig nicht mehr benutzt und die Wunde habe ich mir bei einem Sturz zugezogen. Bin direkt auf einen Stein geknallt.«

»Und bei der Gelegenheit haben Sie sich auch das rechte Sprunggelenk verstaucht, nehme ich an? Mann, das können Sie Ihrer Oma erzählen!« Heller knallt ihm ein Foto der sichergestellten Axt hin. »Ist das Ihre? Sehen Sie das Blut daran? Es hat dieselbe Blutgruppe wie Sie und ich bin mir sicher, dass der Vergleich mit Ihrer DNA uns bestätigen wird, dass es von Ihnen ist. Bis das Ergebnis vorliegt, bleiben Sie unser Gast!«

»Das können Sie nicht machen, Herr Kommissar! Ich war das nicht!«

»Sehen Sie das hier?« Ein weiteres, amtlich aussehendes Dokument landet auf dem Tisch. »Das ist ein Haftbefehl, vom Staatsanwalt vor einer Stunde erst ausgefertigt. Die Tinte ist noch nicht einmal trocken! Wir haben unwiderlegbare Beweise dafür, dass Sie am Tatort waren, mal davon abgesehen, dass eine Zeugin jemand, der stark hinkte, kurz nach der Tat von dort flüchten sah. *Mit* der Axt!«

Horst Weiland nimmt jetzt den druckfrischen Bericht der KTU zur Hand. »Unsere Forensiker fanden zudem *Ihre* Fingerabdrücke sowohl am Rahmen des zuvor eingeschlagenen Fensters im Erdgeschoss als auch an Tür- und Fenstergriff des Schlafzimmers im Dachgeschoss!«, konfrontiert er Jansen mit den Ergebnissen der zweiten Tatortuntersuchung.

»Und im weichen Boden hinter dem Haus gab es einen wunderschönen Abdruck eines Turnschuhs Größe 38, dessen Original wir in *ihrem* Schuhschrank fanden«, ergänzt Tobias Heller genüsslich. »Sie hätten ihn reinigen sollen, die Erde daran stammt laut unserem Labor definitiv vom Tatort!«

Dass all diese Hinterlassenschaften bei der forensischen Untersuchung am Tatabend nicht vorhanden waren und erstmals bei *dieser* Gelegenheit sichergestellt wurden, muss er Jansen ja nicht gleich auf die Nase binden. Einen Beweis für dessen Anwesenheit stellen die Spuren allemal dar und heißt es nicht, dass manche Täter später an den Tatort zurückkehren?

Kurt Jansen ist bei den Worten der Kommissare immer mehr in sich zusammengesunken und kauert jetzt wie ein Häufchen Elend auf seinem Stuhl. »Sie haben gewonnen«, haucht er fast unhörbar. »Ich sage Ihnen alles!«

* * *

»Ich verstehe jetzt, was du vorhin meintest, Peter«, grinst Melanie Heller jenseits des venezianischen Spiegels. »Dermaßen *zartfühlend* wie mein Ehemann wäre *ich* selbstverständlich nicht mit dem Verdächtigen umgesprungen!«

»Hmmm«, hüstelt Donner verlegen. »Ich muss zugeben, dass Tobias ihm dieses Mal etwas arg zugesetzt hat. Aber lass uns lieber hören, was Jansen zu beichten hat!«, wechselt er schnell das heikle Thema.

* * *

»Es stimmt, ich war dort«, nuschelt Jansen nahezu unverständlich. Den Kopf hält er dabei gesenkt, als schäme er sich dessen, was er den vernehmenden Beamten jetzt endlich gestehen will.

»Sie dürfen ruhig etwas deutlicher sprechen!«, fährt Heller ihn daher sofort an. »Und schauen Sie mich gefälligst an, wenn Sie mit mir reden!«

»Aber ich habe niemanden umgebracht!«, wird Jansen jetzt emotional und hebt sowohl den Kopf als auch die Stimme dabei. »Ich wollte nur nachsehen, was da passiert war, ehrlich!«

»So, so. Sie sind dann also in das Haus eingebrochen, aber wie haben Sie überhaupt von der Tat erfahren? Sie selbst wohnen an die hundert Meter vom Tatort entfernt!«

»Ich … ich bin in der Nacht noch … herumgelaufen«, stottert Jansen. »Aus dem Haus von dem Gronau wurde gerade seine Leiche herausgetragen, als ich daran vorbeikam. Ich bin stehengeblieben und hörte ein paar Polizisten von den schrecklichen Verwüstungen reden, die der Mörder offenbar mit einer Axt in der Wohnung angerichtet haben soll.«

Er schluckt krampfhaft und sein ausgeprägter Adamsapfel hüpft auf und ab. »Das … das war alles genauso wie … wie damals, als man mich beschuldigt hat, die Möbel meiner Nachbarn kurz und klein gehauen zu haben! Ich weiß, das war eine saudumme Idee von mir, aber ich bin zwei Tage später wieder dorthin, um mir das aus der Nähe anzuschauen. Es gab doch an dem Morgen einen Artikel im ›Rhein-Sieg-Echo‹, da wusste ich sofort Bescheid!«

Das war demzufolge am Dienstag, überlegt Heller. *Denise hatte also recht mit ihrer Vermutung, dass jemand in dem Haus war!* »Wie sind Sie hineingekommen? Sie wissen, dass es strafbar ist, einen polizeilich versiegelten Tatort zu betreten? Von der Tatsache, dass Sie dort eingebrochen sind, ganz zu schweigen!«

»Da war doch dieses kaputte Fenster, durch das bin ich eingestiegen. Ist das ein Einbruch? Ich dachte, das wäre nur der Fall, wenn man etwas kaputtmacht«, äußert sich Jansen mit einem treuherzigen Augenaufschlag dazu. Tobias schaut nur augenrollend zu seinem Kollegen und schüttelt missbilligend den Kopf.

»Aber dann sah ich diese Frau im Wohnzimmer herumspionieren«, fährt Jansen mit neuer Zuversicht in der Stimme fort, die Geste Hellers offenbar als Zustimmung wertend. »Und weil die eine Knarre hatte, bekam ich Panik, bin die Treppe rauf und durch das Schlafzimmerfenster nach draußen. Bei dem Sprung habe ich mir das Knie aufgeschlagen und den Knöchel verstaucht. Ehrlich, Herr Kommissar, so ist das gewesen!«

Das würde zumindest das offene Fenster im Dachgeschoss erklären, merkt Heller in Gedanken dazu an. Vogel hatte in seinem zweiten Bericht explizit darauf hingewiesen, es beim ersten Mal geschlossen vorgefunden zu haben. »Und warum fanden wir dann weder den Stein, an dem Sie sich verletzt haben wollen, noch irgendwelches Blut?«, konfrontiert er Jansen mit den Angaben im forensischen Bericht. »Es gab nur diesen Schuhabdruck!«

»Hab den dämlichen Stein in hohem Bogen in eine Ecke gepfeffert«, zuckt der Beschuldigte mit den Schultern. »Ihre Leute werden ihn nicht gefunden haben!«

»Na gut!« Tobias Heller schlägt die Fallakte zu und schaut Jansen ein letztes Mal ernst ins Gesicht: »Wir warten das Ergebnis der DNA-Analyse ab, dann wird sich ja zeigen, ob Sie die Wahrheit sagen. Bringen Sie den Mann in seine Zelle!«, weist er den Wachmann an der Tür an, bevor er mit Horst Weiland den Vernehmungsraum verlässt.

* * *

»Was hältst du von der Sache?«, fragt er eine Viertelstunde später seine Frau. Sie hat auch auf dieser Fahrt wieder den Part der Beifahrerin und blickt nachdenklich aus dem Fenster, während Tobias den Dienstwagen in den um diese Uhrzeit zäh fließenden Verkehr der Frankfurter Straße einfädelt.

Beide sind auf dem Weg zum rechtsmedizinischen Institut in Bonn, wo in einer knappen halben Stunde die Autopsie der Leiche von Theodor Gronau stattfinden soll. Der Termin wurde von Doktor Martina de Luca höchstpersönlich vor wenigen Minuten telefonisch durchgegeben und wie von der eigenwilligen Pathologin nicht anders gewohnt, wieder einmal auf den letzten Drücker.

Zwar wurde diese Leichenschau von allen im Kommissariat sehnsüchtig erwartet, aber dadurch war nach dem Verhör natürlich keine Gelegenheit mehr für Tobias, mit Melanie über die Vernehmung ihres derzeit einzigen Tatverdächtigen zu sprechen.

»Es wird schwer sein, ihm das Gegenteil zu beweisen«, brummt seine Frau nach einigen Sekunden unzufrieden. »Es sei denn, der DNA-Vergleich mit dem Blut am Tatwerkzeug ist positiv, dann haben wir den Kerl an den Hammelbeinen. Wenn das aber nicht der Fall ist, werden wir ihn wohl laufen lassen müssen. Schon wieder!«

Tobias kann ihren Frust verstehen. Ihr Kommissariat kann zwar, was gelöste Kriminalfälle angeht, ähnlich gute Statistiken vorweisen wie das von Donner, aber er weiß, dass sie jeden nicht abgeschlossenen Fall als persönliche Niederlage wertet. »Noch haben wir ihn in Gewahrsam«, tröstet er sie. »Vielleicht verplappert er sich ja bei der nächsten Vernehmung und wir kriegen ihn zumindest wegen der Einbrüche vor fünf Jahren dran. Die sind längst nicht verjährt!«

Das Strafmaß für Wohnungseinbrüche wurde kürzlich erst auf eine Mindeststrafe von einem bis zu zehn Jahren Gefängnis angehoben, da der Gesetzgeber den persönlichen Lebensraum als besonders schützenswert erachtet und ein gewaltsames Eindringen in diesen für die Betroffenen ein traumatisches Erlebnis darstellt. Die Verjährungsfristen entsprechen dabei immer der höchstmöglichen Haftstrafe.

»Du weißt so gut wie ich, dass Geständnisse ohne Beweise vor Gericht das Papier nicht wert ist, auf das sie geschrieben wurden!«, erinnert ihn Melanie daran, dass ein Angeklagter in Deutschland nur dann verurteilt wird, wenn das Strafgericht restlos von seiner Schuld überzeugt ist. »Wir sollten aber darüber reden, wie es jetzt weitergeht. In meinem eigenen Kommissariat wartet eine Menge liegengebliebene Arbeit auf mich und bei eurem Mordfall werde ich sowieso nicht weiter von Nutzen sein können, da ihr den mutmaßlichen Täter ja nun in Gewahrsam habt. Und wenn sich herausstellt, dass Jansen es nicht gewesen ist, ist die Ähnlichkeit mit den damaligen Vorkommnissen auch nichts mehr wert. Ich werde mich daher ab morgen wieder um meinen eigenen Kram kümmern!«

»Schade! Gerade fing die Arbeit mit dir an, interessant zu werden.«

»Schleimer!«, schmunzelt Melanie Heller. Sie weiß sehr wohl, dass ihr Mann bei den Ermittlungen lieber seine Partnerin Denise an seiner Seite hätte, mit der er seit zehn Jahren ein erfolgreiches Team bildet, aber das ist für sie okay.

* * *

Die Frauen könnten von ihrem Äußeren her nicht gegensätzlicher sein. Beide sind zwar etwa gleich groß, schlank und verfügen jeweils über eine wallende, weit in den Rücken fallende Haarpracht, aber damit hören die wenigen Gemeinsamkeiten auch schon auf. Während Martina de Luca, Chefin der Pathologie an der Universität Bonn, ihrer italienischen Abstammung gemäß über rabenschwarzes Kopfhaar verfügt und von eher knochiger Gestalt ist, trägt Melanie Heller, Leiterin des Kriminalkommissariats 2 der Kripo Siegburg, ihre Rundungen in körperbetonter Kleidung zur Schau und weist eine weithin leuchtende, flammrote Löwenmähne auf. Nur ihr Ehemann Tobias weiß, dass sie die Haarfarbe fast täglich mit einer Spülung behandelt, die ihr diesen speziellen Glanz verleiht.

»Ich glaube, wir beide hatten noch nicht das Vergnügen«, wendet sich die Rechtsmedizinerin mit unverhohlener Neugier an Melanie Heller und lässt deren Mann zunächst unbeachtet. Im Grunde ist diese Form der Begrüßung nur eine – wenn auch für die stets unterkühlt wirkende Medizinerin eher untypische – Floskel, da ein Paradiesvogel wie sie ihr gewiss im Gedächtnis geblieben wäre. »Sind Sie neu? Was ist mit Hauptkommissarin Malowski?« Dass Tobias sie bereits am Tatort über die besondere persönliche Situation seiner Partnerin aufgeklärt hatte, ist ihr wohl entfallen.

»Die ist zurzeit unabkömmlich«, beantwortet Melanie die zweite Frage ausweichend. »Die Klientel, mit der ich sonst das Vergnügen habe, ist normalerweise noch quicklebendig, da mein Kommissariat vornehmlich Wohnungseinbrüche behandelt. Ich bin übrigens *Melanie* Heller und helfe meinem Mann für ein paar Tage aus.« Sie streckt gewohnheitsmäßig die Hand zur Begrüßung aus, zieht sie aber rasch wieder zurück. Händeschütteln ist derzeit alles andere als angesagt, selbst wenn man wie die Pathologin Handschuhe trägt.

111

»Einen sterileren Ort wie diesen werden Sie so schnell nicht finden, Frau Heller!«, merkt de Luca dazu an, und ihre haselnussbraunen Augen funkeln belustigt. »Aber lassen Sie uns nun mit der Leichenschau beginnen, meine Zeit ist äußerst knapp bemessen!« Ohne eine Entgegnung abzuwarten, schreitet sie mit großen Schritten zum Sektionstisch, wo Assistentin Krystina Nowak schon alles für die anstehende Autopsie vorbereitet hat und geduldig auf ihre Chefin wartet.

Die Eheleute Heller verharren derweil an Ort und Stelle, um dem Geschehen aus gebührender Entfernung beizuwohnen. Mitzuerleben, wie ein Mensch in seine Einzelteile zerlegt wird, ist für Nichtmediziner zugegebenermaßen nicht sonderlich faszinierend. Da eine Leichenschau bis zu zwei Stunden dauern kann, üben sich die beiden in Geduld, was vor allem für Melanie eine schwere Prüfung darstellt.

* * *

»Der Mann war in einem für sein Alter normalen körperlichen Zustand«, hebt Martina de Luca zu einer Zusammenfassung ihrer Leichenschau an, die aufgrund der wenigen zu behandelnden Auffälligkeiten dieses Mal nach nur geringfügig mehr als anderthalb Stunden über die Bühne gegangen war. »Sieht man von den üblichen Verschleißerscheinungen ab, war unser Opfer gesundheitlich recht gut in Form. Lediglich der beginnende Typ-2-Diabetes, wie man ihn bei Menschen seines Alters häufig vorfindet, würde ihm in den nächsten Jahren einige Probleme bereitet haben.«

»Wenn ihm nicht vorher einer den Schädel eingeschlagen hätte!«, merkt Melanie Heller in ihrer
üblichen flapsigen Art trocken an.

*Na, die beiden müssten sich doch eigentlich hervor-
ragend verstehen*, kommentiert ihr Mann es in
Gedanken und ist dieses Mal heilfroh über den
Mundschutz, der sein breites Grinsen verbirgt. Er
selbst kommt mit den meist ruppigen Umgangsfor-
men der Medizinerin eher weniger gut zurecht.

»Korrekt!«, nickt Martina de Luca, von Melanies
Bemerkung vollkommen unbeeindruckt. »Womit
wir eine perfekte Überleitung hätten! Ich habe die
Schädelverletzung, die übrigens definitiv die Todesursache war, mit dem mutmaßlichen Tatwerkzeug
verglichen, das mir von Ihrer Forensik zur Verfügung gestellt wurde.«

Sie greift in ein Regal und drückt Tobias Heller
die in Folie verpackte Axt in die Hand. »Nehmen Sie
sie nachher wieder mit, sie wird hier nicht mehr
benötigt. Ich will mich kurzfassen: Es gibt eine
achtundneunzigprozentige Übereinstimmung der
Fraktur mit dem flachen Kopfende, das eine Breite
von zwei und eine Länge von zehn Zentimetern
aufweist.«

»Und bezüglich des Tatwerkzeugs ist kein Zweifel möglich?«, vergewissert sich Tobias Heller vorsorglich dennoch bei ihr. »Wie sieht es mit Hinweisen auf den Täter aus?«

»In Anbetracht der Umstände, dass die Schädelfraktur dazu passt und wie Sie an das Teil gelangt
sind, ist es praktisch gesichert, dass unser Opfer
mit exakt *dieser* Axt getötet wurde, obwohl das

Ergebnis des DNA-Vergleichs noch aussteht. Der tödliche Hieb wurde mit einer enormen Wucht ausgeführt, die nicht allein mit dem Gewicht des Werkzeugs zu erklären ist. Wenn Sie mich fragen, war dabei eine Menge Wut im Spiel! Bezüglich des Täters gehe ich von einer mittelgroßen Person aus. Da eine Axt normalerweise beidhändig gehalten wird, ist eine Aussage darüber, ob es sich um einen Rechts- oder Linkshänder handelt, nicht mit absoluter Sicherheit möglich.«

»Gab es sonstige Hinweise am Körper der Leiche, wie etwa Abwehrverletzungen, Hämatome und so weiter, die auf einen Kampf deuten könnten?«

»Nein, Herr Heller. Wie ich bereits sagte, ist die Schädelfraktur die einzige Verletzung. Der Mann muss meiner Meinung nach vollkommen unvorbereitet von hinten überfallen und erschlagen worden sein.«

»Bleibt noch der Todeszeitpunkt«, stellt Melanie Heller die letzte, aber durchaus entscheidende Frage. Diese Information ist der Dreh- und Angelpunkt bei Befragungen etwaiger Zeugen oder Verdächtiger, vornehmlich bezüglich der Überprüfung von Alibis.

»Ich konnte ihn medizinisch auf eine Zeit zwischen 22:30 Uhr und 23:30 Uhr am vergangenen Sonntagabend eingrenzen. In Anbetracht der Tatsache, dass die Armbanduhr des Opfers um exakt acht Minuten vor elf stehenblieb, nachdem sie offenbar durch einen Sturz beschädigt wurde, können Sie wohl davon ausgehen, dass der Überfall um 22:52 Uhr begangen wurde. Genauer geht es nun wirklich nicht!«

Das deckt sich mit Denises Angabe der Tatzeit, erinnert sich Tobias. *Und mit ihr haben wir die beste Zeugin, die man sich wünschen kann!* »Haben Sie vielen Dank, Frau Doktor de Luca!«, nickt er der Rechtsmedizinerin zum Abschied zu und nimmt Melanie beim Arm, um mit ihr diesen unheimlichen Ort schnellstmöglich zu verlassen.

* * *

Denise Malowski bittet ihren späten Besuch höflich herein, nachdem sie sich vergewissert hat, dass ihr kleiner Wirbelwind mit einer Zeichentrickserie im Kinderkanal ausreichend abgelenkt ist. Doktor Andreas Jonas ist ein noch relativ junger Arzt, kaum älter als sein derzeitiges Sorgenkind Sven Leuchner, ihr Ehemann. Im Gegensatz zu diesem ziert jedoch eine frühe Halbglatze das Haupt des korpulenten Allgemeinmediziners und er schiebt ein kleines Wohlstandsbäuchlein vor sich her.

Denise weiß, dass die beiden Männer seit ihrer gemeinsamen Schulzeit eine lockere Freundschaft verbindet und Sven den Arzt in allen Gesundheitsfragen zu konsultieren pflegt. Sie hat daher beschlossen, es genauso zu halten und seinem Urteil auch in dieser Sache zu vertrauen.

Allerdings sind heute die tiefen Sorgenfalten kaum zu übersehen, die das rundliche Gesicht des Mediziners verunstalten, als er ächzend seine Arzttasche abstellt. *Warum nur beherzigen diese Leute niemals selbst die Ratschläge, die sie ihren Patienten mit auf den Weg geben?*, fragt sich Denise, weil ihr der geringe Fitnesslevel des Arztes nicht entgangen ist.

»Unsereins bleibt fürs Fitnessstudio wenig Zeit, Frau Malowski«, äußert dieser sich lächelnd, als habe er ihre Gedanken gelesen. »Bringen wir es gleich hinter uns: Sven geht es den Umständen entsprechend ganz gut. Das Fieber ist in einem nicht bedrohlichen Bereich und das Lungenvolumen noch ausreichend, von *daher* besteht also momentan keine unmittelbare Lebensgefahr für Ihren Mann.«

»Höre ich da ein ›aber‹?« Die merkwürdige Betonung in seinem letzten Satz ist ihrer Aufmerksamkeit natürlich nicht entgangen.

»Nun, sein Immunsystem ist seit Tagen vollauf damit beschäftigt, das Virus abzuwehren«, antwortet Jonas, der offenbar zu den Menschen gehört, die dankenswerterweise direkt zum Punkt kommen, statt lange um den heißen Brei herumzureden. »In solchen Fällen sind gerne Sekundärerkrankungen die Folge. Wir nennen das dann eine Superinfektion, die aber meist durch Bakterien verursacht wird, die den geschwächten Körper befallen.«

»Ist es gefährlich? Muss ich irgendwas beachten?«

»In meiner Tasche war noch eine kleine Packung Penicillin, die ich ihm gegeben habe. Bitte besorgen Sie gleich morgen früh Nachschub in der Apotheke!« Er reicht ihr das Rezept. »Alle vier Stunden zwei Kapseln, mindestens eine Woche lang. Das hilft zwar leider nicht gegen das Virus, verhindert aber eine zusätzliche Infektion. Und achten Sie darauf, dass er genügend Flüssigkeit zu sich nimmt! Was Ihre erste Frage betrifft: Ich weiß es nicht, da die Medizin kaum Erfahrung mit diesem neuen Virus hat. Sven ist in einer angemessenen körperlichen Verfassung, deshalb denke ich, dass er das gut wegstecken wird. Haben Sie Geduld!«

Der hat gut reden, kommentiert Denise seine Durchhalteparole in Gedanken, ist aber natürlich dankbar für seinen Einsatz lange nach Schließung der Praxis, was ja auch nicht die Regel ist. Und dass man in seinem Beruf einem erhöhten Risiko ausgesetzt ist, wird sowieso viel zu wenig gewürdigt. »Ich danke Ihnen, Herr Doktor Jonas«, nickt sie ihm zum Abschied zu. »Ich werde darauf achten, dass mein Mann Ihre Anweisungen genauestens befolgt!«

So übel sieht das alles doch gar nicht aus!, denkt sie zufrieden auf dem Weg zurück ins Wohnzimmer. *Sven ist sicher bald wieder bei uns, Leo geht für ihr Alter einigermaßen vernünftig mit der ganzen Sache um, und der Mord an meinem Nachbarn ist so gut wie aufgeklärt!* Sie ahnt zu diesem Zeitpunkt noch nicht, wie sehr sie sich in einem dieser Punkte irrt.

KAPITEL 7

Freitag, 8. Mai, 08:32 Uhr

»Guten Morgen, mein Schatz!« Svens Stimme klingt etwas belegt, als er seine Frau im morgendlichen Videochat begrüßt, der wie gewohnt noch vor dem Frühstück stattfindet. Ungewohnt ist hingegen, dass er dieses Mal nicht zu sehen ist, das Bildfenster auf Denises Computer zeigt anstelle des Konterfeis ihres Ehemannes heute nur eine homogene schwarze Fläche.

»Ist deine Kamera kaputt, oder hast du dich über Nacht in einen Frosch zurückverwandelt und willst nicht, dass ich sich so sehe?«, versucht sie einem Scherz, der aber wohl nicht so gut ankommt, dem eisernen Schweigen auf der Gegenseite nach zu urteilen. »Bist du noch da?«, schiebt sie daher verunsichert hinterher, weil keine Antwort kommt. Svens merkwürdiges Verhalten verheißt nichts Gutes!

»Bist du in Sicherheit?«, ertönt es bange Sekunden später aus dem Computerlautsprecher. Der interne Code für die Frage, ob ein naseweiser Dreikäsehoch in der Nähe ist.

»Leo schläft noch«, beruhigt Denise ihren Mann in betont ruhigem Tonfall. Die berüchtigte senkrechte Unmutsfalte, die übergangslos auf ihrer Stirn materialisiert, spiegelt indes ihren Gemütszustand überdeutlich wider. »Nun mach es schon nicht so spannend und knips endlich die verdammte Kamera an!« Der jetzt etwas harsche Ton ist allein der Sorge um ihren Mann geschuldet.

»Ganz wie du willst, aber erschrick bitte nicht!« Dass die Kamera überhaupt nicht ausgeschaltet war, wird erst jetzt ersichtlich, wo Sven offenbar ein Klebeband von der Linse entfernt und das Bild dahinter stückweise sichtbar wird.

»Oh, mein Gott!« Denise schlägt erschrocken die Hand vor den Mund. »Wie ist denn das passiert?«, haucht sie fassungslos und tastet gleichzeitig hektisch nach dem Zettel mit der Telefonnummer von Doktor Jonas auf ihrem Schreibtisch. Das aufgedunsene, mit hunderten von roten Pusteln bedeckte Gesicht, das ihr nun vom Bildschirm entgegenblickt und in dem tief in den Höhlen liegende Augen sie verzweifelt anschauen, ist kaum noch als das ihres geliebten Ehemannes zu erkennen!

* * *

»Was das jetzt wohl noch bringen soll, diese Leute nach fünf Jahren danach zu fragen, ob sie die Konzertkarten damals selbst gekauft haben, oder auf mysteriöse Weise in ihrem Briefkasten fanden?«, mokiert sich Chrissie Ohlsen. Sie ist auf Geheiß Tobias Hellers mit ihrem Partner Wolfgang Müller auf dem Weg in die Speestraße, um Helmut und Monika Krause in dieser Angelegenheit zu befragen. Das Ehepaar war am 26. April 2005 auf einem Konzert, als ihre Wohnung vom *Berserker* verwüstet wurde.

»Was ist los mit dir, du bist doch sonst immer ganz scharf darauf, vor die Tür zu kommen?«, wundert Wolfgang sich über Chrissies offen zur Schau gestellte Unmut. »Ich für meinen Teil denke aber schon, dass die Aussage der Krauses etwas bringt. Sie waren damals die Einzigen, bei denen Jansen nicht wissen konnte, dass sie an dem Abend nicht zu Hause waren. Es sei denn, er hätte selbst für ihre Abwesenheit gesorgt. Tobias hatte nach der Festnahme des Tatverdächtigen nicht die Zeit dazu und jetzt ist er vollauf damit beschäftigt, die Beweise für den Staatsanwalt aufzubereiten, zumal Melanie uns nicht mehr zur Verfügung steht.«

»Ich darf dich daran erinnern, dass Jansen immer noch kein Geständnis abgelegt hat!«

»Eben deswegen ist unsere Aufgabe jetzt umso wichtiger! Falls jemand den Leuten die Karten untergeschoben hat, wäre dies ein eindeutiger Beweis dafür, dass der Vandalismus seinerzeit präzise geplant war. Nicht zuletzt fanden wir solche Konzertkarten auch an unserem jetzigen Tatort und ein Geständnis benötigen wir vielleicht überhaupt nicht, wenn sich herausstellt, dass seine DNA an der Axt ist, mit der Gronau getötet wurde. Die Taten von damals und heute sind einander viel zu ähnlich, als dass man an einen Zufall denken könnte, und dass Jansen für die Verwüstungen von vor fünf Jahren verantwortlich ist, steht für mich fest!«

»Laut Forensik war die Axt, mit der Theodor Gronau getötet wurde, noch relativ neu«, gibt seine

Partnerin zu bedenken. »Jansen war, wenn überhaupt, vor fünf Jahren tätig, wie du soeben selbst treffend bemerkt hast!«

»Wer sagt denn, dass er sich in der Zwischenzeit nicht eine neue Axt zugelegt hat?«

»Vielleicht hast du recht«, gibt Chrissie Ohlsen nach. »Am Tatort hat er sich auf jeden Fall herumgetrieben, das können wir ihm immerhin nachweisen. Dass dies aus reiner Neugier gewesen sein soll, kann er seiner Oma erzählen, da hat Tobias schon recht … Hier vorne kannst du parken«, unterbricht sie sich und zeigt auf eine freie Parklücke auf der linken Straßenseite. Der Rest der Anliegerstraße ist, so weit man sehen kann, auf beiden Seiten zugeparkt. »Von hier aus sind es nur noch ein paar Dutzend Schritte bis zu unserem Ziel.«

* * *

»Die Konzertkarten?« Helmut Krause schaut mit hochgezogenen Augenbrauen zu seiner Frau, die aber nur die Schultern hebt. Dann richtet er den Blick wieder auf Wolfgang Müller, der mit seiner Partnerin etwas abseits steht, um den erforderlichen Abstand zu wahren. Vernehmungen sind eben nicht leicht in diesen Tagen. »Das ist fünf Jahre her, Herr Kommissar!«, wundert Krause sich. »Was interessiert das denn jetzt noch die Polizei?«

»Das Konzert, auf dem Sie damals waren, fand in Köln statt und dauerte bis nach Mitternacht, und in Ihrer Abwesenheit brach jemand in Ihr Haus ein und schlug Ihre Wohnungseinrichtung mit einer Axt kurz und klein«, erinnert Christina Ohlsen das

Ehepaar. »Wir würden nun gerne wissen, ob Sie die Karten damals selbst kauften, oder zum Beispiel von jemandem geschenkt bekamen.«

»Hängt das irgendwie mit diesem schrecklichen Mord neulich zusammen?«, haucht Monika Krause erschrocken. »In der Zeitung stand, dass es derselbe Täter war!«

»Das ist nur *eine* von vielen Möglichkeiten und die Presse ist diesbezüglich im Grunde auf Spekulationen angewiesen«, versucht Müller die Frau zu beruhigen. »Dennoch sind wir gehalten, jedem Hinweis nachzugehen. Was ist denn nun mit den Karten? Erinnern Sie sich noch daran, wie Sie in deren Besitz gelangten?«

»Unser feiner Herr Nachbar, mit dem wir so gar kein gutes Verhältnis haben … er hat Ratten auf seinem Grundstück, müssen Sie wissen«, zieht Monika Krause vom Leder, »und abends hackt er noch spät Holz hinter dem Haus für seinen Kachelofen … Aber Sie hatten ja nach den Karten gefragt, nicht wahr? Na ja, jedenfalls klingelte er ein paar Tage vor dem Konzert an unserer Tür und hatte diese Konzertkarten, die er günstig verkaufen wollte. Wahrscheinlich brauchte er mal wieder etwas Kleingeld!« Frau Krause deutet mit abgespreiztem Daumen und kleinem Finger eine trinkende Bewegung an.

»Ja, und weil wir da sowieso hinwollten, aber leider keine Karten mehr bekommen hatten, haben wir sie ihm für ein Drittel des Wertes abgekauft«, ergänzt Helmut Krause die reichlich konfuse Rede seiner Frau.

»Wunderten Sie sich nicht darüber, dass es *zwei* Eintrittskarten waren?«, hakt Chrissie Ohlsen sofort nach. »Unseres Wissens lebt Herr Jansen allein, oder hatte er damals eine Freundin? Außerdem sind solche Veranstaltungen ziemlich speziell, da ist es schon recht ungewöhnlich, dass er den gleichen Musikgeschmack hat.«

»Sie meinen, weil wir Rentner sind?«, schmunzelt Helmut Krause. »Dafür ist man niemals zu alt, schließlich wurde der Rock 'n' Roll in *unserer* Jugend erfunden, ihr jungen Leute habt uns das doch bloß abgeguckt!«

»Mein Mann und ich hatten uns so gefreut, dass wir nicht darüber nachgedacht haben, warum der mit zwei Karten ankam«, gesteht seine Frau. »Aber jetzt, wo Sie es sagen ... Nein, eine Freundin hatte er nicht!«

»Sie sagten, Herr Jansen hackte abends Holz für seinen Kachelofen«, erinnert sich Wolfgang Müller an einen Nebensatz der Frau des Hauses, als sie über ihren Nachbarn herzog. »Wissen Sie noch, wann dies in neuester Zeit das letzte Mal der Fall war? Es wird immerhin zu dieser Jahreszeit nach Sonnenuntergang mitunter recht kalt!«

Monika Krause zieht überrascht die Brauen hoch. »Ich weiß zwar nicht, worin da der Zusammenhang mit dem Einbruch vor fünf Jahren besteht ... Aber das ist, glaube ich, erst ein paar Tage her ... Ja, genau: Das war am vergangenen Samstag, ich hatte noch das Fenster schließen müssen, weil man bei dem Lärm den Sprecher der Tagesschau im Fernsehen nicht mehr verstehen konnte!«

* * *

Der Bildschirm am Fußende des Besprechungstischs, über den Denise Malowski in den vergangenen Tagen an den Teamsitzungen teilgenommen hatte, ist heute nicht nur dunkel, sondern er ist sogar ausgeschaltet. Verwundert nehmen es die Kommissare der Reihe nach zur Kenntnis, während sie in gewohnter Formation ihre Sitzplätze einnehmen. Der Stuhl von Denise bleibt dabei aus Gewohnheit leer. Alle schauen auffordernd ihren Vorgesetzten an, der mit finsterer Miene seinen Platz am Whiteboard eingenommen hat.

»Willst du den Monitor nicht einschalten?«, stellt Tobias Heller die Frage an den Kommissariatsleiter, die allen auf der Zunge liegt. Einen Schlüssel vergessen auszuliefern, ist eine Sache, aber der Videochat? Nicht wenige der Anwesenden stellen sich mittlerweile insgeheim die Frage, ob ihr Chef urlaubsreif ist, schließlich geht er mit dreiundfünfzig Jahren stramm auf seine Pensionierung zu!

Donner greift zunächst zu den Farbstiften auf der Ablage der Tafel, um diese gleich darauf wieder dorthin zurückzulegen. Er wirkt etwas verstört auf seine Mitarbeiter. »Denise wird nicht an der Besprechung teilnehmen!«, teilt er seinen Leuten nach mehrmaligem Räuspern mit heiserer Stimme mit.

Ein erneutes verhaltenes Hüsteln ertönt. »Ihr Ehemann wurde heute Morgen ins Krankenhaus eingeliefert, weil über Nacht unerklärliche Symptome bei ihm aufgetreten sind. Sie ist jetzt dort, um alles notwendige zu regeln. Solange wir nicht wissen, wie ernst es mit ihrem Mann ist, sollten wir vorsorglich davon ausgehen, dass Denise ... für eine gewisse Zeit ausfällt!«

»Wer kümmert sich denn jetzt um das Kind?«, stellt Chrissie Ohlsen nach einer Pause, in der die Kollegen noch um Worte ringen, die naheliegendste aller Fragen.

»Eine Nachbarin ist momentan bei Leonie. Sie ist ausgebildete Krankenschwester und weiß mit solchen Situationen umzugehen.«

Er räuspert sich erneut vernehmlich. »Wir hoffen natürlich, dass die Sache glimpflich ausgeht, sollten jedoch nicht außer Acht lassen, dass es immer noch gilt, einen Mord aufzuklären! Was hat die Befragung der Eheleute Krause bezüglich der Konzertkarten ergeben?«, wendet er sich zunächst an Wolfgang Müller und Christina Ohlsen, die immer noch fassungslos ist. Sie ist privat mit Denise Malowski sehr gut befreundet.

»Die Krauses erhielten die Karten von Kurt Jansen«, berichtet ihr Partner in gedrängter Form vom heutigen Einsatz. »Und zwar war dies nur wenige Tage vor dem Konzert, es ist daher gesichert, dass unser Tatverdächtiger in allen drei Fällen von der Abwesenheit der Bewohner wusste und somit die Gelegenheit hatte. Übrigens wurde er am vergangenen Samstag, also am Tag vor dem Mord, beim Holzhacken gesehen«, schließt er seinen Bericht ab. »Zu diesem Zeitpunkt war die Axt demnach noch in seinem Besitz!«

»Ich habe dem Kerl ohnehin nicht abgenommen, dass er sie ›verlegt‹ hat!«, knurrt Tobias Heller. »Jede Wette, dass es dieselbe ist, die nach der Tat im Nachbargarten und voller Blut gefunden wurde! Darf ich daran erinnern, dass Jansen eine frische Verletzung am rechten Bein aufweist und Denise den Einbrecher durch ihren Garten *humpeln* sah?«

»Niemand hier im Raum zweifelt an der Schuld dieses Mannes, Tobias!«, belächelt der Kommissariatsleiter den Gefühlsausbruch seines leitenden Ermittlers. »Aufgrund des Haftbefehls können wir ihn zudem hierbehalten, bis das Ergebnis des DNA-Vergleichs vorliegt. Spätestens dann ist er überführt! Ich bin außerdem zuversichtlich, dass er seine Untaten von vor fünf Jahren früher oder später zugibt, wir müssten ihn dazu nur ein paar Stunden mit deiner Frau allein in einem Verhörzimmer lassen. Er hyperventiliert ja schon, wenn er nur ihren Namen hört!«

»Ich weiß gar nicht, was ihr alle wollt«, grinst Tobias Heller. »Melanie ist im Grunde die Sanftheit in Person! Wie sagt man so schön? Sie will doch nur spielen!«

»Das will ein Pitbull Terrier vermutlich auch, nur dass er eine andere Vorstellung davon hat, als unsereins«, nickt Donner weise. »Ich schlage vor, ihr schreibt jetzt brav eure Berichte und geht danach in das Wochenende. Ihr habt diese Woche unter den erschwerten Bedingungen wieder einmal hervorragende Arbeit geleistet und euch einen frühen Feierabend verdient. Vor Montag können wir sowieso nichts mehr ausrichten.«

Unter einem einstimmigen, wenn auch leicht bedrückt klingenden »Aye, Chef!«, und begleitet von heftigem Stühlerücken, löst sich die Versammlung zügig auf. Man ist zugegebenermaßen voller Zuversicht, den Axtmörder in Rekordzeit gestellt und hinter Schloss und Riegel gebracht zu haben, denn es passt wieder einmal alles perfekt zusammen.

Die Sorge um das Befinden ihrer Kollegin überschattet jedoch den frühen Ermittlungserfolg und lässt keine angemessene Begeisterung aufkommen. Zumal die per Gesetz verordneten Kontaktbeschränkungen und die Denise auferlegte Hausquarantäne es ihnen nicht erlauben, ihr zu Hilfe zu eilen oder wenigstens Trost in dieser für sie schweren Zeit zu spenden.

KAPITEL 8

Donner unterbricht die Lektüre der neuesten Ermittlungsberichte seiner Mitarbeiter und heftet den Blick über die auf die Nase geschobene Lesebrille hinweg auf die Bürotür, in der nach kurzem Anklopfen zwei Personen erscheinen. Es handelt sich dabei um Besucher, die er hier und heute auf gar keinen Fall erwartet hätte: »Denise!«, ruft er freudig aus, nachdem die Ermittlerin mit Töchterchen Leonie an der Hand vollends eingetreten ist.

»Was führt dich denn hierher? Ist mit deinem Mann alles in Ordnung?«, schiebt er besorgt und voller düsterer Vorahnungen hinterher, und die sind nicht nur in ihrem ungewöhnlich ernsten Gesicht begründet. Auch die dunklen Augenringe, aufgrund der Maske vor Mund und Nase sofort und mit aller Deutlichkeit ins Auge fallend, zeugen von weitaus mehr als einer schlaflosen Nacht.

»Ich muss dringend mit dir sprechen, Chef«, antwortet Denise Malowski, die Frage des Vorgesetzten nach Sven zunächst ignorierend. Sie klingt so erschöpft, wie es ihre äußere Erscheinung vermuten lässt. »Eigentlich geht das ja alle etwas an ... Bei den anderen bin ich auch schon gewesen, aber Tobias und Horst waren nicht in ihrem Büro ... Weißt du, wo die sind?«

Donner hebt bei dieser arg nebulösen Eröffnung verwundert die Brauen. »Sind zu einem Tatort gerufen worden«, antwortet er einsilbig. »Sagst du mir jetzt bitte, was du auf dem Herzen hast? Geht es um Sven?«

»Irgendwie schon. Hast du ein paar Minuten?«

»Für dich immer, das weißt du!«, entgegnet der Kommissariatsleiter und zeigt einladend auf die Stühle vor seinem Schreibtisch. »Setzt euch doch erst einmal hin!«

* * *

»Das ist eine Riesensauerei!« Die Gesichtszüge des Oberkommissars sind versteinert, was aber momentan nur an seinen Augen zu erkennen ist, die starr und mit mühsam unterdrücktem Entsetzen auf die Szene vor ihnen gerichtet sind.

Seine Worte klingen dumpf hinter der Atemschutzmaske, die heute zufällig aus einem einfarbigen schwarzen Stoff ohne jegliche verspielte Stickerei besteht, mit der seine Frau ihre Kreationen sonst so gerne verziert. Man könnte fast glauben, Birgit Weiland habe eine entsprechende Vorahnung gehabt, als sie ihren Mann heute damit – und einigen weiteren dieser Art als Reserve – zur Arbeit entließ, denn die Maske passt in Schlichtheit und Farbe zu diesem Anlass wie die berühmte Faust aufs Auge.

»Ich vermute mal, du meinst damit jetzt nicht *das* hier?«, brummt Tobias Heller nach einer Weile verstimmt und zeigt auf das Chaos zu ihren Füßen.

»Das auch! Aber vor allem meinte ich die Tatsache, dass wir, wie es nun aussieht, kollektiv auf dem Holzweg waren. Wir hatten uns dermaßen auf Jansen als Täter eingeschossen, dass wir eines gar nicht bedacht hatten!«

»Ach, und das wäre?«

»Was ist zum Beispiel mit dem Motiv? Bei den Verwüstungen vor fünf Jahren kann ich mir ja noch einen Grund vorstellen, er hatte eben gewisse ›Differenzen‹ mit den Nachbarn. Wo aber ist der Zusammenhang mit Theodor Gronau? Der wohnte, ebenso wie unser neuestes Opfer, hundert Meter davon entfernt. Vermutlich kannte er den nicht einmal!«

»Du wirst mir zustimmen, dass der Kerl nicht alle Latten im Zaun hat, Horst! Und Verrückte benötigen normalerweise keine Rechtfertigung für ihr Handeln, aber du hast natürlich recht: Wir können jetzt wieder ganz von vorne anfangen, denn *diese* Sauerei kann unmöglich auf Jansens Konto gehen. Der sitzt bekanntlich in unserer Arrestzelle und malt vermutlich Striche an die Wand!«

Er grinst trotz des Ernstes der Lage still in sich hinein, als er sich das entsprechende Bild vor Augen führt. Selbstverständlich hat ein Häftling in seiner Zelle nichts zur Verfügung, mit dem er sich Verletzungen zufügen könnte, also auch keine Stifte, Nägel oder ähnliche Werkzeuge, um solche Markierungen an den Wänden anbringen zu können. Dennoch wird so etwas in Fernsehkrimis immer wieder als beliebtes Motiv verwendet.

»Dabei ist das hier nicht mal das Wohnzimmer. Ich will gar nicht wissen, wie es in den übrigen Räumen aussieht!«, schüttelt er wegen der überall herumliegenden Trümmer von Möbeln und anderen Gegenständen fassungslos den Kopf. Natürlich ist dies nur eine Floskel, denn als polizeiliche Ermittler sind sie sogar dazu verpflichtet, sich einen kompletten Überblick über den Tatort zu verschaffen. »Komm, lass uns nach der Rechtsmedizinerin suchen«, schlägt er Horst Weiland vor. »Wo sie ist, finden wir auch die Leiche!«

Tobias Heller hatte an diesem Montagmorgen gerade sein Büro betreten, als dieser so hoffnungsvoll begonnene Tag durch einen Telefonanruf aus der Polizeiwache versaut wurde. Der diensthabende Wachgruppenführer teilte ihm mit, dass zwei seiner Kollegen am frühen Morgen zu einem vermeintlichen Einbruch in der Schweitzerstraße in Troisdorf-West gerufen wurden und eine männliche Leiche inmitten einer total verwüsteten Wohnung vorfanden. Ein schneller Blick auf den Stadtplan bestätigte dem Ermittler, was er bei der Adressangabe ohnehin schon befürchtet hatte: Der neue Tatort liegt nur einen Steinwurf vom Vorherigen und somit von der Behausung seiner Partnerin Denise Malowski entfernt! Mit entsprechend düsteren Vorahnungen im Gepäck fuhr er mit seinem Interimspartner Horst Weiland unverzüglich dorthin.

»Ich frage mich, warum wir nichts von Denise gehört haben«, überlegt er auf dem Weg ins Wohnzimmer. »Sie wohnt ja sozusagen in der Nachbarschaft und hätte das eigentlich mitbekommen müssen, wo sie doch so eine Nachteule ist.«

»Niemand hat was mitgekriegt«, erinnert Weiland ihn daran, dass der Mord höchstwahrscheinlich gestern Abend oder in der Nacht verübt wurde und es durchaus Wohnhäuser gibt, die wesentlich näher angesiedelt sind. Die Polizei wurde nämlich nicht von einem der Nachbarn gerufen, sondern vom Zeitungsausträger, der seine Lieferung wie immer auf Wunsch des Hausherrn vor der Terrassentür hinter dem Haus ablegen wollte und diese in Scherben vorfand. »Außerdem hat Denise zurzeit sicher ganz andere Sorgen!«

* * *

»Ich bin ehrlich gesagt momentan etwas aus dem Tritt, Chef!«, gesteht diese soeben ihrem Vorgesetzten. Die kleine Leonie sitzt ausnahmsweise einmal still neben ihr, ohne auf dem Stuhl herumzuzappeln. Für das ansonsten sehr lebhafte Kind stellt dies eine wahre Meisterleistung dar, was den offensichtlichen Ernst der Angelegenheit nur noch unterstreicht.

»Heute endet ja, wie du weißt, die vierzehntägige Hausquarantäne, die man mir wegen Svens Erkrankung auferlegt hat. Leo und ich sind am Freitag im Krankenhaus getestet und für virenfrei befunden worden. Es hat sich aber trotzdem nun ein Problem ergeben: Ich weiß nicht, wohin mit meinem kleinen Sonnenschein.«

Sie streichelt Leonie zärtlich über die goldblonden Locken. »Ich wollte dich daher bitten, mir noch eine Woche Homeoffice zu genehmigen, wenn es sich einrichten lässt. Ich habe jetzt leider niemanden mehr, der tagsüber auf Leo aufpassen kann und der Fall ist doch so gut wie gelöst. Ich müsste sonst meinen Jahresurlaub dafür opfern.«

Donner atmet hörbar erleichtert aus. »Ich muss zugeben, einen Augenblick dachte ich ... Wenn es nur *das* ist, werden wir sicher gemeinsam eine Lösung finden, Denise. Jetzt sag mir aber zuerst, wie es deinem Mann geht, wir waren alle in großer Sorge!«

»Svens überstürzte Einlieferung ins Krankenhaus war zum Glück gar nicht wegen der Corona-Infektion!«, liefert sie endlich die gewünschte Information und berichtet Donner von dem schicksalhaften Freitagmorgen, als sie ihren Ehemann mit einem schrecklich entstellten Gesicht vorfand, das zudem mit unzähligen roten Pusteln übersät war.

»Er sah aus wie ein Indianer mit Röteln, Chef!«, versucht sie einen kleinen Scherz. »Ich dachte natürlich gleich an eine bislang unbekannte Nebenwirkung der Infektion, es stellte sich aber heraus, dass es sich lediglich um eine sogenannte Penicillin-Intoleranz handelte.«

»Wieso bekam er überhaupt Antibiotika bei einer Corona-Erkrankung?«, wundert sich Donner. »Ich dachte, das wäre wirkungslos? Was aber viel wichtiger ist: Weshalb wusste der Arzt nichts von der Unverträglichkeit?«

»Sven hatte nie vorher Penicillin genommen und hatte daher selbst keine Kenntnis davon. Sein

Hausarzt hatte es ihm am Tag zuvor gegen eine bakterielle Sekundärinfektion verschrieben. Sowas ist meist nicht einmal besonders gefährlich, sagten mir die Ärzte in der Notaufnahme, aber in Anbetracht der Umstände hat man ihn erstmal zur Beobachtung dabehalten. Ich komme gerade von dort. Die gute Nachricht ist, dass er die Viruserkrankung weitgehend überwunden hat, wie durch entsprechende Tests am Wochenende nachgewiesen werden konnte. Er wird aber erst Ende der Woche nach Hause kommen, womit wir wieder bei meinem Eingangsproblem angelangt wären.«

Ihr Chef schaut sie eine lange Zeit sinnend an und nickt abschließend energisch vor sich hin. Es wirkt wie eine Zustimmung zu den eigenen Gedanken. »Das sieht doch recht positiv für dich aus«, wendet er sich dann an seine Ermittlerin. »Kommen wir daher jetzt zu *meinen*, leider weniger erfreulichen Neuigkeiten: Der Berserker-Fall ist, wie sich heute herausgestellt hat, alles andere als in trockenen Tüchern!«

Er erklärt ihr den Grund für die Abwesenheit der Kollegen Heller und Weiland. »Ich werde demnach in den nächsten Tagen höchstwahrscheinlich jeden einzelnen von euch dringend hier vor Ort benötigen, und auf deinen scharfen Verstand kann ich dabei unmöglich verzichten! Was hältst du denn davon, trotz allem ab sofort wieder hier im Kommissariat zu arbeiten, Denise? Ich könnte es so arrangieren, dass immer einer von uns sich um Leonie kümmert, solltest du in den Außendienst müssen. Und du kannst, sofern es sich einrichten lässt, pünktlich in den Feierabend. Was sagst du dazu?«

Denise Malowski springt mit neuem Elan dermaßen heftig auf, dass ihre Tochter sie verwundert anschaut. Ihre Erschöpfung ist wie weggefegt, sie war wohl auch eher seelischer Natur wegen der Ungewissheit der letzten Tage. »Was ich davon halte?«, ruft sie erfreut aus. »Du bist und bleibst der beste Chef der Welt!«

»Ach was!«, winkt Donner brummig ab, wobei das Leuchten in seinen Augen aber nicht zu übersehen ist. »Und nun an die Arbeit mit dir, der Fall löst sich bestimmt nicht von alleine!«

* * *

»Oh, mein Gott!«, entfährt es Horst Weiland, als sie das Wohnzimmer durch den einzigen Zugang von der Diele aus betreten. Für ihn ist es ja das erste Mal, dass er ein Chaos wie dieses in natura zu sehen bekommt, wogegen die Szene im Kopf seines Partners ein heftiges Déjà-vu auslöst.

Bis auf die unterschiedliche Möblierung gleicht es exakt dem Bild, das Tobias Heller vom letzten Tatort im Gedächtnis abgespeichert hat. Wobei das mit den Möbeln zugegebenermaßen nur rudimentär vergleichbar ist, da kaum ein Stück heil geblieben ist und die Trümmer überall im Raum verteilt sind, von einem offenbar wahnsinnigen Täter in sinnloser Wut geschreddert. Die Vermutung liegt nahe, dass auch jetzt wieder eine Axt dazu benutzt wurde.

Der Leichnam, der unmittelbar vor einer ursprünglich gläsernen Terrassentür bäuchlings auf dem Boden liegt, unterstreicht die Gleichartigkeit der Begebenheiten zusätzlich. Auch hier erweckt der gestreckte rechte Arm den Eindruck, als habe das Opfer nach der rettenden Tür greifen wollen, um dem Angreifer ins Freie zu entkommen. In genau derselben Haltung lag Theodor Gronau am vergangenen Sonntag vor seiner Küchentür!

»Bei diesem Trümmerhaufen muss man sich ernsthaft fragen, wie ein Hänfling wie Jansen sowas körperlich überhaupt hätte bewerkstelligen können«, äußert sich Weiland nach einer Schweigeminute kritisch. »Wieso ist uns das eigentlich nicht gleich aufgefallen? Das waren entweder mindestens zwei oder einer, der Dauergast in einer Muckibude ist!«

»Na, weil Denise nach der Tat genau *eine* Person fortlaufen sah, Horst! Zudem gab es gleichartige Verwüstungen in den drei Häusern vor fünf Jahren! Und das *war* Jansen, darauf verwette ich mein Motorrad! In einem hast du allerdings recht: Das hier kann er unmöglich gewesen sein, weil er unser Gast ist und gesiebte Luft atmet. Aber statt zu diskutieren, sollten wir jetzt endlich zur Tagesordnung übergehen. Um Zeit zu sparen, schlage ich vor, wir teilen uns auf: Du befragst die beiden Kollegen von der Streife, die den Toten gemeldet haben, und ich beehre die Pathologin mit meiner Anwesenheit. Mir würde direkt etwas fehlen, bekäme ich nicht hin und wieder ihr liebreizendes Lächeln zu Gesicht!«

»Du kannst wegen der Maske dieses Mal doch gar nicht sehen, wie sie die Zähne fletscht«, erinnert der Kollege ihn grinsend, bevor er sich auf die Suche nach den Streifenpolizisten begibt. Es ist im Kommissariat allgemein bekannt, dass zwischen der resoluten und eigenwilligen Rechtsmedizinerin und dem stets zu Scherzen aufgelegten Kriminalhauptkommissar nicht immer eitel Sonnenschein herrscht.

* * *

»Nachdem die Mannschaft wieder komplett ist, sind wir hoffentlich in der Lage, die Schlappe von vergangener Woche schnellstmöglich auszubügeln. Es ist nach diesem Fehlschlag jetzt umso dringender erforderlich, den richtigen Täter endlich hinter Schloss und Riegel zu bringen!«, fasst Kommissariatsleiter Donner die niederschmetternden Erkenntnisse des jungen Tages zusammen. Zum einen lässt der in der Nacht verübte Mord, der ein genaues Duplikat der Tat vom Sonntag zuvor darstellt, stark an der Schuld des in Haft befindlichen Kurt Jansen zweifeln. Hinzu kommt das langersehnte Ergebnis der DNA-Tests, das seit heute vorliegt. Der Brief vom humangenetischen Institut lag vorhin in der Hauspost.

»Genau genommen sind wir sogar eine halbe Portion zu viel, Chef!«, erinnert Chrissie Ohlsen ihn daran, dass er sie alle zugunsten der vorzeitigen Rückkehr von Denise Malowski an ihren angestammten Arbeitsplatz kurzerhand zu Babysittern ernannt hatte. Für die Dauer der Dienstbesprechung, die naturgemäß kein Aufenthaltsort für ein

Kind von dreieinhalb Jahren darstellt, befindet Leonie sich in der Obhut der Damen vom Sekretariat, die sich über den niedlichen Zuwachs äußerst begeistert zeigten.

Zum Glück konnte Denise diesbezüglich auf ein ›Notfallpaket‹ zurückgreifen, das seit Monaten fertig geschnürt in ihrem Auto liegt und alles erforderliche enthält, um ihren kleinen Wirbelwind ein paar Stunden zu bespaßen: Haufenweise Malbücher samt Unmengen von Buntstiften, Spielsachen und andere Schätze, mit denen sich ein Kind in Leonies Alter auch mal für einige Zeit alleine beschäftigen kann. Bei ihrer Abfahrt von zu Hause heute Morgen konnte sie ja nicht ahnen, was der Tag ihr bringen würde.

Im Kommissariat war die Freude über die unverhoffte Wiederkehr der Kollegin ebenfalls groß. Lediglich Tobias hatte die überraschende Anwesenheit seiner Partnerin bei seiner Rückkehr vom Tatort mit einem lapidaren »Hi, Denise!« zur Kenntnis genommen, ganz so, als wäre sie nie fort gewesen. Etwas anderes hätte von ihm auch niemand erwartet, wobei ihm die stille Freude darüber jedoch überdeutlich ins Gesicht geschrieben war.

Donner hält den Bescheid aus Bonn in die Höhe: »Jedenfalls belegt dieses Dokument hier, dass das Blut an der Klinge unseres Beweisstücks Nummer eins – nämlich der als Tatwaffe verwendeten Axt – *nicht* von Kurt Jansen stammt! Ich habe bereits veranlasst, den Mann auf freien Fuß zu setzen. Weiterhin hat die Untersuchung zweifelsfrei ergeben, dass es sich bei dem Mörder um eine männliche Person handelt. Somit hätten wir diesbezüglich jetzt endlich Klarheit, wenn auch leider kein Treffer in der DNA-Analyse-Datei *DAD* beim BKA erzielt wurde. Das Blut am Kopf der Axt ist erwartungsgemäß vom Opfer, womit der letzte Zweifel über den Tatverlauf beseitigt wäre.«

»Nicht so ganz, Chef!«, widerspricht Denise Malowski ihm sofort, indem sie eine Atempause Donners schamlos ausnutzt. Das Sprechen durch ein Stück Stoff hindurch ist eben etwas anstrengender, als dies normalerweise der Fall ist, sodass längere Monologe bei dem Kommissariatsleiter seitdem eher eine Seltenheit geworden sind. Sie hatte die Zeit bis zur Fallbesprechung dazu genutzt, die bisher erstellten Berichte der Kollegen, der Forensik und der Rechtsmedizin genauestens zu studieren, sofern sie das nicht bereits im Homeoffice erledigt hatte. »Mir ist bezüglich der Konzerttickets im Nachhinein eine Kleinigkeit aufgefallen!«

Sofort rucken sämtliche Köpfe zu ihr herum. Hoffnung blitzt in einigen Gesichtern auf: Sollte die bis heute abwesend gewesene Kollegin etwas herausgefunden haben, was der Aufmerksamkeit aller anderen bisher entgangen ist?

»Ach ja? Und das wäre?«, ermuntert Donner sie, mit ihrer Rede fortzufahren.

»Na ja, dass es *zwei* Karten sind, obwohl Gronau alleinstehend ist und so gut wie keine Kontakte pflegt – wie ich als seine Nachbarin aus eigener Erfahrung weiß – hatte ich ja schon mit Tobias besprochen. Dies hatte uns bekanntlich auf die falsche Fährte bezüglich Kurt Jansen geführt, der in einem der drei Fälle damals den Hausbewohnern Konzertkarten für den Tattag verschafft hatte.«

»Wir vermögen dir zu folgen«, merkt Donner sarkastisch an. »Wo ist denn jetzt die von dir angesprochene Auffälligkeit?«

»Die liegt in der Tatsache begründet, dass mein Nachbar ein totaler Technikgegner zu sein scheint!«, fährt Denise Malowski fort. »In seinem Haus war der Fernseher das einzige einigermaßen zeitgemäße elektronische Gerät. Er besaß weder einen Computer noch ein Handy. Vor allem aber hatte er keinen Drucker, sondern nur eine alte elektrische Schreibmaschine. Die Tickets wurden jedoch im Internet bestellt und selbst ausgedruckt!«

Einige Sekunden herrscht verblüfftes Schweigen im Raum. »Seine Tochter hätte es für ihn erledigt haben können«, stellt Wolfgang Müller nach kurzem Nachdenken eine naheliegende Vermutung an. »Sie könnte auch die zweite Person sein, die er mit auf das Konzert nehmen wollte!«

»Ich weiß ja nicht, ob es irgendjemandem aufgefallen ist«, meldet sich Vogel in seiner typischen schleppenden Sprechweise ungefragt zu Wort. Der Leiter der Forensik hat sich förmlich auf seinen Sitz geflegelt und behält diese legere Position auch jetzt bei, statt wie sonst üblich den Vortrag im Stehen zu halten. »Ich hatte in meinem letzten Bericht geschrieben, dass die mir zur Untersuchung überlassenen Konzerttickets keinerlei Auffälligkeiten aufweisen und damit war auch das völlige Fehlen von Fingerabdrücken gemeint!«

»Waaas?« Denise Malowski blättert hektisch in den mitgebrachten Unterlagen. »Tatsächlich! Das muss ich übersehen haben«, gibt sie einige Augenblicke später zu, nachdem sie die bewusste Stelle in Vogels Bericht gefunden hat. »Aber wie kann das denn sein? Ich jedenfalls kann mir keine einzige Methode vorstellen, wie man einem Drucker einen Ausdruck entnehmen kann, ohne diesen anzufassen. Es müssten demnach zumindest die Abdrücke der Tochter darauf zu finden sein, sofern sie die Karten ausgedruckt hat!«

»Ich werde sie danach fragen«, bietet Tobias Heller an, der schon den ersten telefonischen Kontakt mit der in Südamerika gestrandeten Cornelia Berger hergestellt hatte. »Es dürfte aber nicht leicht sein, sie zu erreichen. Sie war mit ihrem Mann und einer kleinen Reisegruppe zu der alten Inka-Festung Machu Picchu unterwegs, als in Peru sozusagen über Nacht sämtliche Reiseveranstaltungen storniert wurden. Und nicht nur das, der klapprige Bus, der die Gruppe kutschierte, war nach einer Rast in einem winzigen Bergdorf plötzlich verschwunden. Der Fahrer war einfach abgehauen! Seither sitzen diese Leute dort fest und die Bergers schalten die meiste Zeit über ihre Handys aus, da es nicht überall Strom zum Aufladen der Akkus gibt. Es kann also ein paar Tage dauern!«

»Es grenzt schon an ein mittleres Wunder, dass die dort überhaupt Empfang haben«, wiegt Donner nachdenklich den Kopf. »Vergiss nicht die Zeitverschiebung, wenn du die Leute anrufst. Peru liegt, soweit ich weiß, sieben oder acht Stunden zurück. Kommen wir aber jetzt endlich zum aktuellen Fall! Was habt ihr uns mitgebracht?«

»Ich hatte leider noch keine Gelegenheit, eine Skizze des Tatorts anzufertigen«, beginnt der Hauptkommissar, was ihm ein kollektives, übertrieben enttäuscht klingendes »Ooooch!« seiner Kollegen einbringt.

»Ich werde es aber umgehend nachholen«, fährt er dessen ungerührt fort. »Zunächst soll euch die Information genügen, dass alles bis ins Kleinste dem vorherigen Tatort gleicht. Sogar der Tote lag in einer ähnlichen Pose direkt vor der vormals gläsernen Terrassentür, deren Scheibe von außen eingeschlagen worden war, wie die überall im Wohnzimmer herumliegenden Scherben unzweifelhaft dokumentieren. Fotos davon wurden genügend angefertigt, denke ich«, fügt er mit einem Blick zum Leiter der Forensik an, der bestätigend mit dem Kopf nickt.

»Der Tote lag demnach bäuchlings vor der Terrassentür, das Gesicht dieser zugewandt?«, vergewissert sich Denise Malowski. »Wurde er ebenfalls von hinten mit einer Axt erschlagen?«

»Ja, das wurde er und laut Auskunft der Rechtsmedizinerin war die Tatwaffe zumindest ähnlich«, antwortet ihr Partner. »Und er lag exakt so da, wie du es sagtest. Warum fragst du?«

»Na, weil mir das alles irgendwie inszeniert vorkommt! In beiden Fällen wurde das Opfer von hinten erschlagen, lag aber mit dem Gesicht dem Ort zugewandt, von wo der Einbrecher das Haus betreten hat. Warum? Der Mörder musste demnach in beiden Fällen erst an dem Mann vorbei, um ihn zu töten! Nach den Taten verwüstete er die jeweilige Wohnung. Aus welchem Grund?«

»Das, Denise«, gesteht Donner ihr mit einem ratlosen Heben der Schultern, »fragen wir uns seit einer geschlagenen Woche. Sag Bescheid, wenn du die Antwort darauf gefunden hast!«

»Die beiden Polizisten, die von einem Zeitungsausträger zum Tatort gerufen wurden, umrundeten das Gebäude in aller gebotenen Vorsicht und sahen durch die zerstörte Terrassentür sofort die Bescherung«, übernimmt Horst Weiland die Fortführung des Berichts, da er es war, der mit den Beamten vor Ort gesprochen hatte.

»Betreten haben die Kollegen das Haus aber nur kurz, stellten den Tod des auf dem Boden ausgestreckten Opfers fest und meldeten dies ihrer Wache, die dann uns informierte. Der Zeitungsmann war bei ihrer Ankunft nicht mehr da, hatte jedoch Name und Adresse hinterlassen. Wir haben ihn gleich im Anschluss an den Termin aufgesucht und befragt. Klaus Schröder war seinen eigenen Angaben gemäß kurz nach 05:00 Uhr heute früh vor Ort und bemerkte, da es noch dunkel war, lediglich die kaputte Terrassentür, vor der er auf Wunsch des Hauseigentümers immer die Zeitung abzulegen pflegte. Er rief umgehend auf der Polizeiwache in Troisdorf an, weil er von einem Einbruch ausging.«

»Kommen wir nun zu den Eckdaten«, ergreift Tobias Heller wieder das Wort. »Der Tote heißt Werner de Fries, war zum Todeszeitpunkt fünfundsechzig Jahre alt und lebte seit seiner Scheidung allein. Das Wohnhaus ist übrigens nicht nur in derselben Straße gelegen wie der letzte Tatort, sondern zudem etwa genauso weit davon entfernt wie dieser von den Häusern in der Speestraße, die der Berserker vor fünf Jahren verwüstete: ungefähr hundert Meter. Ich erwähne dies nur der Vollständigkeit halber.«

»Ich kenne de Fries«, wirft seine Partnerin ein. »Er ist ja sozusagen ein entfernter Nachbar von uns. Er sorgte zudem vor einigen Jahren für Schlagzeilen, als er die von ihm in den Achtzigern des vergangenen Jahrhunderts gegründete Softwareschmiede für hundert Millionen Euro an ein amerikanisches Unternehmen verkaufte. In der Presse wurde er seinerzeit mit Microsoft-Gründer Bill Gates verglichen, da beide etwa zur selben Zeit den Grundstock für ihr späteres Vermögen legten und auch dasselbe Alter haben. Meinst du, da besteht ein Zusammenhang?«

»Mit Bill Gates?«, grinst Tobias und erntet dafür nicht nur von Denise prompt ein genervtes Augenrollen. »Nein, im Ernst: Worin läge denn dann die Gemeinsamkeit mit dem Mord vor einer Woche? Und *dass* es eine Verbindung zwischen den beiden Fällen gibt, da bin ich mir zu hundert Prozent sicher! Wir werden uns selbstverständlich trotzdem mit seinem einzigen Erben zu beschäftigen haben. Heiko de Fries erbt immerhin ein neunstelliges Vermögen, das können und werden wir nicht außer Acht lassen!«

»Vergiss die Ex-Frau nicht! Wer weiß, ob die nicht trotz der Scheidung von seinem Tod profitiert, es geht hier schließlich um eine Menge Kohle! Womit wir bei Todesursache und Todeszeitpunkt angelangt wären«, mischt sich Donner ein, bevor das Meeting in eine zu nichts führende Diskussion ausartet. »Beides benötigen wir zum Abklopfen der Alibis des Sohnes und etwaiger weiterer potenziell Verdächtiger!«

»Wir sollten aber noch etwas anderes nicht unberücksichtigt lassen, Chef!«, wagt Chrissie Ohlsen dennoch vorlaut einen Einwand. »Falls es sich um denselben Täter handelt, was anhand der Indizien ja zu vermuten ist, hat dieser im Laufe der vergangenen Woche eine neue Axt kaufen müssen, weil er die alte ja bei seiner vorherigen Aktion verloren hat!«

»Du meinst, wir sollten die Baumärkte in der Umgebung abklappern?«, wölbt der Kommissariatsleiter die Brauen. »In diesem Fall habe ich eine schlechte Nachricht für dich: Die sind seit März wegen Corona geschlossen! Er wird die Axt demnach wohl eher im Online-Handel beschafft haben.«

»Der aus demselben Grund momentan völlig überlastet ist«, beharrt die Kommissarin auf ihrer Meinung. »Daher werden in diesen Tagen Lebensmittel, Medikamente und dergleichen von *Amazon & Co.* mit höchster Priorität versendet. Der

Täter hätte es niemals hinbekommen, auf diesem Wege so schnell Ersatz zu erhalten. Wenn die Baumärkte zu sind, bleibt demnach nur noch der Einzelhandel übrig. Für uns ist das in zweierlei Hinsicht von Vorteil: Erstens sind das bestimmt nicht viele Läden hier in der Gegend, die sowas verkaufen, und zweitens werden die innerhalb der letzten Woche über deren Ladentheken gegangenen Äxte sich in einem überschaubaren Rahmen bewegen!«

»Du hast mich restlos überzeugt«, nickt Donner beeindruckt. »Gleichzeitig hast du dich sozusagen für die Durchführung der Aktion qualifiziert und darfst mit Wolfgang in den nächsten Tagen alle infrage kommenden Läden aufsuchen! So, nachdem das geklärt wäre, kann Tobias hoffentlich endlich mit seinem Bericht fortfahren!«

»Ich bin sowieso fast durch, Chef. Den Todeszeitpunkt gab Doktor de Luca mit 23:00 Uhr am Sonntagabend an, mit dem üblichen Unsicherheitsfaktor von plus/minus einer halben Stunde. Somit wäre der Überfall zeitlich in etwa wie der von letzter Woche einzuordnen, wir hätten demnach hier erneut eine Übereinstimmung. Die Todesursache ist auch hier ein zertrümmerter Schädel, wofür ein ähnlicher Gegenstand zum Einsatz kam wie bei Theodor Gronau. Die Verwüstung der Einrichtung wurde demzufolge wahrscheinlich gleichfalls mit einer Axt bewerkstelligt, wobei die Zerstörungen in diesem Fall sogar noch umfangreicher waren und sich über zwei angrenzende Zimmer erstreckten. Jürgen wird euch gleich sicher Genaueres sagen können. Ach ja, die Obduktion wird frühestens übermorgen stattfinden, sagte die Rechtsmedizinerin.«

»Ich kann mich heute kurzfassen«, fühlt sich Vogel zum Sprechen aufgefordert, wobei er entgegen seiner sonstigen Gewohnheit weiterhin in seiner sitzenden Haltung verharrt. »Die Spuren vom Tatort sind, wie ihr euch denken könnt, noch nicht ausgewertet. Meine Leute sind aber mit Hochdruck bei der Arbeit, die Ergebnisse entnehmt ihr dann bitte dem Bericht. Ich kann jetzt nur so viel sagen, dass alles auf denselben Täter wie letzte Woche deutet, die Übereinstimmungen sind für einen Zufall zu groß. Die Tatwaffe beziehungsweise das Tatwerkzeug haben wir dieses Mal nicht gefunden, es ist aber davon auszugehen, dass auch hier eine Axt zum Einsatz kam. Ach ja, hinter dem Haus gab es in unmittelbarer Nähe zur Terrassentür einen wunderschönen Schuhabdruck der Größe 44«, fügt er nach kurzem Nachdenken noch hinzu. »Nicht identisch mit dem aus dem Garten des ersten Tatortes, und die Fenster – auch die im Dachgeschoss – waren sämtlich geschlossen! Vorsorglich weise ich darauf hin, dass wir im Schuhschrank des Opfers Schuhe dieser Größe fanden, der Abdruck könnte demnach von ihm selbst verursacht worden sein.«

»Ich vermag mir immer noch nicht vorzustellen, wie das abgelaufen sein soll«, wirft Denise Malowski erneut kopfschüttelnd ein. »Beide Opfer wurden in derselben Pose ausgerechnet vor dem Fenster respektive der Tür vorgefunden, durch die der Mörder sich zuvor gewaltsam Zutritt verschaffte! Wieso lagen die Toten so da? Ich kann mir exakt zwei Szenarien vorstellen, wie ein solcher Überfall abgelaufen sein kann: Entweder saß der Hausbewohner gemütlich in seinem Wohnzimmer oder er war eben woanders. Im ersten Fall würde jeder normale Mensch in die entgegengesetzte Richtung zu flüchten versuchen. Werner de Fries wäre dann zwar von hinten niedergeschlagen worden, läge jedoch andersherum, also mit dem Gesicht zur Wohnzimmertür. In der zweiten Variante hörte er das Geräusch der berstenden Scheibe von irgendwo nebenan, lief ins Wohnzimmer und damit dem Eindringling direkt in die Arme, der ihn mit der Axt erschlug. Er läge zwar so da, wie er gefunden wurde, wäre aber von vorne erschlagen worden. Für Theodor Gronau gilt das natürlich gleichermaßen!«

»Ich habe Tobias schon beim ersten Mal auf diesen Umstand hingewiesen«, klärt Vogel sie auf. »Da gab es jedoch zwei Türen, durch die der Mörder das Wohnzimmer hätte betreten können, er kam ja durch ein Fenster im Nebenraum herein. Dies ist beim zweiten Tatort nicht möglich, aber falls du auf eine inszenierte Geschichte hinauswillst, kann ich nur sagen, dass beide Opfer definitiv an der Stelle getötet wurden, wo man sie später fand. Die Spurenlage ist eindeutig, vor allem durch die Blutlache, in der die Männer lagen. Nirgends woanders im Raum oder im Haus waren Hinweise zu finden, dass es anders abgelaufen sein könnte und der Leichnam hernach noch bewegt wurde. Zudem passen die Sekundärspuren – also kleine bis mittlere Blutspritzer, wie sie bei solchen Aktionen zwangsläufig entstehen – exakt zu der Annahme, dass die Männer dort getötet wurden. Ich liefere nur die Fakten. Das damit verbundene Rätsel, sofern es denn eines ist, müsst ihr schon selbst lösen!«

»Ich denke, wir beenden die Diskussionen an dieser Stelle und wenden uns praktischeren Dingen zu!«, ergreift Donner abschließend das Wort. »Fassen wir zunächst aber die heute erarbeiteten Erkenntnisse zusammen: Beide Morde wurden aller Wahrscheinlichkeit nach vom selben Täter verübt, und da Jansen es nicht gewesen sein kann, muss es sich um einen Trittbrettfahrer handeln, der die in der Presse seinerzeit zur Genüge beschriebenen Aktionen des Berserkers als Vorlage nimmt.«

Der Kommissariatsleiter legt den Stift, mit dem er die Fakten gleichzeitig auf der Tafel festgehalten hat, zurück auf die Ablage. »Vor allen Dingen müssen wir aber damit rechnen, dass es sich hierbei um den Auftakt einer ganzen Mordserie handeln könnte! Es ist nicht auszuschließen, dass er erneut tätig wird, ich werde daher für das nächste Wochenende einen Streifenwagen in der Siedlung patrouillieren lassen. Hoffen wir, dass nicht noch weitere Opfer zu beklagen sind und wir ihn vorher erwischen! Denise und Tobias: Ihr beide kümmert euch um die Angehörigen von Werner de Fries und Theodor Gronau. Findet heraus, ob *die* sich untereinander kennen. Vergleicht die Telefonverbindungen! Chrissie und Wolfgang klappern alle Läden im Umkreis ab, die Äxte im Programm haben, und Horst: Von dir benötige ich eine Liste der potenziell nächsten Opfer, falls der Täter tatsächlich erneut zuschlagen sollte. Konzentriere dich dabei auf alleinstehende Eigenheimbesitzer im Rentenalter in Verbindung mit frei stehenden Einfamilienhäusern. Außerdem gilt es, eventuelle Querverbindungen zu Theodor Gronau zu finden, also gemeinsame Bekannte, Mitgliedschaften in irgendwelchen Vereinen und so weiter! Versuch auch, herauszufinden, wo die Konzertkarten gekauft wurden, vielleicht kommen wir auf diese Weise dem Täter auf die Spur.«

Der Erste Hauptkommissar schaut seine Ermittler der Reihe nach ernst an, wobei er bei Denise Malowski einige Augenblicke länger verweilt. »Zum Glück sind wir jetzt wieder vollzählig«, verkündet er zufrieden, »denn es ist unbestritten ein ansehnliches Pensum zu bewältigen. An die Arbeit, Leute!«

Im Hinausgehen arbeitet sich Chrissie Ohlsen zu der Hauptkommissarin vor und stupst ihr freundschaftlich den Ellenbogen in die Seite. »Es ist schön, dich wieder bei uns zu haben, Denise!«, versichert sie der Freundin und fasst damit in Worte, was alle denken. Dass sie dabei die Abstandsregel verletzt, ist ihr in diesem Moment egal.

* * *

»Du bist sicher, dass wir Heiko de Fries um diese Zeit zu Hause antreffen werden?«, vergewissert sich Denise Malowski nach einem Blick auf die Uhr bei Tobias Heller. Beide sind auf dem Weg zum Sohn des letzten Opfers. Einerseits, um ihm die Nachricht vom Ableben seines Vaters zu überbringen, aber auch, um ihm dabei gleichzeitig vorsichtig auf den Zahn zu fühlen.

Leonie ist derweil bei Chrissie Ohlsen ›geparkt‹, die gemeinsam mit Wolfgang Müller zur Stunde eine Liste derjenigen Eisenwarengeschäfte anfertigt, die für den Verkauf des Tatwerkzeugs infrage kommen. Sie dürfte daher noch eine Weile im Kommissariat beschäftigt sein und als Kindermädchen zumindest so lange zur Verfügung stehen, bis die Mutter des Mädchens wieder zurück ist. Für diese ist es der erste Außeneinsatz seit Wochen und sie genießt die wiedergewonnene Freiheit sichtlich.

»Entweder dort oder in einem seiner Fitnessstudios«, antwortet ihr Partner. »Er betreibt bekanntlich eine Kette von Fitnesscentern im Großraum Siegburg-Troisdorf, die aber seit Mitte März auf staatliche Anordnung geschlossen sind. Urlaubsreisen sind momentan nicht möglich. Wo also könnte er sonst sein? Ja, ich denke schon, dass wir ihn oder zumindest seine Frau zu Hause antreffen werden. Das Ehepaar de Fries hat ein Kind im Vorschulalter, das ebenfalls nirgends hinkann, weil sowohl die Spielplätze als auch die Kindergärten zu sind!«

Die angesprochenen Tatsachen sind Denise selbstverständlich bekannt, da diese einer von zwei Gründen für ihre erst jetzt stattfindende Fahrt zu der Adresse im Nobelviertel von Troisdorf sind. Die Zeit nach der Fallbesprechung verbrachten die Ermittler schlichtweg mit der Recherche zur Person des Heiko de Fries und dessen Familie. Demnach handelt es sich bei diesem um einen erfolgreichen Unternehmer mit insgesamt zwölf im Rhein-Sieg-Kreis verstreuten Fitnessstudios modernster Prägung. Ob das Startkapital dafür seinerzeit von seinem Vater beigesteuert wurde, ist derzeit nicht bekannt. Dies ist zunächst auch nicht relevant, da de Fries nicht primär zu den Tatverdächtigen zählt.

»Ich denke, wir haben Glück!«, äußert sich Denise zuversichtlich, als Tobias den Wagen auf die Zufahrt zu einer kostspielig aussehenden Villa im Landhausstil lenkt, die auf einem Grundstück von der Größe eines Fußballfeldes erbaut wurde. »Dem Ferrari vor der Tür gemäß wird unser Mann wohl zu Hause sein!« Sie schaut sich wie suchend um und fügt sarkastisch hinzu: »Ich vermisse allerdings ein Shuttle für die Besucher. Das sind ja mindestens hundert Meter bis zum Wohnhaus, ohne Auto kommt man ja nie dort an!«

Zunächst jedoch beendet ein doppelflügeliges, schmiedeeisernes Tor ihre Fahrt vorläufig. Tobias lässt das Seitenfenster herunter, um die hypermoderne, mit einer hochauflösenden Videokamera ausgestattete Meldeanlage zu bedienen. Nach einem umständlichen Frage- und Antwortspiel, in dessen Verlauf er seinen Dienstausweis in die Kamera halten musste, schwingen die Torflügel, wie von Geisterhand bewegt, zur Seite. Lediglich ein leises Surren der dafür eingesetzten Servomotoren ist zu vernehmen.

»Hier hätte der Axtmörder aber schlechte Karten«, kommentiert Denise die umfangreichen Sicherheitsvorkehrungen mit anerkennend hochgezogenen Augenbrauen. Nachdem der Wagen das Tor passiert hat und dieses sich langsam zu schließen beginnt, richten sich sofort etliche bewegliche Überwachungskameras auf das Fahrzeug und entlassen es nicht mehr aus ihrem Fokus. Wie aus dem

Nichts schießen zusätzlich zwei gefährlich aussehende Hunde herbei, die das Auto hechelnd bis zur Villa begleiten. Ein gefahrloses Aussteigen dürfte unter diesen Umständen wohl nur direkt vor dem Haus und mit Einwilligung der Bewohner stattfinden.

»Entweder ist hier eine gehörige Portion Paranoia im Spiel oder der Kerl weiß einfach nur nicht, wohin mit seinem Geld«, brummt Tobias wenig beeindruckt von dem seiner Meinung nach übertrieben protzigen Gehabe. »Die Muckibuden scheinen ja eine Menge Kohle einzufahren!«

Auf der die ganze Front der Villa einnehmenden hölzernen Veranda taucht jetzt ohne Eile ein Mann auf, der den Besuchern mit einem unbewegten Gesichtsausdruck entgegensieht. Sein solariumgebräunter, sportlicher Körper steckt in legerer Freizeitkleidung, bestehend aus knielangen Shorts, Sportschuhen und T-Shirt. Das Haar trägt er militärisch kurz. Nachdem der Audi zum Stehen gekommen ist, stößt er übergangslos einen kompliziert wirkenden schrillen Pfiff aus, worauf die Hunde auf der Stelle kehrtmachen und in den Weiten des Anwesens verschwinden. Tobias Heller und Denise Malowski atmen erleichtert auf und können endlich das Auto verlassen.

* * *

Der sichtbare Wohlstand, den das Gebäude von außen ausstrahlt, setzt sich im Inneren erwartungsgemäß fort. Heiko de Fries, um ihn handelt es sich bei dem Mann Anfang dreißig, der sie an der Haustür abholte, führt sie ohne Umschweife in ein

Wohnzimmer von den Ausmaßen eines kleinen Saals und bittet sie, Platz zu nehmen. Zur Auswahl stehen insgesamt fünf lederbezogene Sessel und zwei dazu passende Sofas. Denise und Tobias entscheiden sich aus naheliegenden Gründen für die Einzelsitze, während ihr Gastgeber einen der Mehrsitzer wählt. Aufgrund der Weitläufigkeit der Sitzgruppe ist die Abstandsregel mehr als gewahrt.

Nicht ein einziges Mal lässt der Hausherr in dieser Zeit die leiseste Verwunderung über das unangekündigte Erscheinen der Ermittler erkennen. Er ist demnach an Besuche dieser Art gewöhnt oder besitzt eine gewisse weltmännische Gewandtheit im Umgang mit solchen Situationen. Es gibt natürlich eine dritte Variante: nämlich die, dass die Polizei von ihm schlichtweg erwartet wurde.

Das herauszufinden, sind die Kommissare unter anderem jetzt hier. Dies ist der zweite Grund dafür, dass sie erst am Nachmittag bei ihm auftauchen, wobei der Besuch aber unbedingt noch *vor* dem Erscheinen einer eventuellen Abendausgabe der örtlichen Gazette stattfinden musste, die garantiert über das Ableben des stadtbekannten Multimillionärs berichten wird. Indes lässt das Pokerface, mit dem de Fries sie stumm mustert, keinerlei Rückschlüsse auf seine Gemütsverfassung zu.

»Entschuldigen Sie bitte mein Versäumnis«, ergreift er jetzt das Wort. Er spricht in einem ruhigen, angenehmen Tonfall, was auf eine rhetorische Schulung schließen lässt. »Ich hatte ganz automatisch angenommen, dass Sie zu mir wollen. Falls es um meine Gattin gehen sollte, müsste ich Sie ohnehin enttäuschen. Sie ist mit unserer Kleinen im nahen Waldpark spazieren gegangen und wird so bald nicht wieder hier sein. Es existieren derzeit ja nicht gerade viele Möglichkeiten der Zerstreuung für ein Kind dieses Alters und dort gibt es immerhin einen Vogelpark!«

»Darf ich fragen, wie alt das Mädchen ist?«, hakt Denise Malowski an dieser Stelle ein. Familiäre Gegebenheiten bieten jederzeit eine hervorragende Gelegenheit, ein Gespräch zu beginnen. Dies trifft vor allem zu, wenn es um den Nachwuchs geht, wobei Denise als Mutter einer Dreijährigen geradezu prädestiniert für diese Frage ist. »Ich habe nämlich selbst eine kleine Tochter.«

»Hannah ist vier, Frau ... Malowski, richtig?«, zeigt de Fries sich informiert. Offenbar ist er ein guter Zuhörer, da Tobias den Namen seiner Begleiterin bei der Vorstellung am Tor eher beiläufig erwähnt hatte. »Dadurch, dass die Kindertagesstätten geschlossen sind, muss das Kind leider notgedrungen seine Zeit zu Hause verbringen. Phobos und Deimos, die beiden Wachhunde, sind zugegebenermaßen nicht die richtigen Spielgefährten für ein kleines Mädchen. Sie werden sicher wissen, womit wir unser Geld verdienen«, fügt er nach einer kurzen Pause selbstbewusst hinzu. »Und da meine Geschäfte derzeit wegen Corona geschlossen sind, haben wir genügend Zeit für die Kinderbetreuung zur Verfügung. Es hat eben alles zwei Seiten!«

Phobos und Deimos, wiederholt Tobias Heller die Hundenamen in Gedanken. ›*Angst und Schrecken*‹, *das passt. Einer, der solche Monster sein eigen nennt, läuft garantiert nicht in Panik vor einem altersschwachen Dobermann davon!*

Selbstverständlich achtete er auf dem Weg ins Wohnzimmer nebenbei auch auf den Gang ihres Gastgebers. Da war nicht die Spur eines Hinkens zu sehen, von der Tatsache zweier makelloser und vor allem intakter Beine ganz zu schweigen, die von den Knien abwärts aus den Shorts ragen. *Er dürfte demnach zumindest für die erste Tat nicht infrage kommen,* hakt er das Thema in Gedanken ab.

»Ich hörte, dass die Fitnesseinrichtungen in Kürze ihren Betrieb wieder aufnehmen dürfen«, erinnert sich Denise Malowski an eine entsprechende Mitteilung der Landesregierung, die am Wochenende in den Medien verbreitet wurde.

»So einfach ist das nicht«, schüttelt de Fries den Kopf. »Die damit verbundenen Auflagen sind unmöglich noch in diesem Monat umzusetzen. Zudem fehlen mir die Leute dafür. Das Fachpersonal musste ich ja zu Beginn des Lockdown entlassen und nun weigern sich die meisten davon aus Furcht, sich zu infizieren, ihre Arbeit wieder aufzunehmen. Das kostet mich ein Vermögen!«

Tobias Heller räuspert sich vernehmlich. »Kommen wir nun zum eigentlichen Grund für diesen Besuch«, wendet er sich an de Fries. Das vermeintlich oberflächliche Geplänkel zu Beginn der Unterhaltung war zwar äußerst informativ, da sie dadurch nun im Besitz einiger interessanter Details zur persönlichen Situation ihres Gesprächspartners und dessen Familie sind, aber jetzt ist es an der Zeit, zum Kern der Sache zu kommen. »Wir haben leider eine traurige Mitteilung für Sie: Ihr Vater wurde heute Vormittag tot in seinem Haus aufgefunden. Mein aufrichtiges Beileid!«

Eine derart direkte und schnörkellose Ansage mag zwar unsensibel erscheinen, aber Tobias ist nun mal keiner, der lange drumherum redet und eine schmerzfreie Methode, jemanden vom Ableben eines nahen Angehörigen zu berichten, existiert ohnehin nicht. Wie immer, wenn er solche Nachrichten überbringt, beobachtet er wachsam das Gesicht seines Gegenübers, das jetzt förmlich versteinert, ohne jedoch schockiert zu wirken.

»Das scheint Sie nicht sonderlich zu berühren«, hinterfragt Denise Malowski sofort seine unterkühlte Reaktion auf die Todesnachricht. »Hatten Sie kein gutes Verhältnis zu Ihrem Vater? Ich weise vorsorglich darauf hin, dass Sie sich nicht selbst belasten müssen!«

»Ihre Frage beweist mir, dass mein alter Herr keines natürlichen Todes starb«, gibt de Fries frostig zurück. »Aber das war mir ohnehin sofort klar, da bei einem Unfall wohl kaum die Kriminalpolizei bei mir auftauchen würde! Auf welche Weise ... was ist denn nun passiert? War es ein Überfall? Ein Einbruch? Ich habe ihm bestimmt hundertmal gesagt, dass er wenigstens eine Alarmanlage installieren lassen soll. Aber nein, er bunkert lieber seine Millionen auf der Bank oder investiert sie in soziale Projekte!«

»Statt sie in die Firma seines Sohnes zu stecken?«, provoziert Heller ihn.

»Warum nicht? Mit dem Geld könnten wir eine bundesweite Kette hochmoderner Studios errichten, aber daran ist ... war er nicht interessiert!«

»Ihr Vater wurde in seinem Haus erschlagen, wir gehen derzeit von einem Einbrecher aus«, beantwortet Malowski seine Frage. »Sagen Ihnen die Namen Cornelia Berger, Kurt Jansen oder Theodor Gronau etwas?«

»Überhaupt nichts! Aber halt, warten Sie ... Da war doch letzte Woche dieser Bericht im *Rhein-Sieg-Echo*, über diesen sogenannten *Berserker*. Sein Opfer wurde, wenn ich mich recht entsinne, mit *Theodor G.* angegeben. Ist das einer der Männer, nach dem Sie fragten? Nicht, dass ich dieses Schmierblatt regelmäßig lesen würde!«

»Das tut niemand«, bemerkt Heller sarkastisch. »Die drucken ihre 500.000 Exemplare täglich aus purer Langeweile!«

»Da es sich hierbei um eine laufende Ermittlung handelt, können wir Ihnen keine Einzelheiten nennen«, spult Denise Malowski ihren Standardsatz ab, ohne auf die unqualifizierte Bemerkung ihres Partners Bezug zu nehmen. Ihr Blick fixiert die Sportschuhe einer bekannten Marke an den Füßen seiner lässig übereinandergeschlagenen Beine: »Welche Schuhgröße haben Sie?«, wechselt sie scheinbar unmotiviert das Thema.

»Größe 44, warum fragen Sie?« Ein unübersehbares Fragezeichen erscheint auf seiner Stirn.

»Sagen sie uns bitte, wo Sie am Sonntagabend in der Zeit zwischen 22:00 Uhr und Mitternacht waren«, übergeht die Ermittlerin den Einwand ungerührt. »Es handelt sich hierbei um eine Standardfrage, die wir jedem Beteiligten stellen müssen.«

»Sie benötigen ein Alibi? Also gut, ich war zu dieser späten Stunde in meinem Studio hier im Troisdorfer Industriegebiet, um mich dort in aller Ruhe umzuschauen und zu überlegen, wie trotz der Hindernisse eine schnelle Wiedereröffnung zu bewerkstelligen wäre. Sie können sich vorstellen, dass ich nicht nur wegen der Uhrzeit der einzige ›Besucher‹ war. Wenn ich mich recht entsinne, bin ich gleich nach dem Tatort-Krimi im Fernsehen losgefahren. Das muss demnach etwa um 21:45 Uhr gewesen sein. Gegen 00:30 Uhr war ich auf jeden Fall wieder zu Hause.«

»Ihren Aufenthalt dort während dieser Zeit kann also niemand bezeugen«, rekapituliert Denise Malowski. »Könnte Ihre Frau uns wenigstens bestätigen, wann Sie fortfuhren, beziehungsweise wiederkamen?«

»Sie fühlte sich an diesem Tag nicht gut, deshalb nahm sie eine Schlaftablette und ging zeitig zu Bett. Sie hat bis zum Morgen tief und fest geschlafen und garantiert nichts von meiner Abwesenheit mitbekommen. Das war auch der Grund für die spontane Fahrt zum Studio, so brauchte ich keine langen Erklärungen abzugeben. Wenn Sie jedoch mit den Aufnahmen der Überwachungskamera im Eingangsbereich als Beweis meiner Anwesenheit im Studio vorliebnehmen wollen, kann ich Ihnen diese gerne zur Verfügung stellen. Ich bin sogar in der

Lage, sie von hier aus über eine Internetverbindung abzurufen und auf einen geeigneten Datenträger zu kopieren.«

»Eine Kamera?«, wundert sich Heller. »Aus welchem Grund ist die noch in Betrieb, obwohl das Studio seit fast zwei Monaten geschlossen ist?«

»Ich habe wohl vergessen, sie zu deaktivieren. Es gibt allerdings ein winziges Problem: Die Kamera läuft nur außerhalb der üblichen Öffnungszeiten des Studios, also von 21:00 Uhr abends bis 09:00 Uhr morgens. Und da sie nur dazu dient, unbefugte Aktionen in der Nacht zu dokumentieren, wird die Aufnahme vom Vortag jedes Mal überschrieben.«

»Demnach sind wir ja gerade noch zur rechten Zeit gekommen. Ich denke aber nicht, dass dies ein Problem darstellt. Solange der für uns relevante Teil vorhanden ist, reicht das völlig aus«, beruhigt der Hauptkommissar ihn und greift in die Tasche, um einen USB-Stick hervorzuholen. »Genügt das zum Speichern ihrer Videodatei?«

KAPITEL 9

Dienstag, 12. Mai, 09:12 Uhr

Prominentes »Berserker«-Opfer?

Troisdorf. Eine erschreckende Welle der Gewalt erschüttert erneut die beschauliche Wohnsiedlung im Westen der Stadt. Dieses Mal scheint der Täter es jedoch auf Blut abgesehen zu haben, denn nach dem grausamen Mord zu Beginn des Monats (wir berichteten darüber) wurde am vergangenen Sonntag erneut ein Mann im eigenen Haus mit einer Axt erschlagen. Wurde der international bekannte Computermillionär Werner de Fries nun das zweite Opfer des »Berserkers«? Alles weist darauf hin, denn er wurde am frühen Montagmorgen ebenso wie das vorherige Mordopfer inmitten seiner verwüsteten Wohnung mit eingeschlagenem Schädel tot aufgefunden. Eine Stellungnahme der Siegburger Kriminalpolizei liegt derzeit nicht vor, jedoch ist die Frage wohl berechtigt, was man dagegen zu unternehmen gedenkt. (*lei*)

Der neueste, vor Häme nur so triefende Erguss der Reporterin Irene Leitner vom *Rhein-Sieg-Echo* wurde gleich zu Dienstbeginn von Tobias Heller mit säuerlicher Miene an die Pinnwand geheftet. Verstörend ist dieses Mal die Tatsache, dass der volle Name des letzten Mordopfers genannt wurde, was nicht nur unüblich ist, sondern zudem die weiteren Ermittlungen nicht eben erleichtern dürfte. Entsprechend derb fiel der nicht jugendfreie Fluch aus, mit dem der Hauptkommissar diesen Umstand bedachte. Zum Glück war seine Partnerin mit ihrer Tochter zu diesem Zeitpunkt noch nicht anwesend.

Jetzt widmen sich die Kommissare gemeinsam der von Heiko de Fries zur Verfügung gestellten Videodatei und haben das spielende Kind dabei nahezu ausgeblendet. Bis etwas – nein, jemand – zaghaft an Denise Malowskis Ärmel zupft. »Mir ist langweilig!«, mault Leonie, die ihren Spieltisch in der Zimmerecke im Stich gelassen und sich mit leisen Sohlen an die beiden angeschlichen hat. »Darf ich zu Chrissie? Bitte, Mama!«

Denise schaut auf die Uhr. »Es tut mir leid, Spatz, aber das geht jetzt nicht. Gleich müssen wir alle zur Dienstbesprechung und du gehst dann so lange wieder zu den netten Damen im Sekretariat!«

»Oooooch! Die sind voll langweilig!«, zieht das Kind einen Flunsch und stiefelt enttäuscht zu seinem Tisch zurück, wo neben dem halb fertiggestellten Drachen-Puzzle ein Teddybär, unzählige Malbücher und ein LEGO-Baukasten warten.

»Am besten schneiden wir den für uns relevanten Teil heraus, damit der Film nachher in der Besprechung nicht so weit vorgespult werden muss«, schlägt Tobias Heller seiner Kollegin vor, nachdem sie die zwölfstündige Videoaufzeichnung im Schnelldurchlauf zu Ende angesehen haben. »Der Zeitstempel der Aufnahme bestätigt zwar sein Alibi, aber die anderen sollten sich das zumindest einmal anschauen, denke ich.«

Das Diensthandy auf seinem Schreibtisch signalisiert einen Anruf. »Nanu!«, ruft er verblüfft nach einem Blick auf das Display und anschließend zur Uhr aus. »Das ist Cornelia Berger! Ich hatte ihr gestern eine SMS geschickt mit der Bitte um Rückruf. Herrscht denn in Peru jetzt nicht noch tiefste Nacht?«

»Ich erledige das mit dem Video schon!«, bietet Denise an, während er mit einem nachdenklichen Stirnrunzeln das Gespräch annimmt. Wie er immer gleich anhand einer Telefonnummer weiß, wer anruft, ist in ihren Augen bewundernswert. Sie selbst muss, wie die meisten anderen Menschen auch, ein Telefonverzeichnis dazu bemühen. Wie es wohl sein mag, niemals etwas zu vergessen?

»Hallo, Frau Berger!«, hört sie ihn sagen, während sie auf ihrem Rechner nach einem geeigneten Programm für den Videoschnitt fahndet. »Vielen Dank für den schnellen Rückruf, ist denn bei Ihnen nicht jetzt Nacht? … … Ach, Sie befinden sich am Flughafen Paris? … … Das ist ja hochinteressant, Sie müssen mir unbedingt bei Gelegenheit ausführlich davon berichten! Weshalb ich Sie sprechen wollte: Kennen Sie einen Werner de Fries oder vielleicht seinen Sohn Heiko? … … Ach, Ihr Mann kennt den? … … Aha, ich hätte aber noch eine weitere Frage: Haben Sie in letzter Zeit für Ihren Vater Konzertkarten ausgedruckt? … … Es geht um ein klassisches Konzert am 3. Mai in Köln. Wir fanden die Karten auf seinem Schreibtisch … … Okay, haben Sie vielen Dank. Sie haben mir wirklich sehr geholfen. Ich wünsche Ihnen weiterhin eine erfolgreiche Heimreise.«

Tobias legt das Handy zur Seite und bemerkt erst jetzt die unverhohlene Neugier im Gesicht seiner Partnerin, die ihn mit großen Augen unverwandt anschaut, statt wie geplant das Video für die Präsentation zu schneiden. Die wenigen Satzfetzen, die er im Dialog mit Cornelia Berger von sich gab, waren schon allein durch ihre Zusammenhanglosigkeit durchaus geeignet, ihre Aufmerksamkeit zu erregen.

»Ich verstehe zwar deine Wissbegierde«, vertröstet er sie nach einem erneuten Blick auf seine Armbanduhr. »In einer Viertelstunde ist aber schon die Besprechung und ich habe keine Lust, alles zweimal zu erzählen. Bist du mit dem Video fertig?«

»Gib mir fünf Minuten«, brummt sie verstimmt und hämmert wie wild auf ihrer Computertastatur herum. »Ich muss erst noch ein geeignetes Programm herunterladen, es wird nicht lange dauern.«

* * *

Das Bild auf der Leinwand zeigt die Vorderseite eines eingeschossigen Gebäudes. Es ist Nacht und außer dem ausgeschalteten, aber im Licht der Straßenlaternen ausreichend gut erkennbaren Leuchttransparent über der Eingangstür ist nichts zu sehen. Es handelt sich um das Fitnesscenter im Gewerbegebiet von Troisdorf, eines von insgesamt zwölf dieser Art, die Heiko de Fries gehören.

Die Kamera ist offenbar an der Wand links des Eingangs an einer langen Stange oder etwas Ähnlichem angebracht, da sie von der Seite auf die Tür gerichtet ist. Dahinter sieht man, wenn auch leicht unscharf, ein Stück Nachthimmel mit einem abnehmenden Mond, der keck mit einer Spitze hinter der Hauswand hervorlugt. Alles wirkt statisch, wie auf einem Foto.

Bei der gezeigten Szene könnte es sich demnach durchaus um ein Standbild handeln, käme nicht in genau diesem Augenblick Bewegung ins Spiel: Der in der rechten unteren Ecke eingeblendete Zeitstempel zeigt ›2020-05-10 22:04:22‹, als ein Mann im Fokus der Kamera erscheint, dieser kurz das Gesicht zuwendet und im Inneren des Gebäudes verschwindet, nachdem er die Tür mit einem Schlüssel geöffnet hat. Das Ganze dauert nicht einmal eine Minute.

Tobias Heller spult den Film wieder ein Stück zurück und lässt das Bild an der Stelle einfrieren, wo der Besucher in die Kamera blickt. »Heiko de Fries«, erläutert er den Kollegen, die alle gebannt zur Leinwand schauen. »Er gab uns gegenüber an, nach dem Tatort-Krimi im Fernsehen ins Studio gefahren zu sein, um Pläne für eine mögliche Wiedereröffnung zu schmieden. Da man von seinem Haus etwa eine Viertelstunde benötigen dürfte, um dorthin zum gelangen, stimmt das Bild der Überwachungskamera also mit seiner Aussage überein. Für die nächsten zwei Stunden wird hier aber nichts weiter von Belang zu sehen sein.«

Er schaltet die Wiedergabe deshalb jetzt in den beschleunigten Vorlauf. Während der Film nun mit zwanzigfacher Geschwindigkeit abläuft, bleibt die Szene statisch, lediglich die sich rasend schnell verändernde Zeitanzeige und die langsam nach rechts oben steigende Mondsichel belegen, dass in der Realität Zeit vergeht. Wenige Minuten später, der

Zeitstempel zeigt ›*2020-05-11 00:21:48*‹ an, schaltet Tobias wieder in die normale Wiedergabe. Kurz darauf wird die Tür geöffnet, Heiko de Fries kommt aus dem Gebäude, schaut erneut zur Kamera und verlässt eiligen Schrittes das Bild.

»Um diese Zeit war sein Vater bereits seit mindestens einer Stunde tot«, schließt Tobias Heller die Vorführung ab und beendet das Video. »Andere Ausgänge oder Fenster existieren nicht, ich habe es anhand der Baupläne überprüft. Heiko de Fries konnte das Gebäude zwischendurch unmöglich unbemerkt verlassen und hat demnach für den Mord an seinem Vater ein Alibi!«

»Wir sollten die Aufnahme dennoch vorsorglich durch Amara überprüfen lassen«, schlägt Donner vor. »Sie könnte ja manipuliert worden sein. Habt ihr ihn auch nach einem Alibi für den ersten Mord gefragt?«

»Das war unseres Erachtens nicht notwendig. Er lief nämlich in Shorts herum, als wir gestern dort waren. Seine Beine waren bis zu den Knien entblößt und absolut makellos. Es war nicht die kleinste Spur einer Verletzung zu sehen und gehinkt hat er auch nicht. Zudem haben wir ja die DNA-Probe des Täters!«

»Ich verstehe nicht ganz, wie uns die jetzt weiterhelfen soll«, hebt Donner verwundert die Augenbrauen.

»Na, wir brauchen doch nur die DNA an der Axt mit der seines Vaters zu vergleichen! Wenn das Blut von Heiko de Fries ist, müsste es in diesem Fall eine teilweise Übereinstimmung geben. Stichwort: Verwandtschaftskoeffizient!«

»Stimmt, ich erinnere mich an einen entsprechenden Vortrag unseres Forensikers über dieses Thema im vergangenen Jahr. Damals hatte uns die Tatsache, dass sich Verwandtschaftsverhältnisse anhand der DNA bestimmen lassen, bei dem Doppelmord an zwei jungen Frauen letztendlich zum Täter geführt. Das ist ein ausgezeichneter Gedanke, ich werde den Vergleich sofort in Auftrag geben!«

Ein lautstarkes Räuspern lässt den Kommissariatsleiter in seiner Rede innehalten. »Ja, Denise?«, wendet er sich an die Hauptkommissarin zu seiner Rechten. »Wolltest du etwas sagen?«

»Ich denke, meine ungeduldige Partnerin will endlich wissen, was das Telefonat mit Cornelia Berger ergeben hat, das ich vor der Besprechung führte«, antwortet Tobias an ihrer Stelle.

»Du hast mit der Frau gesprochen?«, wundert sich Donner und schaut auf die Uhr. »In Peru ist es jetzt halb vier in der Nacht!«

»Das ist es ja! Die sind nicht mehr in Südamerika, sondern auf dem Heimweg. Frau Berger rief mich vom Airport Paris an, wo sie derzeit mit ihrem Mann auf eine Möglichkeit zur endgültigen Heimreise wartet. Hier die Kurzform: Nach meinem letzten Anruf am Mittwoch begab sich das Ehepaar in eigener Regie auf eine abenteuerliche Reise zum nächstgelegenen Flughafen, der aber nur Inlandflüge anbot. Sie benutzten so ziemlich alles zur Fortbewegung, was ihnen unterkam, und benötigten für die knapp hundert Kilometer volle drei Tage. Am Ziel angelangt konnte Herr Berger einen zwielichtigen Hubschrauberpiloten mit klingender Münze dazu bewegen, sie zu einem internationalen Airport zu fliegen. Heute in der Nacht kamen sie dann nach einer wahren Odyssee in Paris an.«

»Da soll mal einer sagen, es gäbe heutzutage keine richtigen Abenteuer mehr ... Das war hoffentlich nicht schon alles?«

»Natürlich nicht, Chef! Ich habe mich ebenfalls nach den Konzertkarten erkundigt, aber davon wusste sie überhaupt nichts. Es bleibt daher ein Mysterium, wie diese in den Besitz ihres Vaters gelangt sind. Weiterhin habe ich gefragt, ob sie Werner de Fries kennt oder seinen Sohn Heiko. Dieser meinte ja gestern, er habe von Theodor Gronau und dessen Tochter noch nie etwas gehört.«

»Aha, und was sagte sie? Jetzt lass dir nicht jedes Wort einzeln aus der Nase ziehen!«

»Ihr Mann kennt Heiko de Fries«, gibt Heller endlich die gewünschte Information preis, wobei er jedes Wort genüsslich betont. »Christian Berger ist im Besitz einer Dauerkarte für das Troisdorfer Studio, das vom Eigentümer persönlich geführt wird. Es existiert demnach eine zumindest theoretische Verbindung zwischen den beiden Taten!«

»Die aber auch rein hypothetisch bleibt, solange wir Heiko de Fries nicht den Mord an Theodor Gronau nachweisen können«, wirft Wolfgang Müller skeptisch ein. »Und wie es aussieht, können wir das nicht!«

»Trotzdem besteht ein Zusammenhang, ob nun relevant oder zufällig«, schüttelt Donner den Kopf. »Wir dürfen das nicht einfach unter den Teppich kehren und zur Tagesordnung übergehen! Habt ihr die Telefonverbindungen gecheckt?«

»Klar, Chef! Die geben aber nichts her. Theodor Gronau hat so gut wie gar nicht selbst telefoniert und bekam nur hin und wieder Anrufe von seiner Tochter. Die Telefonliste von Werner de Fries ist zwar wesentlich umfangreicher, beschränkt sich jedoch vornehmlich auf Gespräche mit Banken und Investmentberatern. Sohn und Ex-Frau waren dagegen in den letzten Monaten überhaupt nicht vertreten.«

»Also Fehlanzeige ... Ich schätze, dann ist es an der Zeit, sich die Kundenliste dieser Einrichtung einmal genauer anzuschauen. Wenn es der Inhaber nicht selbst war, kommt womöglich einer seiner Kunden in Betracht. Einer, der Christian Berger gut genug kennt, um den Mord an seinem Schwiegervater zu planen und zu begehen. Der Zusammenhang mit dem Vater des Betreibers ergibt sich dann ja sozusagen automatisch. Was uns leider diesbezüglich immer noch fehlt, ist ein Motiv.«

»Zu den Konzertkarten kann ich etwas sagen«, meldet sich Horst Weiland zu Wort. »Es ist mir endlich gelungen, den Ticketservice zu ermitteln, bei dem sie bestellt wurden. Dies geschah, wie wir schon vermutet hatten, über das Internet, und zwar am 15. April um 16:58 Uhr. Der Mitarbeiter am Telefon war äußerst kooperativ und nannte mir ohne Gerichtsbeschluss Name und Anschrift des

Auftraggebers und sogar die IP-Adresse des Rechners, über den die Transaktion vorgenommen wurde.«

Die im Grunde sensationelle Neuigkeit wird mit derart wenig Begeisterung vorgetragen, dass sich Donner zu einer entsprechenden Äußerung genötigt fühlt: »Warum vermisse ich den notwendigen Enthusiasmus in deiner Rede, Horst? Das sind doch wertvolle Informationen, oder nicht?«

Weiland lässt einen tiefen Seufzer hören. »Ich fürchte, das Resultat meiner Recherche wird euch nicht gefallen. Die Adressangaben passen nämlich zu unserem ersten Opfer, das die Tickets demnach persönlich geordert haben müsste!«

»Was ist denn mit der IP-Adresse?«, erkundigt sich Christina Ohlsen. »Gronau besaß keine internetfähigen Geräte und seine Tochter weiß nichts von den Karten, wie wir jetzt erfahren haben. Demzufolge hat jemand anderes sie geordert und das wiederum beweist, dass zumindest das Haus des ersten Opfers nicht zufällig ausgewählt wurde, sondern dass die Aktion im Gegenteil bis ins Kleinste geplant war! Es sollte doch herauszufinden sein, von welchem Computer die Internetverbindung hergestellt wurde. Die Internetcafés und ähnliche Einrichtungen sind bekanntlich seit dem 16. März aufgrund des Lockdown geschlossen!«

»Vielleicht nicht alle«, überlegt Tobias Heller. »Es gibt in Troisdorf eine private Initiative namens ›Freifunk‹, die seit Jahren darum bemüht ist, ein flächendeckendes öffentliches W-LAN einzurichten und kostenlos zur Verfügung zu stellen. In der Fußgängerzone wurde das meiner Kenntnis nach rund um das neue Einkaufszentrum schon realisiert. Man kann dort praktisch von überall aus ins Internet und Sitzgelegenheiten in Form von Bänken gibt es genügend. Ein einsamer Mann mit einem Notebook fällt überhaupt nicht weiter auf, zumal man theoretisch sogar ein Handy benutzt haben könnte. Die Tickets kann er in diesem Fall als PDF heruntergeladen und in Ruhe zu Hause ausgedruckt haben!«

»Chrissie hat vermutlich recht«, nickt Donner. »Es deutet alles darauf hin, dass jemand anderes die Karten für Gronau orderte, um den Mann vor seinem Einbruch aus dem Haus zu locken, und zwar war dies mit großer Wahrscheinlichkeit der Täter. Was ist mit der Bezahlung? Kann man darüber nicht seine Identität lüften? Man hinterlässt doch immer irgendwelche Spuren!«

»Ein Bezahldienst, Chef.« Weiland hebt resigniert die Schultern. »Ich habe bereits bei denen nachgefragt, aber dort wollte man ohne richterliche Anordnung die Daten nicht herausrücken. Vermutlich wird uns das ohnehin nichts bringen, sofern der dazugehörige Account wieder gelöscht wurde.«

»Wir dürfen bei der Frage nach der Herkunft der Tickets aber eines nicht vergessen«, gibt Wolfgang Müller zu bedenken. »Ganz gleich, wer wann wie die Eintrittskarten erworben hat, müssen diese letztendlich irgendwie in den Besitz des Opfers gelangt sein. Weshalb sind dann seine Fingerabdrücke nicht darauf zu finden?«

»Auf Papier sind die oft nicht nachzuweisen, erklärte man mir in der Forensik«, antwortet Tobias Heller. »Ich war nämlich schon selbst auf die Idee gekommen, Jürgen danach zu fragen. Er meinte, wenn man sich unmittelbar vorher gründlich die Hände gewaschen hat, wäre es durchaus möglich, dass keine Spuren darauf zurückbleiben, da solche Abdrücke ja hauptsächlich aus Hautfett bestehen. Und Händewaschen ist bekanntlich momentan so eine Art Nationalsport.«

»Okay, das bringt uns jetzt nicht weiter«, geht Donner dazwischen. »Ich werde versuchen, den Beschluss zur Herausgabe der Zahlungsinformationen für die Tickets zu erwirken. Diesbezüglich sollte aber dringend noch etwas überprüft werden: Wenn dem Täter so sehr daran gelegen war, ein leeres Haus bei seiner Aktion vorzufinden, dass er Wochen vorher entsprechende Maßnahmen ergriff und eine große kriminelle Energie darauf verwendete, dies zu verschleiern, war das bei seinem zweiten Opfer womöglich ebenfalls der Fall! Findet heraus, ob es bei Werner de Fries Belege für eine lange im Voraus geplante Abwesenheit am vergangenen Sonntag gibt oder fragt seinen Sohn!«, wendet er sich an Tobias Heller und Denise Malowski. »Bei der Mutter wart ihr auch noch nicht, das könnt ihr dann gleich mit erledigen, da sie in derselben Gegend wohnt. Chrissie und Wolfgang werden in den nächsten Tagen damit ausgelastet sein, den Laden zu finden, in dem die Axt gekauft wurde, und Horst bleibt bezüglich der IP-Adresse und den Bankdaten für den Kauf der Tickets am Ball!«

»Ach, und wer soll sich um die Kundenlisten von diesem Fitnessstudio kümmern, Chef?«, weist Denise Malowski ihn auf den Umstand hin, dass er soeben sämtliche verfügbaren Kräfte restlos eingeteilt hat, sich selbst ausgenommen.

»Ihr müsst doch sowieso nachher zu Heiko de Fries, um Informationen zu den Plänen seines Vaters für den Sonntag einzuholen«, übergeht Donner den Einwand mit einem Schulterzucken. »Bei dieser Gelegenheit fragt ihr ihn eben auch gleich nach der Liste. Oder besser noch, ob ihr euch in dem Studio einmal in Ruhe umschauen könnt. Ihr bekommt das schon hin!«, nickt er mit einem selbstgefälligen Lächeln in ihre Richtung. Er ahnt nicht, dass die Falle, in die er sich soeben selbst manövriert hat, bereits zugeschnappt ist.

Denise setzt unter ihrer Maske ein schadenfrohes Grinsen auf. »Du bist dir aber hoffentlich über die Konsequenzen im Klaren: Da in Horsts Büro nicht genügend Platz ist, bleibt als Babysitter für Leonie nur noch einer übrig«, erinnert sie ihren Vorgesetzten mit dem allergrößten Vergnügen an sein vollmundig gegebenes Versprechen, wonach immer einer aus der Truppe auf ihre Tochter aufpassen wird, wenn sie in den Außendienst muss. »Ich wünsche dir viel Spaß dabei, Chef!«

* * *

»*Ihr bekommt das schon hin*‹«, äfft Tobias Heller den Tonfall des Vorgesetzten nach. »Da hat er uns mal wieder ein Arbeitspensum auferlegt, mit dessen Bewältigung wir die ganze Woche beschäftigt sein werden«, brummt er unzufrieden. »Wir benötigen dringend mehr Leute!«

»Also, wenn ich das vorhin richtig verstanden habe, soll das alles *heute* erledigt werden!«, grinst Denise Malowski. Sie ist nach den Wochen der Langeweile im Homeoffice bester Laune und einfach nur froh, jetzt wieder draußen ermitteln zu können. »Aber hast du sein Gesicht gesehen, als ihm klar wurde, dass er für den Rest des Tages den Babysitter spielen darf? Das war ein Bild für die Götter!«

Tobias hält an einer roten Ampel an. »Wohin sollen wir zuerst?«, lässt er seiner Partnerin galant die Wahl. Auch er ist über die Rückkehr seiner Ermittlungspartnerin alles andere als unglücklich. »Links runter geht es zur Behausung von Karin Hoffmann, Ex-Frau unseres Mordopfers und Mutter von Heiko de Fries und nach rechts kommen wir zu ihrem Filius. Ist beides gleich weit von hier aus, du entscheidest.«

»Fahren wir erst zur Mutter!«, bestimmt Denise einige schweigsame Sekunden später. »Das wird sicher nicht so lange dauern und wir haben es dann hinter uns!«

»Ene, mene, muh?«, rät Tobias bezüglich ihrer Entscheidungsfindung ins Blaue und setzt den Blinker für die gewünschte Fahrtrichtung.

»Jep!«

* * *

Es ist ein oft bemühtes Klischee, allerdings meist auf Mutter und Tochter angewendet: Die Frau, die den Kommissaren soeben die Tür öffnet, sieht aus wie Anfang vierzig und hätte keinerlei Schwierigkeiten, auf Parties als Schwester ihres Sohnes durchzugehen. Dabei ist Karin Hoffman, wie Tobias Heller und Denise Malowski aus dem Einwohnermelderegister erfahren haben, gerade zweiundfünfzig Jahre alt geworden.

Mit neunzehn von ihrem damaligen Arbeitgeber Werner de Fries geschwängert, kurz darauf unter dem Druck der Öffentlichkeit geehelicht und nach nur zehn Jahren Ehe wieder geschieden, hat sie ein überaus bewegtes Leben hinter sich, was man ihr jedoch nicht ansieht. Vor den Ermittlern steht im Gegenteil eine attraktive, selbstbewusste, jugendlich wirkende Frau, die auf ihren Körper achtet und fit wie ein Turnschuh wirkt.

Die Informationen bezüglich ihres Lebens und der Ehe mit dem Multimillionär stammen jedoch zugegebenermaßen nicht aus amtlichen Dokumenten, sondern von Kollegin Chrissie Ohlsen. Die wiederum verdankt ihre Weisheit den Klatschspalten der Regenbogenpresse, die sich diesbezüglich als eine wahre Fundgrube erwies. Wenn man auch längst nicht alles glauben darf, was dort geschrieben steht.

»Ich habe Sie bereits erwartet«, informiert Karin Hoffmann die Besucher anstelle einer Begrüßung, nachdem diese sich ordnungsgemäß vorgestellt und ausgewiesen haben. »Immer herein in die gute

Stube!« Ihre Stimme klingt angenehm dunkel, leicht maskulin und mit einer rauchigen Klangfarbe.

War ja klar, bedauert Tobias Heller die Tatsache, dass es dieses Mal keinen Überraschungseffekt gibt, da spätestens mit dem Erscheinen des heutigen Artikels im *Rhein-Sieg-Echo* die halbe Welt über den gewaltsamen Tod des Millionärs informiert ist. »Sie wissen also Bescheid«, nickt er. »Sonderlich betrübt scheinen Sie mir wegen des Ablebens ihres Verflossenen aber nicht zu sein!«

»Die Scheidung war vor über zwanzig Jahren!«, belehrt sie ihn auf dem Weg ins Wohnzimmer. »Ich hatte seither nur den allernötigsten Kontakt mit diesem Mistkerl. Mein Sohn Heiko war genau genommen das einzig Gute, das er mir hinterlassen hat.«

»Und die eine oder andere Million«, bemerkt Denise Malowski sarkastisch und vollführt eine den Raum umfassende Geste mit der Hand. Die hochwertige Wohnungseinrichtung der großzügig geschnittenen Eigentumswohnung in exponierter Wohnlage ist garantiert nicht von einem schwedischen Möbeldiscounter und der Wert der Behausung selbst dürfte ebenfalls in einem hohen sechsstelligen Bereich liegen. Mindestens. »Oder wollen Sie mir ernsthaft weismachen, dass Sie bei der Trennung leer ausgingen?«

»Den größten Teil seines damaligen Vermögens hatte mein Mann zum Zeitpunkt unserer Heirat bereits erwirtschaftet«, erklärt Karin Hoffmann ihr ausweichend. »Daher gab es bei der Scheidung nur einen Zugewinnausgleich. Das war aber nichts im Vergleich zu dem, was er heute besitzt. Von den unzähligen Millionen, die er nach der Trennung verdient hat, sah ich logischerweise keinen Cent und ich habe auch nicht den geringsten finanziellen Nutzen von seinem Tod!«

»Sagen Sie uns bitte trotzdem, wo Sie am Sonntagabend in der Zeit zwischen 22:00 Uhr und Mitternacht waren?«, hakt Tobias Heller an dieser Stelle ein. Eine perfektere Überleitung zum eigentlichen Zweck ihres Besuches gibt es nicht. Obwohl als Frage formuliert, lässt sein Tonfall gar nicht erst den Verdacht aufkommen, es könne sich bei seiner Äußerung lediglich um einen Vorschlag handeln.

»Ich war zu Hause und habe gelesen«, kommt umgehend die Antwort aus ihrem Mund. Sie zeigt auf den Couchtisch vor ihr, wo ein sehr dickes Buch aufgeschlagen und mit dem Einband nach oben liegt. »Sorry, aber ich habe nicht einmal eine Katze, die Ihnen das bestätigen könnte.«

»Tolstoi«, erkennt Heller den umfangreichen Wälzer am Titel. »Schwere Kost!«

»Den hatte ich mir schon lange vorgenommen zu lesen, auch wenn es manchmal recht mühsam ist und ich mental oft nur wenige Seiten am Abend verkrafte. Sie sind aber doch bestimmt nicht hier, um einen Plausch über russische Literatur des vorletzten Jahrhunderts mit mir zu halten«, kommt sie unvermittelt zum Thema zurück. »Ist es denn wahr, was die Presse bezüglich der Morde schrieb und dass ein Serientäter in unserer Stadt sein Unwesen treibt?«

»Über laufende Ermittlungen dürfen wir keine Auskünfte geben«, bescheidet Denise Malowski ihr kurz angebunden. »Mich würde aber etwas anderes brennend interessieren: Ihr Sohn Heiko eröffnete vor zwei Jahren eine Reihe von hochmodernen Fitnessstudios im Rhein-Sieg-Kreis. Das hat doch garantiert eine Summe in Millionenhöhe erfordert. Woher hatte er das Startkapital? Von seinem Vater?«

Karin Hoffmann gibt ein glucksendes Geräusch von sich. Es klingt nach Belustigung, doch ihre folgenden Worte vermitteln eine völlig andere Botschaft. »Soll das ein Witz sein?«, giftet sie. »Von *diesem* Geizkragen? Sie kennen Werner de Fries aber schlecht! In der Öffentlichkeit den großen Mann markieren. Sich für soziale Projekte engagieren. Das war seine Welt! Hauptsache, sein Name stand in der Zeitung. Das ist ihm ja sogar noch im Tode gelungen … Nicht einen Cent hat er herausgerückt, als mein Junge ihn darum gebeten hat, und dabei wollte er das nicht mal geschenkt! Eine hirnlose Schnapsidee hat er die Geschäftsidee seines eigenen Sohnes genannt und ihm jede Hilfe verweigert. Selbst jetzt, wo unsere Studios alle wegen Corona geschlossen sind, ließ mein feiner Ex sich nicht erweichen, ihm unter die Arme zu greifen! Wenn die Fixkosten sich ohne nennenswerte Einnahmen noch lange derart aufsummieren, droht nämlich schon bald der Konkurs. Für seinen Vater war das aber nur ein weiterer Beweis für die Unfähigkeit seines Sohnes!«

»Demnach haben *Sie* ihm also das Geld für die Eröffnung der Studios gegeben?« Denise ist, wie die meisten Kriminalbeamten, eine ausgezeichnete Zuhörerin. Der kleine Versprecher in Karin Hoffmanns Wutrede ist ihr daher ebenso wenig entgangen wie ihrem Partner, dem bedeutungsvollen Blick gemäß, den er ihr zuwirft. Erfahrungsgemäß erhält man ohnehin die nützlichsten Informationen, wenn man die Leute einfach reden lässt.

Hoffmann schaut sie jetzt zunächst verblüfft an, zaubert aber sofort ein unverbindliches Lächeln auf ihr Gesicht. »Wie ich sehe, muss man sich vor Ihnen in Acht nehmen, Frau Kommissarin! Warum sollte ich es nicht zugeben? Ja, ich habe Heiko das Geld gegeben. Es handelte sich dabei um meine gesamten Ersparnisse, die jedoch gut angelegt waren, bis diese Sache passierte!«

Sie legt eine kleine Denkpause ein, bevor sie ein weiteres ›Geständnis‹ ablegt. »Ach, was soll's, Sie werden es ja sowieso herausbekommen: Ich habe das Geld sozusagen in unser gemeinsames Unternehmen investiert, denn Heiko und ich sind in Wahrheit Geschäftspartner und zu gleichen Teilen am Gewinn beteiligt. Und die Tatsache, jederzeit kostenlos im eigenen Fitnesscenter trainieren zu können, ist schließlich auch etwas wert!«

»Das regelmäßige Training sieht man Ihnen auf jeden Fall an. Ich kam nicht umhin, Ihre tadellose sportliche Figur zu bewundern«, schmeichelt Denise ihr und setzt dabei gekonnt einen entsprechenden Gesichtsausdruck auf. Dies ist einer der Vorteile eines gemischten Ermittler-Doppels: Frauen reden untereinander wesentlich entspannter über gewisse Themen, als wenn ein Mann diese Fragen stellt. »Haben Sie in Ihrem gemeinsamen

Unternehmen noch weitere Aufgaben zu erfüllen, oder ist Ihre Funktion eher die einer stillen Teilhaberin?«

»Ich erledige die Buchführung für alle unsere Einrichtungen und helfe einige Stunden am Tag im Troisdorfer Studio aus. Ich bin immerhin gelernte Buchhalterin und wir sparen uns auf diese Weise den Steuerberater!«

* * *

»Hier ist der Beschluss zur Herausgabe der Bankverbindung!« Donner überreicht seinem einzigen derzeit im Kommissariat verbliebenen Mitarbeiter das amtliche Dokument. Sonderlich glücklich sieht er trotz der positiven Entwicklung nicht dabei aus, Horst Weiland glaubt jedoch, den Grund für die düstere Stimmung des Vorgesetzten zu kennen.

»Wie läuft es mit Leonie?«, erkundigt er sich daher scheinheilig bei ihm. »Die Kleine hält einen ganz schön auf Trab, was?«

»Ich weiß nicht, wie Denise das in den vergangenen Wochen im Homeoffice und mit einem kranken Mann auf die Reihe bekommen hat«, stöhnt sein Chef. »Werden diese Kinder eigentlich niemals müde? Jetzt muss ich aber los … Nicht auszudenken, was dieses Energiebündel in meiner Abwesenheit alles anstellt!«

Im nächsten Augenblick ist der Ermittler wieder mit sich und der sehnlichst erwarteten richterlichen Anordnung allein. Den Mitarbeiter vom Kundensupport hat er dieses Mal sofort in der Leitung, ohne sich erst das stundenlange Gedudel der Warteschleifenmusik anhören zu müssen.

»Kriminaloberkommissar Weiland, Kripo Siegburg«, stellt er sich ordnungsgemäß vor. »Ich hatte gestern bereits … … Ach, das waren Sie? Umso besser, dann sind lange Erklärungen dieses Mal ja überflüssig. Ich habe jetzt den Gerichtsbeschluss für das Kundenkonto … … Sie wissen noch, worum es geht? Okay, hier kommen die Daten!«

Da außer der E-Mail-Adresse, mit der die Zahlung seinerzeit abgewickelt wurde, keine weiteren Informationen vorliegen, nennt er diese dem Mann am Telefon. Der wiederum verspricht, die gewünschten Kundendaten herauszusuchen, sobald der Beschluss per Fax übermittelt wurde.

»Danke, ich werde das sofort erledigen und warte auf Ihren Rückruf!«, beendet Weiland das Gespräch und nimmt sich die Zeit, sich erst einmal zufrieden zurückzulehnen, bevor er zum Sekretariat gehen will, um das versprochene Fax zu tätigen.

* * *

Ihr Mann sei in seinem Troisdorfer Studio, hatte Sabrina de Fries abgewunken, nachdem sie sich nach der bekannten Prozedur am Tor und unter Begleitung von Phobos und Deimos bis zur Villa durchgekämpft hatten.

Er versuche wohl, an den Hanteln und Rudermaschinen den Frust aus sich herauszupumpen, meinte sie. Ihr Mann sei nämlich beinahe am Verzweifeln, weil alles den Bach runtergehe, wenn nicht bald ein Konzept vorläge, das es ihnen erlaube, die Einrichtungen unter den von der Regierung verordneten Auflagen schnellstens wieder zu öffnen. Wobei es jedoch fraglich sei, ob die dann zu erwartenden Einnahmen überhaupt ausreichen, die laufenden Kosten zu decken. Entgegen den Worten ihres Mannes, der die finanzielle Situation seiner Firma ihnen gegenüber eher heruntergespielt hatte, klang ihre Darstellung zugegebenermaßen schon etwas bedrohlicher.

Denise Malowski und Tobias Heller ließen sich daraufhin nur die Aussage ihres Mannes bezüglich des Tatabends bestätigen, bevor sie unverrichteter Dinge wieder abzogen. Ja, sie habe sich nicht wohlgefühlt und sich zeitig schlafen gelegt. Dass ihr Gatte das Haus verlassen hat, habe sie nicht mitbekommen, er habe es ihr aber am Morgen gebeichtet.

Nun stehen die Kommissare in der verwüsteten Wohnung von Werner de Fries, um Hinweise auf eine für den Tatabend geplante Abwesenheit zu suchen, von der der Täter Kenntnis gehabt haben könnte. Denn das würde bedeuten, dass es sich mit großer Wahrscheinlichkeit um eine Person aus dem Dunstkreis des Opfers handelt. Und da dies auf Theodor Gronau ebenfalls zuzutreffen scheint, wäre das die Querverbindung, nach der man seit Tagen verzweifelt sucht.

Auf eine Fahrt zum Studio, um Heiko de Fries zu diesem Thema zu befragen, haben Denise und Tobias nach eingehender Beratung verzichtet. Aufgrund dessen, was sie vorhin von seiner Mutter erfuhren, hatten die beiden nicht eben das beste

Verhältnis; es wird demnach kaum damit zu rechnen sein, dass Werner de Fries seinen ungeliebten Sohn über seine Pläne in Kenntnis setzte.

Auf die Besichtigung der Räume des Fitnesscenters verzichteten die Ermittler aus Gründen der Zeitersparnis ebenfalls, da dessen Inhaber für die Tatzeit des Mordes an seinem Vater ein Alibi vorweisen kann und für den an Theodor Gronau kein Motiv hat. Von der sichtbaren Unversehrtheit beider Beine ganz zu schweigen. Zudem würde er für die Herausgabe der Kundendaten mit Sicherheit schon allein deswegen eine richterliche Anordnung einfordern, um sich seinen Kunden gegenüber rechtlich abzusichern. Diesen Beschluss wird ihnen jedoch niemand ausstellen, weil das Studio nachweislich keinen Tatort darstellt und auch derzeit nicht mit einem Verdächtigen in Verbindung gebracht werden kann.

Die Tatsache, dass der Schuhabdruck im Garten des Mordopfers von der Größe her zu den Füßen seines Sohnes passt, ist aus zwei Gründen irrelevant: Heiko de Fries kann für die Tatzeit ein Alibi vorweisen und sein Vater hatte haargenau dieselbe Schuhgröße. Eine Hausdurchsuchung könnte zwar Klarheit verschaffen, aber dafür ist wiederum eine richterliche Anordnung erforderlich, die sie ohne ausreichenden Tatverdacht nicht bekommen. Eine vertrackte Situation!

»Wo fangen wir an?«, fragt Denise Malowski ihren Partner. »Den Laptop haben wir ja schon, den nimmt derzeit Amara auseinander. Es ist ohnehin fraglich, ob wir in diesem ganzen Chaos überhaupt etwas finden werden!«

»Ist doch egal, fangen wir einfach in seinem Arbeitszimmer an, da wurde zwar auch alles kurz und klein geschlagen, aber dort rechne ich mir noch die größten Chancen aus. Ich frage mich allerdings, warum der Täter den Computer nicht ebenfalls geschrottet hat?«

»Das sieht mir nicht nach einer geplanten Aktion aus, Tobi! Es wirkt im Gegenteil eher, als seien mit dem Kerl die Pferde durchgegangen, nachdem er den unvermutet anwesenden Bewohner erschlagen hat. Er wird überhaupt nicht darauf geachtet haben, was er da alles schredderte.«

Tobias Heller setzt eine nachdenkliche Miene auf. Irgendetwas von dem, was Denise gerade sagte, hat ihn aufhorchen lassen. Ein flüchtiger Gedanke nur, bevor er sich jedoch darauf konzentrieren kann, spürt er eine Hand in seinem Rücken, die ihn förmlich in das Arbeitszimmer schiebt. »Ich will heute noch mit dem Kram fertig werden!«, hört er seine Partnerin sagen. Schulterzuckend folgt er ihrem Beispiel und streift die für solche Zwecke stets mitgeführten Einmalhandschuhe über.

* * *

»Puh!«, stöhnt Christina Ohlsen, während sie die Tür des kleinen Eisenwarenladens in der Troisdorfer Innenstadt hinter sich zuzieht. »Du, ich spüre meine Beine kaum noch«, gesteht sie ihrem Freund und Partner Wolfgang Müller. »Das war jetzt, falls ich mich nicht verzählt habe, Misserfolg Nummer fünf! Was hältst du davon, wenn wir für heute aufhören? Ich kann das Wort ›Axt‹ nämlich langsam ehrlich gesagt nicht mehr hören!«

»Dann nennen wir das Teil eben ab sofort ›Beil‹«, grinst Müller. »Aber du hast recht, lass uns ins Kommissariat zurückfahren. Das bringt heute nichts mehr und morgen ist auch noch ein Tag! Sagte ich schon, dass das hier auf deinem Mist gewachsen ist?«

Chrissie streckt ihm die Zunge heraus. »Nur ungefähr zwanzigmal in der letzten Stunde ... Dabei war ich mir so sicher, auf diese Weise dem Täter auf die Spur zu kommen!«

Das Prozedere war bei jedem der Läden, die sie sich für heute vorgenommen hatten, das gleiche: sich als polizeiliche Ermittler ausweisen, ihr Sprüchlein aufsagen und das Foto der Axt vorzeigen. Angefangen hatten Chrissie und Wolfgang bei den am weitesten von den Tatorten entfernten Geschäften, um sich dann langsam zum Stadtzentrum vorzuarbeiten. Der Gedanke dahinter ist so einfach wie logisch: Jemand, der vorhat, ein Mordwerkzeug zu kaufen, würde dies für den Fall, dass man ihm auf die Schliche kommt, garantiert nicht in unmittelbarer Nachbarschaft des geplanten Tatortes erledigen, argumentierte die Kommissarin.

Gebracht hatte diese Vorgehensweise nichts. In vier der fünf Läden teilte man den Ermittlern lapidar mit, diese spezielle Marke überhaupt nicht zu führen. Erst in dem kleinen Geschäft in der Troisdorfer Fußgängerzone, vor dessen Tür sie jetzt stehen, gab es zunächst einen Hoffnungsschimmer. Der Inhaber bestätigte ihnen sofort, diese Marke nicht nur im Sortiment zu haben, sondern sogar kürzlich einige davon verkauft zu haben. Das letzte Ereignis dieser Art läge allerdings schon mindestens einen Monat zurück, teilte er ihnen mit dem größten Ausdruck des Bedauerns mit. Die Kommissare hatten jedoch den Eindruck, dass dieses Bedauern wohl eher dem entgangenen Umsatz geschuldet sein dürfte.

»Ach was, der Gedanke war doch im Grunde naheliegend. Morgen werden wir sicher mehr Glück haben«, tröstet Wolfgang seine Freundin. »Es ist ja nicht einmal die Hälfte des Pensums erledigt!«

Chrissie verzieht das Gesicht. »Das liebe ich so an dir: Du verstehst es immer wieder, einen moralisch aufzubauen.« Sie knufft ihn kameradschaftlich in die Seite. »Lass uns fahren!«

* * *

Horst Weiland legt die Computermaus beiseite und schaut auf die Armbanduhr. Die letzten beiden Stunden verbrachte er damit, über die Hausauskunft des Melderegisters in Verbindung mit einem Kartenausschnitt aus *Google Maps* zukünftige potenzielle Opfer des *Berserkers* aufzuspüren und den Inhaber der IP-Adresse zu ermitteln, die beim Erwerb der Konzertkarten verwendet wurde. *Fast 17:00 Uhr*, stellt er überrascht fest. *Wo ist nur die Zeit geblieben? Gleich ist Feierabend, wollte der Kerl vom Kundensupport sich nicht längst wieder bei mir gemeldet haben? Wo der nur bleibt?*

Die Hauptkommissare kamen erst vor einer halben Stunde von ihrer Tour zurück und gaben sich recht einsilbig, offenbar war ihnen heute kein großer Wurf gelungen. Denise war nur kurz beim Chef, um Leonie abzuholen, und ist dann sofort heimgefahren. Der Felsbrocken, der Donner vom Herzen purzelte, als er das Kind endlich abgeben durfte, war sicher noch im angrenzenden Kommissariat zu hören, erinnert sich Weiland lächelnd.

Chrissie und Wolfgang steckten vor ein paar Minuten nur kurz die Köpfe in sein Büro, um sich zu verabschieden. Ihren enttäuschten Mienen gemäß war deren Ausflug ebenfalls von wenig Erfolg gekrönt. Derzeit sind demnach außer ihm nur noch der Chef und Tobias anwesend.

Jetzt fehlt eigentlich wenigstens ein Erfolgserlebnis für mich, wenn die anderen schon nichts vorzuweisen haben, denkt Weiland. Fieberhaft fahndet er auf seinem Schreibtisch nach dem Sendeprotokoll für das Fax, das er vor Stunden abgeschickt hatte. Beruhigt nimmt er das ›OK‹ zur Kenntnis, das den positiven Übermittlungsstatus bezeugt.

Der Beschluss ist demnach angekommen, aber warum meldet sich dieser Mensch nicht? In derselben Sekunde klingelt das Telefon!

Erleichtert nimmt er das Gespräch entgegen und lauscht den Informationen, die der Mann vom Kundensupport für ihn hat. Was er zu hören bekommt, ist indes alles andere als geeignet, seine Stimmung zu heben. Im Gegenteil!

Kapitel 10

Mittwoch, 13. Mai, 10:02 Uhr

»Das war demnach Pleite auf der ganzen Linie!«, kommentiert Kommissariatsleiter Donner den wenig erfreulichen Bericht seines Ermittlers Wolfgang Müller über den gestern mit Chrissie Ohlsen durchgeführten Außendienst. »Ich hatte es mir ja beinahe gedacht, dennoch werdet ihr nachher die restlichen Läden zur Sicherheit auch noch abklappern. Wir wollen doch nichts übersehen!«, fügt er mit erhobenem Zeigefinger hinzu, weil beide einen ausgesprochen genervten Gesichtsausdruck zeigen.

»Jetzt bin ich wohl mit meinen Hiobsbotschaften an der Reihe«, hebt Horst Weiland den Arm. »Zunächst aber etwas weniger Dramatisches: Ich habe im Umkreis der bisherigen Tatorte zwei potenzielle Ziele für künftige Aktivitäten des Täters ermittelt. Immer vorausgesetzt natürlich, dass seinen Handlungen überhaupt ein Muster zugrunde liegt und er sich in dem bisher bekannten Gebiet austoben wird. Eins der Häuser ist sogar wieder ganz in deiner Nähe, Denise«, nickt er in Richtung der Kollegin, die diese Information mit unbewegtem Gesicht zur Kenntnis nimmt.

»Die IP-Adresse, die beim Erwerb der Konzertkarten verwendet wurde, gehört tatsächlich zu

›Freifunk‹, wie Tobias bereits vermutet hatte«, fährt Weiland fort. »Und zwar wurde sie von einem W-LAN Hotspot auf dem Fischerplatz in der Fußgängerzone vergeben. Sie ist anonym und hilft uns demnach nicht weiter. Was die Karten selbst betrifft, gibt es leider eine kleine Verwirrung. Ich sagte ja schon, dass sie auf den Namen und die Adresse von Theodor Gronau ausgestellt wurden. Es kommt aber noch besser: Laut Auskunft des Bezahldienstes, über den der Kauf getätigt wurde, gehört das Bankkonto für die Transaktion Christian Berger, dem Schwiegersohn des Opfers!«

»Der es aber nicht gewesen sein kann, weil er zur Tatzeit in den Anden herumkletterte«, brummt Donner unzufrieden. »Bevor wir uns einem weiteren Misserfolg zuwenden, würde ich mir lieber zunächst den Bericht der Forensik anhören«, wendet er sich jetzt an den Leiter dieser Abteilung. Jürgen Vogel ist dieses Mal in Begleitung seiner IT-Spezialistin Amara Jones erschienen, was in den Kommissaren die Hoffnung auf neue Erkenntnisse aus dieser Ecke seiner Hexenküche weckt.

»Kommen wir zunächst zu den noch ausstehenden DNA-Analysen«, beginnt der Wissenschaftler, und erhebt sich umständlich von seinem Stuhl. »Wir wurden ja gebeten, eine Blutprobe des Opfers Werner de Fries mit der des mutmaßlichen Täters von der Woche zuvor zu vergleichen. Da hier bereits eine genetische Untersuchung vorgenommen wurde, ging das dieses Mal recht schnell. Ich will mich kurzfassen: Der Verwandtschaftskoeffizient der beiden untersuchten Proben liegt bei null!«

»Was belegt, dass Heiko de Fries nicht für den Tod von Theodor Gronau verantwortlich ist«, wirft Denise Malowski ein. »Aber das war uns eigentlich schon klar, da wir seine Beine gesehen haben, und die wiesen nicht den kleinsten Kratzer auf. Zudem hatte er für *diesen* Mord kein ersichtliches Motiv und für den an seinem Vater konnte er ein Alibi vorweisen.«

»Ansonsten war die Spurenlage ähnlich wie am Sonntag zuvor«, fährt der Forensiker fort. »Die Verwüstungen habt ihr ja selbst gesehen, nur dass sie dieses Mal erheblich umfangreicher ausgefallen sind. Wie ich bereits am Montag sagte, weisen alle Spuren darauf hin, dass das Opfer an der Stelle getötet wurde, wo man es fand. Ein Irrtum ist nahezu ausgeschlossen. Fremdspuren wie DNA oder Fingerabdrücke gab es auch hier nicht. Bis auf eine Ausnahme!«

Er schaut in seine Unterlagen, um sich zu vergewissern, nichts vergessen zu haben, und fährt dann fort: »Ich erwähnte ja bereits den Schuhabdruck. Dieser wurde in einem Beet am Rande der Terrasse zurückgelassen und hatte die Schuhgröße 44. Nun stellten wir anhand seines Schuhschranks zwar fest, dass das Opfer diese Größe trägt, aber«, hebt er theatralisch die Stimme, »es gab einige Krümel Pflanzenerde im Wohnzimmer direkt neben der Leiche, und diese sind laut Analyse zu hundert Prozent identisch mit der Erde des Beetes, wo wir den Abdruck fanden. Mir etwas Glück haftet sie auch noch an dem dazugehörigen Schuh, ihr müsst diesen nur finden!«

Nachdem Vogel sich zum Zeichen, mit seinem Vortrag fertig zu sein, hingesetzt hat, berichten Denise Malowski und Tobias Heller endlich von ihrem Besuch bei Karin Hoffmann und der anschließenden Suche nach Hinweisen auf eine am Tatabend möglicherweise geplante Abwesenheit ihres geschiedenen Mannes, von der der Täter gewusst haben könnte.

»Wir ihr seht, war auch unser Tag nicht viel besser, als der eurige«, tröstet Heller die Kollegen Ohlsen und Müller. »Außer, dass Karin Hoffman nicht sonderlich gut auf ihren Ex zu sprechen ist und wenig Mitgefühl an seinem Tod zeigte, haben wir praktisch nichts erfahren. Die erhofften Hinweise haben Denise und ich in dessen Haus nicht gefunden, vielleicht sind ja auf dem Notebook welche?« Sein hoffnungsvoller Blick trifft die IT-Spezialistin an Vogels Seite, die den Ausführungen der Kollegen bisher mit Interesse gefolgt ist und nun ihrerseits zu einem Blatt Papier greift.

»Ich fürchte, diesbezüglich muss ich euch ebenfalls enttäuschen. Gegenüber dem, was auf seinem Rechner zu finden war, ist mein Einkaufszettel ja interessanter! Lauter Bilanzen und ähnlich langweiliger Finanzkram. Die Ausdrucke seiner Email-Korrespondenz sind dem Bericht beigefügt, den ihr heute noch in der Hauspost findet. Auffälliges war nicht dabei, dafür habe ich etwas Bedeutsames auf der Aufnahme dieser Überwachungskamera entdeckt, die ich für euch untersuchen sollte, aber dazu benötigen wir die Leinwand und den Beamer!«

»Wurde das Video etwa manipuliert?«, wundert sich Tobias Heller, während sein Vorgesetzter kommentarlos per Fernbedienung die Motorleinwand herunterfahren lässt und den Beamer einschaltet. »Aber wie ist das möglich? Wir waren selbst dabei, als de Fries es über eine Internetverbindung heruntergeladen hat!«

»Warte es ab. Das erkläre ich euch am besten, wenn ihr es seht!«, gibt Amara Jones sich geheimnisvoll und überreicht ihm einen USB-Stick. »Würdest du den bitte für mich in den Computer stecken?«

* * *

Auf der Leinwand ist die bereits bekannte Szene vom Eingangsbereich des Fitnesscenters zu sehen. Amara Jones stoppt die Wiedergabe, als Heiko de Fries in den Fokus der Kamera kommt und dieser das Gesicht zudreht, sodass an seiner Identität kein Zweifel besteht. Die Aufnahme und somit auch die Zeitanzeige friert bei ›2020-05-10 22:04:24‹ ein.

»Achtet auf die Hauswand rechts im Bild!«, fordert die IT-Spezialistin die Ermittler auf. »Übrigens hättet ihr dafür meine Dienste gar nicht in Anspruch nehmen brauchen, das hätte jedem auffallen können. Wie ihr seht, steht ein abnehmender Mond direkt über dem Horizont, halb von der Wand verdeckt, aber gut zu erkennen. Wie wir gleich sehen werden, ist dort Osten.«

Per Knopfdruck schaltet sie die Wiedergabe in den beschleunigten Modus, sodass die etwas mehr als zwei Stunden dauernde Aufnahme in wenigen

Minuten abgespult wird. Die Mondsichel steigt langsam nach rechts oben und wird dadurch im Laufe der Zeit vollständig sichtbar, bis Amara das Bild abermals einfrieren lässt. Der Zeitstempel lautet jetzt ›2020-05-11 00:21:46‹ und Heiko de Fries verlässt das Gebäude.

»Okay, da geht also ein Mond auf«, rekapituliert Tobias Heller und hebt ratlos die Schultern. »Und weiter?«

»Ich denke, ich weiß, was Amara uns zeigen wollte!«, ruft Chrissie Ohlsen verblüfft aus. »Der Mond gehört da nicht hin, richtig?«

»Das ist korrekt«, nickt die Forensikerin. »Am 10. Mai ging er nämlich erst weit nach Mitternacht auf, also eigentlich am 11. Mai, wenn man so will. Um 22:04 Uhr kann er demnach unmöglich an dieser Stelle zu sehen gewesen sein und auch nicht um 00:21 Uhr, als der Mann das Gebäude wieder verließ!«

»Die Uhr in der Kamera geht demzufolge mindestens drei Stunden nach«, bringt Wolfgang Müller es auf den Punkt. »Warum ist uns das nicht aufgefallen? Wir haben die gesamte Tagesaufnahme von de Fries erhalten, richtig? Falls die Zeit nachträglich zurückgestellt wurde, müsste dieser Zeitraum doppelt vorhanden sein!«

»Die Kamera nimmt nur zwischen 21:00 Uhr abends und 09:00 Uhr morgens auf und am nächsten Tag wird der Datenträger überschrieben. Wenn die Zeit auf einen Wert davor zurückgedreht wird, bleibt es also unbemerkt!« Tobias Heller schüttelt den Kopf. »Das konnte uns demnach nicht auffallen, aber das mit dem Mond ... Ich meine, wer hat schon immer die Zeiten parat, wann der auf- oder untergeht? Amara, das war ausgezeichnete Ermittlungsarbeit!«

»Wesentlich wichtiger ist die Tatsache, dass der Mann jetzt kein Alibi mehr hat!«, stellt Donner fest. »Zudem ist kaum davon auszugehen, dass er die Zeit nur aus dem Grund manipulierte, um uns zu ärgern. Heiko de Fries mag nicht den Mord an Theodor Gronau begangen haben, Leute. Dafür deutet jetzt alles darauf hin, dass er seinen eigenen Vater tötete! Sagte die Mutter nicht, dass dieser ihm eine dringend erforderliche finanzielle Unterstützung versagte? Demzufolge hatte er nicht nur die Gelegenheit, sondern auch ein nachvollziehbares Tatmotiv. Ich werde umgehend einen Haftbefehl und einen Durchsuchungsbeschluss für sein Haus und das Studio erwirken.«

»Damit hätten wir auch den Grund für die fehlenden Indizien einer eventuell geplanten Abwesenheit des Opfers«, sinniert Denise Malowski. »Die Tat war vermutlich eine Imitation der vorherigen an Theodor Gronau. Hat ja alles groß in der Zeitung gestanden. Nur das mit den Konzertkarten nicht, weil wir solche Informationen als Täterwissen niemals herausgeben!«

»Deshalb sah das bei unserem Besuch gestern auch alles so übertrieben aus«, erinnert sich ihr Partner an eine entsprechende Bemerkung von ihr und den Gedanken, der er daraufhin hatte, und der ihm wieder entglitten war. »Du hattest von Anfang an recht, Denise: Dieses Mal *war* das inszeniert!«

»Ja, und das wiederum ist der Grund dafür, dass wir gestern bei unserer Suche nach dem Käufer keinen Erfolg hatten«, nickt Chrissie Ohlsen verstehend. »Jede Wette, dass der Täter eine vorhandene Axt mitbrachte, oder die von seinem Vater benutzte, sofern er eine besaß. Er könnte sie in diesem Fall auf der Terrasse beziehungsweise im Garten gefunden haben. Dort gab es ja den Schuhabdruck!«

»Das glaube ich eher nicht, Chrissie«, zweifelt ihr Freund und Partner Wolfgang Müller. »Das sieht mir verdächtig nach Vorsatz aus, da nimmt man das Tatwerkzeug mit und hofft nicht, eines am Tatort vorzufinden!«

»Das ist jetzt relativ gleichgültig«, beendet Donner energisch die aufkommende Diskussion. »Sobald ich den Haftbefehl und den Durchsuchungsbeschluss habe, holen wir uns den Kerl! Denkt aber bitte daran, dass dies immer noch nicht den ersten Mord erklärt, da es sich bei Heiko de Fries um einen Trittbrettfahrer handeln dürfte! Die Order, in den umliegenden Läden etwaige Käufer von Äxten zu ermitteln, bleibt daher zunächst aufrechterhalten!«

»Warum denn das, Chef?«, wagt Chrissie Ohlsen einen Einwand.

»Wir müssen nach wie vor davon ausgehen, dass der Mörder von Theodor Gronau die Taten des sogenannten *Berserkers* von vor fünf Jahren zum Vorbild nahm und demnach jederzeit erneut zuschlagen könnte. Dazu benötigt er jedoch eine neue Axt, daran hat sich nämlich überhaupt nichts geändert!

Wenn er den Kauf nicht bereits getätigt hat, wird er es also in nicht allzu ferner Zukunft nachholen. Aus demselben Grund wird auch der von mir geplante Streifenwagen am Wochenende in der Siedlung patrouillieren.«

»Okay, wir ziehen dann am besten gleich los. Den Inhabern der gestern aufgesuchten Geschäfte haben wir unsere Visitenkarten dagelassen und müssen daher zum Glück vorerst nicht noch einmal dorthin. Man wird uns umgehend informieren, falls jemand eine Axt kauft, hat man uns versprochen. Schade, bei der Festnahme wäre ich gerne dabei gewesen!«

»Tobias?«, wendet sich Donner ungehalten an den Hauptkommissar, der mit seinem Handy herumhantiert. »Bist du mental noch bei uns?«

»Äh … ja, Chef! Es ist nur so: Ich fürchte, Chrissie und Wolfgang müssen zunächst eine andere Aufgabe übernehmen.« Er legt das Mobiltelefon wieder zur Seite. »Ich bekam soeben eine SMS von unserer Lieblingspathologin. Doktor de Luca teilte mir in ihrer gewohnt charmanten Art mit, dass sie gleich nach Mittag die Obduktion an Werner de Fries durchzuführen gedenkt. Natürlich kommt diese ›Einladung‹ wie immer auf den letzten Drücker und da wir die Festnahme wohl kaum verschieben können, möchte ich die beiden darum bitten, anstelle von Denise und mir daran teilzunehmen. Wir haben den Täter zwar offenbar schon so gut wie in Gewahrsam, aber ich denke, es ist dennoch wichtig, die Erkenntnisse aus der Leichenschau aus erster Hand zu bekommen, statt tagelang auf den Bericht zu warten.«

»Das sehe ich genauso. Es ist im Hinblick auf das Verhör von Heiko de Fries genau genommen sogar *erforderlich*, so viele Einzelheiten wie möglich zu kennen, da wir derzeit ausschließlich Indizien für seine Schuld vorweisen können. Finden wir in seinem Haus die Axt, sieht das schon wieder ganz anders aus, aber soweit sind wir leider noch nicht. Es ist also abgemacht: Chrissie und Wolfgang fahren zuerst nach Bonn ins rechtsmedizinische Institut und der Rest führt unter meiner Leitung die Festnahme durch!«

»Hast du nicht was übersehen, Chef?«, kontert Denise Malowski sofort. »Einer von uns muss leider das Kommissariat hüten oder soll das Kind etwa mitkommen? Du wolltest mich unbedingt wieder im Team haben und das sind zumindest für diese Woche nun mal die Bedingungen! Ich denke jedoch, dass drei Leute an der Front dieses Mal ausreichen werden und bleibe daher freiwillig hier.«

Dass Leonie sich seit dem gestrigen Tag in seiner Obhut standhaft weigert, künftig auch nur eine einzige Minute mit dem ›langweiligen Mann‹ zu verbringen, muss sie ihm ja nicht gleich auf die Nase binden! Für ihre Tochter sind momentan allerdings zugegebenermaßen alle Menschen, die nicht sofort bereit sind, mit ihr über Tische und Bänke zu springen, ausgemachte Schlafmützen. Dies ist auch der Grund dafür, dass sie ihre Zeit im Kommissariat am liebsten mit Chrissie verbringen möchte, die ihrem Naturell noch am ehesten entspricht.

* * *

»Ich hätte ja im Traum nicht daran gedacht, dass Denise sich einmal eine Festnahme entgehen lassen würde!«, wundert sich Host Weiland. »Nicht, dass etwas dagegen einzuwenden wäre, heute dabei zu sein, aber ist sowas nicht eher eine Angelegenheit für das *dynamische Duo*?«

»Jetzt fang du nicht auch noch damit an!«, brummt Tobias Heller missgelaunt vom Beifahrersitz. »Ich möchte wirklich mal wissen, wer diesen Unsinn in Umlauf gebracht hat. In meiner Jugend war das die Bezeichnung für zwei Comicfiguren in Strumpfhosen! Was Denise betrifft, glaube ich, dass ihr momentan irgendwie der richtige ›Biss‹ fehlt, wenn du verstehst, was ich damit sagen will. Sie ist längst noch nicht wieder in Bestform. Die vergangenen Wochen mit Heimarbeit, krankem Ehemann und Rund-um-die-Uhr-Bemutterung einer Dreijährigen ... Das bleibt ja nicht in den Kleidern hängen!«

»Du meinst, die spontane Entscheidung, im Kommissariat zu bleiben, hängt nicht etwa damit zusammen, dass sie Leonie nur nicht erneut dem Chef ›ausliefern‹ wollte?«

»Auf gar keinen Fall!«, grinst Heller, um sofort wieder ernst zu werden. »Wir sind übrigens fast am Ziel. Ich bin ja mal gespannt, was das für einen Zirkus gibt, wenn gleich fünf Fahrzeuge Einlass in die Festung der Familie de Fries begehren!« Die Prozedur, die beim Betreten des Grundstücks jedes Mal zu absolvieren ist, hat sich mittlerweile unter den Kollegen herumgesprochen. Und heute sind ja nicht nur die beiden Autos des Kommissariats dorthin unterwegs, sondern zusätzlich zwei Streifenwagen und das Fahrzeug der KTU.

»Dir ist schon klar, dass dies dem Verdächtigen unter Umständen genügend Spielraum für eine Flucht lässt?«, befürchtet der Oberkommissar. »Dummerweise hat sein Besitz nicht nur die Ausmaße eines Fußballfeldes, sondern grenzt zudem direkt an den Stadtwald. Die können sich im Zweifel ewig Zeit mit dem Öffnen des Tores lassen und wenn de Fries uns kommen sieht und abhaut, sehen wir den so bald nicht wieder!«

* * *

Weilands Befürchtung scheint sich zumindest zum Teil zu bewahrheiten. Von dem bei ihrem ersten Besuch unübersehbar vor dem Haus geparkten Ferrari ist nämlich heute nichts zu sehen, als die Kolonne auf die Villa zurollt. Aufgrund der geringen Breite des Weges ist dies nur hintereinander möglich und wie schon gewohnt, werden die Fahrzeuge dabei von den beiden Wachhunden begleitet.

Der Fahrer des vorausfahrenden Streifenwagens zeigt mit diesem Umstand nicht einmal ansatzweise so viel Geduld wie Malowski und Heller bei ihren Besuchen zuvor. Noch während der Annäherung fordert der Polizeikommissar die auf der Veranda erschienene Frau des Hauses über die Außenlautsprecher auf, ihre Hunde umgehend einzusperren, da sie ansonsten eine polizeiliche Maßnahme behindere.

Drei Minuten später überreicht Tobias Heller der wie versteinert dastehenden Frau die beiden amtlichen Dokumente, flankiert wird er dabei von Donner und Weiland sowie zwei der vier uniformierten Kollegen. Vogel wartet mit seiner Truppe einige Meter abseits, den unvermeidlichen Zigarillo zwischen den Lippen. »Wir müssen dringend mit Ihrem Mann sprechen!«, wiederholt der Hauptkommissar eindringlich seine einleitenden Worte, die an der schreckensbleichen Frau offenbar ungehört abgeprallt sind. »Haben Sie das verstanden? Ihr Ehemann wird des Mordes an seinem Vater beschuldigt! Ist er zu Hause?«

Sabrina de Fries bringt nur ein abwesendes Kopfschütteln zustande. Ihre Hände, die immer noch krampfhaft Haftbefehl und Durchsuchungsbeschluss festhalten, beginnen heftig zu zittern. Sie wirkt erschüttert.

Donner beordert die beiden uniformierten Polizisten mit einem Wink zu sich. »Zwei von euch sehen sich im Haus um, die anderen durchsuchen das Gelände!«, bestimmt er in befehlsmäßigem Ton. »Sie dürfen einen Anwalt hinzuziehen, Frau de Fries«, belehrt er dann die Ehefrau des Gesuchten. »Ich muss Sie jedoch darum bitten, darüber hinaus nicht mehr zu telefonieren. Sie würden Ihrem Mann keinen Gefallen damit tun, wenn Sie etwa versuchen, ihn zu warnen! Ich frage Sie daher noch einmal: Wissen Sie, wo sich Ihr Ehemann aufhält?«

»Er … er fuhr vor einer halben Stunde weg«, kommt es endlich fast flüsternd aus ihrem Mund. »Er sagte mir nicht, wohin, aber ich vermute, er ist wieder ins Studio gefahren. Ich wüsste auch nicht, wo er sonst sein könnte.«

»Ihr zwei fahrt zum Fitnesscenter!«, wendet sich Donner übergangslos an Heller und Weiland. »Nehmt einen der beiden Streifenwagen mit. Sobald die Kollegen mit der Durchsuchung des Geländes fertig sind, könnt ihr euch auf den Weg machen. Und kommt mir nicht ohne den Verdächtigen wieder!«

Er nimmt Frau de Fries die Dokumente aus der Hand und reicht den Haftbefehl an Tobias Heller weiter. »Hier, den werdet ihr hoffentlich brauchen. Wenn er dort nicht ist, wird er zur Fahndung ausgeschrieben! Ich selbst bleibe hier und beaufsichtige die Hausdurchsuchung.«

* * *

Martina de Luca überlässt es wie immer ihrer Assistentin, den durch die vorangegangene Leichenschau arg geschundenen Körper mit einem Leinentuch zu bedecken und zur ›weiteren Verwendung‹ zurück in die Kühlkammer zu schieben, aus der sie den Leichnam von Werner de Fries vor Beginn der Obduktion geholt hatte. Während Krystina Nowak den Sektionstisch einer gründlichen Reinigung unterzieht und für die nächste Autopsie vorbereitet, entledigt sich ihre Chefin Kopfhaube und Handschuhen, behält aber den Mundschutz aus Rücksicht auf ihre Besucher auf.

Der im Grunde harmlos klingende Name ›Leichenschau‹ bezeichnet eine Prozedur, die im wesentlichen daraus besteht, dem Leichnam nacheinander sämtliche Organe zu entnehmen, diese zu wiegen und zu vermessen und anschließend wieder an Ort und Stelle zurückzulegen. Eine blutige und unappetitliche Arbeit, die von den Kommissaren in den vergangenen zwei Stunden lieber aus einigen Metern Entfernung verfolgt wurde, obwohl sie als Mordermittler durchaus an solche Anblicke gewöhnt sind. Auf einen Besuch der Kantine haben Christina Ohlsen und Wolfgang Müller aus naheliegenden Gründen heute Mittag verzichtet.

»Meine bereits am Tatort Ihren Kollegen gegenüber geäußerte Vermutung hinsichtlich der Todesursache hat sich im Zuge der Leichenschau in vollem Umfang bestätigt«, erhebt die Rechtsmedizinerin ihre Stimme, als sie die Ermittler erreicht hat. »Der Schlag auf den Hinterkopf wurde zudem mit einem ähnlichen, wenn nicht sogar identischen Werkzeug ausgeführt, jedenfalls passen die Schädelfrakturen der beiden Opfer perfekt zusammen. Der Mann war vor dem tödlichen Schlag in normaler körperlicher und gesundheitlicher Verfassung. Irgendwelche Stoffe, die dazu geeignet sind, seine Reaktionsfähigkeit herabzusetzen, oder ihn gar zu betäuben, waren nicht in seinem Körper nachzuweisen. Bezüglich des Todeszeitpunktes lege ich mich auf Sonntagabend 23:00 Uhr fest, mit einem Unsicherheitsfaktor von plus/minus einer halben Stunde.«

»Es hat demnach nur diesen einen Schlag gegeben?«, vergewissert sich Wolfgang Müller dessen, was die Wortwahl der Pathologin im Grunde schon vermuten lässt.

»Exakt. Bei dem Opfer, das Sie mir letzte Woche brachten, war das ebenfalls so. Ein einziger, allerdings mit großer Wucht ausgeführter Hieb mit dem flachen Kopfende einer Axt auf den Schädel oberhalb einer gedachten Hutkrempe, was eine Sturzverletzung selbst dann ausschließen würde, wenn die Sachlage weniger eindeutig wäre. Dies deutet in beiden Fällen auf einen Täter hin, der mindestens 1,70 Meter groß sein dürfte, sofern die Opfer sich dabei in aufrechter Position befanden.«

»Hinweise, die zum Täter führen, haben Sie nicht gefunden?«, bringt sich Chrissie Ohlsen ein. »Hautzellen unter den Fingernägeln oder wenigstens Anzeichen einer Kampfhandlung wie zum Beispiel sichtbare Abwehrspuren?«

»Dieses Mal nicht. Ich gehe daher davon aus, dass das Opfer von dem Angriff vollkommen überrascht wurde. Allerdings habe ich beim Reinigen der Kopfwunde etwas darin gefunden, was dort auf keinen Fall hingehört«, lächelt de Luca und zaubert ein Glasröhrchen hervor, das sie den Polizisten vor die Nasen hält. »Das sieht mir wie eine einzelne Wimper aus«, erklärt sie ihnen, bevor sie selbst eine Frage bezüglich des winzigen Inhalts stellen können. »Nach Lage der Dinge kann sie nicht vom Opfer sein, jedenfalls vermag ich mir keinen Umstand vorzustellen, wie sie von seinen Augen auf den Hinterkopf gelangt sein könnte. Sie wird demnach einer fremden Person zuzuordnen sein!«

»Wäre es denkbar, dass der Täter sich nach dem tödlichen Schlag über den Mann beugte, um sich davon zu überzeugen, dass er auch wirklich tot ist, und dabei diese Wimper verlor?«, überlegt Wolfgang Müller. »Ist eine DNA-Analyse des Haares möglich?« Äußerlich bleibt er die Ruhe in Person, aber innerlich brodelt es in ihm. Wurde hier endlich der entscheidende Durchbruch in diesem vertrackten Fall erzielt?

»Ihre erste Frage kann ich mit einem klaren ›Ja‹ beantworten. Das von Ihnen erwähnte Szenario ist das einzige, das mir hier logisch erscheint. Was den DNA-Vergleich angeht, muss ich Sie jedoch leider enttäuschen. Menschliche Haare enthalten keine DNA!«

»Nicht? Aber ich dachte immer ...«

»Genetische Informationen sind nur in den Haarwurzeln zu finden!«, unterbricht die Medizinerin ihn barsch. »Das wird in den Krimis, aus denen Sie offenbar Ihre Weisheit haben, meist falsch dargestellt. Die Wimper müsste demnach schon gewaltsam herausgerissen worden sein, was jedoch hier leider nicht der Fall ist.«

Chrissie Ohlsen verfolgt mit zusammengekniffenen Augen, wie ihr Freund von der Pathologin auf ihre unnachahmliche Art heruntergeputzt wird. Sie selbst hatte mit dieser wenig umgänglichen Frau noch nicht sehr oft zu tun, kann sich jedoch gut vorstellen, wie der meist zu Späßen aufgelegte Tobias Heller in solchen Situationen auf sie reagiert. An Wolfgang Müller hingegen scheint ihr Sarkasmus vollständig abzuprallen, ganz so, als habe er diesbezüglich einen Schutzschild mit einer Art Lotuseffekt. Mit gleichbleibend freundlichem Gesichtsausdruck folgt er ihren Ausführungen.

»Allerdings gäbe es eine Möglichkeit der Zuordnung«, fährt de Luca daher in ihrem Monolog fort, »aber dazu benötige ich eine weitere Wimper dieser

Person als Vergleichsobjekt. Zur Not reicht auch ein normales Kopfhaar, dann kann ich die darin enthaltenen Proteinstrukturen miteinander vergleichen. Diese sind nämlich nach neuesten Erkenntnissen der Wissenschaft ebenso einmalig wie die menschliche DNA, wobei sich aber ein Verwandtschaftsverhältnis oder gar das Geschlecht der dazugehörenden Person im Gegensatz zur Genanalyse nicht ermitteln lässt. Bringen Sie mir ein solches Haar und wir sind im Geschäft!«

* * *

Das leuchtende Rot des teuren Sportwagens sticht sofort ins Auge, zumal der Ferrari ohnehin das einzige Fahrzeug auf dem Parkplatz des Studios ist. Tobias Heller atmet hörbar auf, als er erkennt, dass ihnen eine langwierige Personenfahndung wohl dieses Mal erspart bleibt. Das Luxusgefährt vor der Tür belegt mit einem hohen Wahrscheinlichkeitsgrad die Anwesenheit der Zielperson im Inneren des Gebäudes.

Ohne sich vorher diesbezüglich abgesprochen zu haben, stellen Horst Weiland und der Fahrer des Streifenwagens ihre Fahrzeuge derart vor dem Zweisitzer ab, dass dieser wirksam am Wegfahren gehindert werden kann. Eine Flucht ist jetzt nur noch zu Fuß möglich, wobei diese wahrscheinlich über das Brachland führen würde, welches sich hier an die ausschließlich gewerblich genutzte Bebauung anschließt.

Das gesamte Areal liegt wie ausgestorben vor den Polizeibeamten, da offenbar alle – oder zumindest die meisten – der hier angesiedelten Gewerbebetriebe wegen der Pandemie und der damit verbundenen Rezession geschlossen sein dürften. *Einen der wenigen krisensicheren Jobs haben derzeit außer uns Polizisten wohl die Bestatter*, gedenkt Tobias Heller betrübt der vielen Todesopfer, die das neue Virus in den letzten Wochen weltweit forderte.

Solche Opfer werden bei einer Seuche dieses Ausmaßes beim heutigen Stand der Wissenschaft leider nicht vollständig zu vermeiden sein, aber er und seine unzähligen Kolleginnen und Kollegen können verhindern, dass kriminelle Elemente wie der Berserker ungestraft reihenweise Menschen töten. Denn das ist der Grund, weshalb er Polizist geworden ist! Fest entschlossen, heute mit der Verhaftung des dringend tatverdächtigen Heiko de Fries wenigstens *dieser* Sache ein Ende zu bereiten, kontrolliert ein letztes Mal den korrekten Sitz seiner Dienstwaffe und verlässt gemeinsam mit Horst Weiland das Auto.

* * *

Er gesellt sich zunächst zu den ebenfalls ausgestiegenen uniformierten Kollegen, um sich mit ihnen bezüglich des weiteren Vorgehens abzustimmen. Es stehen exakt zwei Szenarien zur Auswahl: Entweder ist die Eingangstür abgeschlossen, dann warten sie der Einfachheit halber hier draußen auf das Erscheinen des Verdächtigen. Über Fenster beziehungsweise einen zweiten Ausgang verfügt die Halle ihres Wissens nicht und letztendlich muss der Mann ja irgendwann zu seinem Auto.

Oder aber die Tür ist unverschlossen, dann liegt dahinter ein ihnen im Gegensatz zu de Fries unbekanntes Terrain, welches zudem aufgrund einer Vielzahl von Trennwänden und Fitnessgeräten einem Labyrinth gleichen dürfte. Hier wäre die beste Option, so Polizeikommissar Rolf Landmann, dass er sich mit seinem Partner am Eingang postiert, während Heller und Weiland im Inneren der Halle nach ihrer Zielperson suchen. Davon, dass der Mann bewaffnet sein könnte, wird zwar allgemein nicht ausgegangen, aber in einem solchen Umfeld finden sich zur Not sicher eine Vielzahl von Gegenständen, die sich zu diesem Zweck verwenden lassen.

Wie es so oft im Leben der Fall ist, wird auch hier jegliche Planung von der Realität eingeholt und gnadenlos zur Makulatur erklärt. Eine dritte Möglichkeit hatte nämlich keiner der drei bedacht! Mit einem Mal geht alles sehr schnell: Horst Weiland, der bei seinem Dienstwagen geblieben war, stößt einen Warnruf aus, als die Eingangstür des Fitnessstudios geöffnet wird. Von seiner Position und dem Standort der Kollegen ist diese etwa zwanzig Meter entfernt. Heiko de Fries erscheint in der Öffnung, sieht die Polizisten, reißt in jäher Erkenntnis erschrocken die Augen auf und rennt im nächsten Moment wie der Wind in der entgegengesetzten Richtung davon! All das spielt sich innerhalb von einer, allerhöchstens zwei Sekunden ab.

Heiko de Fries ist hervorragend trainiert und ein ausgezeichneter Läufer, aber ein typischer Sprinter, wie der Oberkommissar mit geübtem Auge sofort

erkennt. Als solcher kann der Mann zwar Spitzen-
geschwindigkeiten von dreißig Kilometern pro
Stunde und mehr erreichen, vermag diese jedoch
nur für kurze Zeit aufrechtzuerhalten. Weiland hingegen ist als regelmäßig trainierender Marathon-
läufer mühelos in der Lage, die Hälfte dieses Tem-
pos stundenlang durchzuhalten und in dem offenen Gelände kann der Flüchtende sich nirgends vor
ihm verbergen. Ohne auch nur eine einzige
Sekunde zu zögern, setzt er ihm nach.

KAPITEL 11

Donnerstag, 14. Mai, 09:32 Uhr

»Wir beide haben mal wieder die Arschkarte gezogen, Wolfie!«, grummelt Chrissie Ohlsen unzufrieden, weil sie mit ihrem Partner im Troisdorfer Fitnessstudio ›herumhängen‹ muss, wie sie es ausdrückte, statt wie ihre Kollegen die heute geplante Vernehmung zu verfolgen.

Den Schlüssel für die Eingangstür und das Passwort für den Computer hatte Heiko de Fries nur unter Protest herausgerückt. Karin Hoffmann, seine Mutter und gleichzeitig Geschäftspartnerin, hatte es strikt abgelehnt, an der Aktion teilzunehmen und stattdessen mit rechtlichen Konsequenzen hinsichtlich der Inhaftierung ihres Sohnes gedroht, sodass sie jetzt hier zu dritt erschienen sind.

»Wenigstens brauchen wir uns nicht die Hacken wegen dieser blöden Axt abzulaufen«, versucht Wolfgang Müller, seine Freundin zu trösten. »Das ist ja auch schon mal was und wir können Amara ja schlecht alleine hier herumwerkeln lassen. Ich denke aber, dass wir uns hier gar nicht lange aufhalten müssen und vielleicht sogar rechtzeitig zurück sind.«

Anlass für den heutigen Einsatz ist vornehmlich die Beschlagnahme der Kundenliste, weswegen auch IT-Spezialistin Jones mitgekommen ist. Deren Sachkenntnis wird vonnöten sein, falls es mit dem Firmencomputer unvorhergesehene Probleme geben sollte. Nicht auszudenken, wenn durch einen Bedienungsfehler wichtige Daten verloren gingen!

Die übrigen Forensiker werden nach einhelliger Meinung dieses Mal nicht gebraucht, da es sich bei der Einrichtung nicht um einen Tatort handelt. Jürgen Vogel ist mit seinem Team zur Stunde mit Hochdruck dabei, die bei der gestrigen Hausdurchsuchung sichergestellten Gegenstände spurentechnisch zu untersuchen.

»Na ja, irgendwie komme ich mir schon reichlich überflüssig vor. Amara hat uns schließlich fast mit Gewalt aus dem Büro verbannt!«

»Das war, um endlich ihre Ruhe vor einer gewissen nervigen Kommissarin zu haben«, erinnert Wolfgang Müller seine Partnerin lachend daran, dass sie die Forensikerin so lange mit Fragen löcherte, bis diese die Nervensäge samt ihrem Partner kurzerhand hinauskomplimentierte und die Tür hinter ihnen schloss. »Hey, wie wäre es, in der Zwischenzeit ein paar der Geräte auszuprobieren, wo wir schon mal hier sind?«, schlägt er vor und lässt sich auf eine Rudermaschine plumpsen, die unter seinem Gewicht bedenklich ächzt.

»Pass doch auf, du Bär!«, lacht Chrissie über sein Missgeschick. »Du wirst noch was kaputtmachen!« Sie selbst nimmt sich derweil ein anderes Gerät mit mehreren Hebeln vor, deren Funktion sich ihr aber auf Anhieb nicht so recht erschließen will, weshalb sie probeweise einen davon zu bewegen versucht.

»Autsch!«, ruft sie im nächsten Moment erschrocken aus und zieht hastig ihre Hand zurück. Auf der Handfläche zeigt sich ein tiefer Schnitt, der sofort heftig zu bluten beginnt.

»Was hast du, Liebes?« Wolfgang ist aufgesprungen und holt rasch ein sauberes Taschentuch hervor, das er fest auf die Wunde presst. »Sowas dürfte gar nicht passieren!«, schimpft er lautstark und schaut sich die Stelle an dem Gerät genauer an, wo seine Freundin sich verletzt hat. »Da ist eine ungeschützte Kante, scharf wie eine Rasierklinge. Das sollten wir unbedingt melden!«

»Wem denn, du Komiker? Der Laden ist doch geschlossen!«

»Euch Kindsköpfe kann man aber auch keinen Augenblick alleine lassen!«, ertönt in diesem Moment eine unverwechselbare Stimme hinter ihnen. Amara Jones muss schon länger anwesend sein, denn sie hält bereits kopfschüttelnd einen Verbandskasten in der Hand, den sie jetzt öffnet. »Die hängen hier sicher nicht ohne Grund überall herum. Dann will ich mal schauen, ob hier etwas drin ist, womit wir dich verarzten können«, brummt sie und beginnt fachmännisch damit, die Wunde zu verbinden, nachdem sie diese vorher mit einer antiseptischen Lösung sorgfältig gereinigt hat.

»So, das wird fürs Erste reichen!«, begutachtet sie anschließend zufrieden ihr Werk. »Das könnte sich aber immer noch entzünden, du musst deshalb schleunigst damit zu einem Arzt gehen, Chrissie!

Wir können sowieso jetzt hier abhauen.« Die junge Frau hält einen USB-Stick hoch: »Hier ist alles drauf, was wir benötigen!«

* * *

Wieder zurück im Büro, findet Chrissie Ohlsen eine Notiz auf ihrem Schreibtisch vor, sie solle unverzüglich bei ›Eisenwaren Lohmann‹ in der Troisdorfer Fußgängerzone anrufen.

Nanu?, wundert sie sich und hält die linke Hand schnell wieder in Schulterhöhe, weil die Wunde durch den Blutstau heftig zu pochen begonnen hatte. *Was kann der denn noch von mir wollen? Er hatte uns doch erst vorgestern gesagt, dass er die letzte Axt im April verkauft hat. Das kann eigentlich nur bedeuten, dass heute wieder einer deswegen bei ihm war!*

Der freundliche Arzt in der Ambulanz, die sie auf einvernehmliches Drängen ihres Partners und Amara Jones im Anschluss an ihre Exkursion aufsuchte, hatte die Schnittwunde nur noch einmal sorgfältig desinfiziert und mit einem neuartigen Gewebekleber verbunden. Genäht werden müsse da nichts, meinte der junge Assistenzarzt. Es handele sich um einen sauberen Schnitt am Handballen, wo sich ohnehin nur die Handmuskulatur befände. Sehnen seien nicht zertrennt, sodass eine gute Aussicht bestünde, dass die Verletzung innerhalb der nächsten vierzehn Tage narbenfrei verheilen würde. Angenehmer Nebeneffekt der Klebetechnik ist das Fehlen eines störenden Verbandes.

»Was hältst du davon, wenn wir da schnell hinfahren, statt anzurufen?«, schlägt sie ihrem Partner vor. »Die Dienstbesprechung ist heute aufgrund der neuen Erkenntnisse erst um 14:00 Uhr, bis dahin sind wir dreimal wieder zurück!«

»Irgendwann wirst du dem Chef deinen kleinen Unfall sowieso beichten müssen!«, grinst Wolfgang Müller, der seine Freundin wieder einmal durchschaut zu haben glaubt. Sie will ihr Missgeschick seiner Meinung nach so lange wie möglich vor dem Kommissariatsleiter verheimlichen, weil sie fürchtet, wegen der Verletzung zum Innendienst ›verdonnert‹ zu werden.

Er hält ihr in einem halbherzigen Versuch, sie doch noch umzustimmen, den unter Schmerzen erbeuteten USB-Stick hin: »Sollten wir uns nicht zuerst mit der Kundendatei des Fitnessclubs befassen?«

»Hey, bis zur Fallbesprechung sind es noch fast drei Stunden! Entspann dich, Wolfie, das schaffen wir locker!«

Müller legt den Datenträger behutsam auf dem Schreibtisch ab, verabschiedet sich mit einem bedauernden Blick von seinem gemütlichen Sessel und greift zu seiner Jacke. Gerade hatte er sich mit der verlockenden Aussicht angefreundet, bis zur Besprechung ausnahmsweise einmal eine ruhige Kugel schieben zu können. Aber wer Chrissie zur Partnerin hat, wird sich über Langeweile niemals zu beklagen haben! »Also gut, fahren wir meinetwegen schnell nach Troisdorf!«

* * *

»Ja, Chrissie? Du hast jetzt schon eine Frage?«, erkundigt sich Kommissariatsleiter Donner mit hochgezogenen Augenbrauen bei der Kommissarin, die ihre linke Hand wie zu einer Wortmeldung erhoben hat. Dabei hat die Fallbesprechung nicht einmal begonnen und sie ihren Platz an der Seite ihres Partners eben erst eingenommen. Der wiederum kann sich ein Grinsen gerade noch verkneifen.

»Ach, das ist nichts weiter, Chef. Habe mich heute Morgen wo geschnitten und jetzt soll ich für ein paar Tage die Hand hochhalten, sagte der Arzt in der Ambulanz.«

Donner kneift kritisch ein Auge zu. Versucht da etwa jemand, einen alten Hasen wie ihn für dumm zu verkaufen? »War das ein Arbeitsunfall? Du weißt aber schon, dass sowas unverzüglich gemeldet werden muss? Außerdem müsste ich dich im Falle einer Behinderung in der Ausübung deiner Tätigkeit aus dem Verkehr ziehen oder wenigstens zum Innendienst einteilen!«

»Ist nur ein Kratzer, wirklich! Man sieht es ja fast nicht einmal! Da war eine scharfe Kante an einem der Trainingsgeräte in dem Fitnessstudio, wo wir heute waren. Ich habe nicht aufgepasst und mich daran geschnitten, das ist alles!« Sie dreht ihm demonstrativ die Handfläche mit der verklebten Schnittverletzung zu und atmet hörbar erleichtert auf, als der Vorgesetzte nach einer gewissenhaften Musterung derselben nur stumm nickt und sich den Kollegen zuwendet. Den Stein, der ihr vom Herzen poltert, hört nur sie allein.

»Kommen wir zum Fall zurück«, eröffnet Donner die Besprechung. »Dank des heldenhaften

Einsatzes unserer Sportkanone«, zwinkert er in Richtung Horst Weiland, »konnte der nunmehr dringend Tatverdächtige Heiko de Fries gestern dingfest gemacht werden.«

»Der hatte keine Chance, Chef!«, winkt der Genannte lachend ab. »Ich laufe den Vollmarathon mittlerweile in wenig mehr dreieinhalb Stunden. Dem wäre ich zur Not bis nach Köln nachgelaufen!«

»Na ja, *ich* jedenfalls hätte das nicht hinbekommen«, erinnert Denise Malowski daran, dass eigentlich sie selbst für diesen Einsatz vorgesehen war und sie ebenso wie ihr Partner für Langstrecken eher ungeeignet ist. »Chrissie hätte ihn aber erwischt!«

»Wie auch immer. Jedenfalls sind wir durch das im Zuge der gestern durchgeführten Leichenschau gefundene Haar in der Lage, zumindest *diesen* Mord einer spezifischen Person zuzuordnen. Ein Vergleichshaar von de Fries ist bereits auf dem Weg in die Rechtsmedizin. Doktor de Luca versprach zwar, sich zu beeilen, dennoch wird ein Ergebnis wohl nicht vor Montag oder Dienstag vorliegen.«

»Was uns immerhin genügend Zeit verschafft, die bei der gestrigen Hausdurchsuchung sichergestellten Indizien aufzubereiten und uns eine Strategie für das Verhör zurechtzulegen«, merkt Tobias Heller an. »Vernehmen können wir de Fries nämlich vor morgen definitiv nicht, da die neuesten Gesetze es uns nicht gestatten, mit einem Tatverdächtigen ohne anwesenden Rechtsanwalt auch nur über das Wetter zu reden, wenn er das nicht will.«

»Und der hat sich für morgen Vormittag ange-
kündigt, ich weiß«, nickt Donner. »Das kommt mir
im Grunde gelegen, weil wir einen schlüssigen
Beweis erst mit der Haaranalyse vorlegen können
und uns ansonsten auf Indizien stützen müssten,
die aber in Verbindung mit dem gefälschten Video
und der versuchten Flucht durchaus einiges an
Gewicht haben. Zum Glück gibt es einen gültigen
Haftbefehl, der es uns erlaubt, den Verdächtigen bis
zum Haftprüfungstermin hierzubehalten, und dieser ist nicht vor Ende nächster Woche zu erwarten.
Es besteht daher kein Grund zur Eile!«

»Wenn das so ist, sollten wir uns in der Zwischenzeit auf die Aufklärung des ersten Mordes
konzentrieren«, fordert Denise Malowski. »Nach
Lage der Dinge hat de Fries sich den nur zum Vorbild genommen. Mit dem Tod von Theodor Gronau
kann er bekanntlich nichts zu tun haben, da er
weder eine Beinverletzung aufweist, noch seine
DNA mit der an der Klinge der Axt übereinstimmt,
mit der die Tat begangen wurde!«

»Ich stimme dir vorbehaltlos zu, Denise! Leider
haben sich bis dato diesbezüglich keine neuen Hinweise ergeben, oder habt ihr mittlerweile etwas
über den Erwerber der Axt herausgefunden?«, wendet Donner sich an Chrissie Ohlsen. »Da rief übrigens heute Morgen jemand aus einem der Läden an,
die ihr zuletzt aufgesucht habt. Ich hatte dir einen
Zettel hingelegt.«

»Die Ereignisse der vergangenen Tage ließen
nicht viel Zeit, uns erneut die Hacken abzulaufen«,
antwortet die Kommissarin launig. »Mit dem
Inhaber von ›Eisenwaren Lohmann‹ haben wir vor-

hin aber gesprochen. Ihm war im Nachhinein eine Merkwürdigkeit im Zusammenhang mit den Verkäufen der fraglichen Marke aufgefallen, die er uns berichten wollte.«

»Und zwar hatte der Mann heute Morgen beim Abheften der Kassenbelege der letzten Wochen festgestellt, dass die beiden zuletzt über die Ladentheke gegangenen Äxte von ein und derselben Person gekauft wurden«, fährt Wolfgang Müller fort. »Gleichzeitig!«

»Nun, das ist sicher ungewöhnlich, aber keine Straftat! Was ist an dieser Sache denn jetzt so merkwürdig?«

»Das Datum, Chef! Beide Äxte sind laut Beleg am 15. April um 16:04 Uhr verkauft worden. Das war etwa eine Stunde, bevor von einem W-LAN Hotspot keine hundert Meter von dem Laden entfernt die Konzertkarten geordert wurden!«

»Wir vermuten aufgrund der drei Wochen vor dem Mord an Theodor Gronau gekauften Tickets, dass die Tat von langer Hand vorbereitet worden sein muss«, übernimmt jetzt Chrissie Ohlsen wieder. »Der gleichzeitige Kauf von zwei absolut identischen Äxten ergibt, sofern ein Zusammenhang besteht, nur dann einen Sinn, wenn der Verlust eines der beiden Werkzeuge von vornherein eingeplant war!«

»Das ist eine gewagte Hypothese!«, meldet sich Horst Weiland zu Wort. »Aber falls sie sich bewahrheiten sollte, hieße das im Klartext, dass wir die ganze Zeit nach Strich und Faden verarscht wurden! Wenn die Axt absichtlich ›verloren‹ wurde, bedeutet das nämlich, dass nicht nur die Spuren daran getürkt sind, sondern dass die Verletzung, die der Einbrecher sich damals damit zugezogen haben soll, ebenfalls ein Fake ist!«

»Aber jetzt gibt alles auf einmal einen Sinn!« Denise Malowski hebt den Blick von den Notizen, die sie sich in den vergangenen Minuten gemacht hat. »Heiko de Fries empfing uns beim ersten Besuch bei sich zu Hause in Shorts, erinnerst du dich?«, fragt sie ihren Partner, der stumm dazu mit dem Kopf nickt. »Es war zwar ein recht warmer Tag, aber mehr als zwanzig Grad waren das bestimmt nicht.«

»Ich weiß, worauf du hinauswillst«, führt Tobias Heller den Gedanken für sie zu Ende. »Da er den Mord an seinem Vater vermutlich am Abend zuvor eigenhändig verübt hatte, rechnete er selbstverständlich mit unserem Kommen und kleidete sich entsprechend, damit wir seine makellosen Beine bewundern konnten. Das war alles nur Show, auch das mit den Hunden! Aber woher hatte er das Blut, das wir an der Axt fanden und seither als unumstößlichen Beweis für die Identität des Täters erachteten?«

»Unter diesem Aspekt bin ich gespannt auf die Vernehmung morgen«, reibt sich Donner in stiller Vorfreude die Hände. »Beweisen können wir ihm den Kauf der Äxte aber nicht, oder konnte der Ladenbesitzer eine Personenbeschreibung abgeben?«

»Leider nicht, Chef.« Chrissie hebt bedauernd die Schultern. »Der Verkauf wurde von einem

Angestellten getätigt, der seit Ende April nicht mehr dort beschäftigt ist. Wir haben den Mann schon aufgesucht, ihn aber nicht zu Hause angetroffen. Es gibt jedoch eventuell ein weiteres Indiz für eine Verbindung der beiden Taten, es betrifft die Kundenliste des Troisdorfer Studios. Dass Christian Berger darauf zu finden ist, mag ja keine große Überraschung sein, wir fanden aber ebenfalls die Adressdaten von Theodor Gronau, der wohl ein einziges Mal dort zu Gast war!«

»Es gibt demnach einen eindeutigen Bezug! Die Tickets wurden vorgeblich von Christian Berger bezahlt, dessen Bankverbindung durch seine Mitgliedschaft im Fitnessstudio bekannt war. Dies trifft, wie wir jetzt wissen, ebenfalls auf Name und Adresse seines Schwiegervaters zu, der das erste Opfer des Berserkers war. Zufall? Ich denke nicht! Heiko de Fries kannte sowohl Berger als auch Gronau und hatte Zugang zu deren persönlichen Daten, da diese in seiner Kundendatei gespeichert sind!«

Der Kommissariatsleiter klatscht auffordernd in die Hände. »Ihr wisst, was zu tun ist: Bringt bis zur Vernehmung alle heute erarbeiteten Fakten ordentlich in Bezug zueinander, damit werdet ihr für den Rest des Tages beschäftigt sein. Chrissie und Wolfgang: Ihr beide bleibt an dem Angestellten von Lohmann dran, er könnte uns bei einer Gegenüberstellung eine wertvolle Hilfe sein. An die Arbeit, Leute!«

KAPITEL 12

Freitag, 15. Mai, 10:21 Uhr

Denise Malowski schließt in aller Seelenruhe die Vorbereitungen zum anstehenden Verhör ab, indem sie die für das Protokoll erforderlichen Angaben über den Zweck der Maßnahme und die Namen und Dienstgrade der vernehmenden Beamten ins Mikrofon spricht. Nicht unerwähnt bleibt außerdem der anwesende Rechtsbeistand des Beschuldigten, der zumindest momentan ungewöhnlich nervös und hektisch auf die Kommissare wirkt. Zudem ringt der sehr beleibte und auch nicht mehr ganz junge Anwalt sicht- und hörbar nach Atem, was durch die Maske vor Mund und Nase noch erschwert wird.

Dr. Martin Schlebusch, Inhaber und einziges Mitglied einer Anwaltskanzlei gleichen Namens, hatte sich nämlich zu dem ursprünglich für 10:00 Uhr anberaumten Verhör verspätet und aufgrund weiterer wichtiger Folgetermine großzügig auf eine vorherige Absprache mit seinem Mandanten verzichtet. Ob er unter diesen Umständen eine große Hilfe für Heiko de Fries darstellt, ist zwar mehr als fraglich, aber nicht das Problem der Kriminalpolizei, da man ihn rechtzeitig über die Uhrzeit in Kenntnis gesetzt hatte.

»Können wir jetzt endlich beginnen?«, hechelt Schlebusch ungeduldig nach einem nervösen Blick auf seine Armbanduhr. Gleichzeitig wischt er sich mit einem Papiertaschentuch fahrig den Schweiß von der Stirn. »Meine Zeit ist äußerst knapp bemessen!«

Tobias Heller klappt die Fallakte zu, die er in den vergangenen Minuten studiert hatte. »Gegen Ihren Mandanten werden schwerwiegende Tatvorwürfe erhoben!«, weist er den Anwalt zurecht, wobei er die Mappe demonstrativ in die Höhe hält. »Sie helfen ihm garantiert nicht, indem Sie hier in Hektik ausbrechen!«

»Ich denke, wir werden heute ohnehin nicht lange brauchen. Mein Mandant beteuert seine Unschuld und hat zudem ein Alibi, wenn ich richtig orientiert bin!«

So viel weiß er dann also doch schon über die Sache, denkt Heller und schlägt die Fallakte erneut auf. »Zum Alibi kommen wir noch. Zunächst darf ich Ihnen mitteilen, dass der Mörder von Werner de Fries, dem Vater Ihres Mandanten, eine Wimper an der Leiche zurückließ, und das an einer Stelle, die durch unsere Rechtsmedizin eindeutig der Tat zugeordnet wurde. Das Ergebnis der mikrobiologischen Untersuchung liegt uns zwar zur Stunde noch nicht vor, aber dafür etwas anderes!«

Er entnimmt dem Hefter eine großformatige Fotografie, die er vor Anwalt und Mandant auf den Tisch legt. »Diesen Abdruck der Schuhgröße 44 stellten wir in einem Beet am Rande der Terrasse sicher, über die der Täter sich am 10. Mai Zutritt zum Haus des Opfers verschaffte, indem er die gläserne Terrassentür zerschlug. Vermutlich mit der Axt, mit der er Werner de Fries wenig später brutal erschlug.«

Heller legt ein weiteres Foto daneben. »Und das sind Sportschuhe derselben Größe, die wir in der Wohnung Ihres Mandanten fanden. Sie werden unschwer feststellen, dass es sich um das gleiche Sohlenprofil handelt!«

»Diese Marke wird millionenfach verkauft«, wendet Schlebusch wenig beeindruckt ein. »Auch die Schuhgröße ist nicht ungewöhnlich. Ich trage selbst Schuhe dieser Größe!«

»Ich ebenfalls. Aber meine und Ihre Schuhsohlen weisen, wie die von Millionen anderer Menschen auf dieser Welt, eine kleine Besonderheit auf: Es haftet garantiert keine Erde daran, die bis auf das letzte Molekül mit der in diesem Beet identisch ist! Außerdem fanden wir einige Krumen davon neben der Leiche! Sie waren zur Tatzeit am Tatort, Herr de Fries«, wendet er sich jetzt direkt an den Beschuldigten. »*So* sieht's aus!«

»Der Abdruck kann durchaus bei einer früheren Gelegenheit dort hingekommen sein. Mein Mandant ist bekanntlich der Sohn des Getöteten!«

»Diesbezüglich muss ich Sie leider enttäuschen«, meldet sich Denise Malowski erstmals zu Wort. »Es gab am Abend, nur wenige Stunden vor der Tat, einen starken Platzregen, der einen Schuhabdruck mit Sicherheit zerstört hätte. Das haben unsere Kriminaltechniker bestätigt. Der Abdruck entstand demnach definitiv *nach* dem Regen!«

»Und damit ist Ihr Alibi hinfällig, Herr de Fries!«, übernimmt Tobias Heller wieder. »Sind Sie in der Lage, gleichzeitig an zwei Orten zu sein? Ganz sicher nicht! Womit wir beim nächsten Beweis angekommen wären: die uns von Ihnen bereitwillig überlassene Aufnahme der Überwachungskamera im Eingangsbereich Ihres Troisdorfer Studios! Der Einfachheit halber müssen an dieser Stelle einige Standbilder daraus genügen, die jedoch – das verspreche ich Ihnen – überaus aussagekräftig sind!«

* * *

»Jetzt haben wir ihn!«, ruft Chrissie Ohlsen begeistert aus. Sie verfolgt das Verhör auf der anderen Seite des Einwegspiegels von Beginn an gemeinsam mit Wolfgang Müller. »Aus der Nummer kommt de Fries nicht mehr heraus. Siehst du, wie er zu zittern beginnt? Es dauert bestimmt nicht lange und er singt wie ein Zeisig!«

»Er hat sich aber auch einen total unfähigen Anwalt angelacht«, brummt ihr Partner. »Man sollte doch meinen, dass einer, der so viel Kohle hat, sich was Besseres leisten kann!«

»Damit hast du sicher recht, aber lass uns lieber aufpassen, was nebenan passiert!«

* * *

»Sie sollten übrigens mal Ihre Geräte überprüfen lassen«, wirft Denise Malowski zunächst ein, während Tobias Heller der Akte die Bilderserie entnimmt und der Reihe nach sortiert. »Meine Kollegin hat sich gestern an einem davon eine Schnittverletzung zugezogen!«

»War das eins von denen, die abseits an der Wand stehen?«, wird Heiko de Fries plötzlich hellwach. »Aber daran war doch groß und deutlich ein Hinweis angebracht, dass es defekt ist! An diesem Gerät hat sich nämlich unlängst schon einmal ein Kunde schwer verletzt, wir … ich hatte nur noch keine Gelegenheit, es zur Reparatur zu geben.«

»Ach, haben Sie auch einen Namen für uns?«, wird Heller aufmerksam und unterbricht seine Tätigkeit für einen Moment. Der Unfall steht mit den Morden womöglich gar nicht in Zusammenhang, dennoch lässt ihn ein Bauchgefühl in dieser Angelegenheit nachhaken.

»Das war einer namens Christian Berger. Mit dem gab es eigentlich nie vorher Probleme, aber nachdem er sich verletzt hatte, drohte er mit Anzeige und Schadenersatzklage. Wir haben uns dann jedoch außergerichtlich einigen können.«

Heller wirft seiner Kollegin einen bedeutsamen Blick zu. Ist das noch Zufall? »Kommen wir zu Ihrem sogenannten Alibi. Auf dem ersten Foto betreten Sie um 22:04 Uhr das Studio. Sehen Sie sich bitte ganz genau die Hausecke rechts im Bild an. Dort ist Osten, nicht wahr?«

Dr. Martin Schlebusch beugt sich neugierig über die Aufnahme und auch sein Mandant zeigt jetzt ein gewisses Interesse daran, wobei unvermittelt Schweißperlen auf seiner Stirn entstehen.

»Auf dem nächsten Bild sind Sie bereits drinnen, aber hier geht es im Grunde wieder nur um die bewusste Ecke. Sehen Sie den Mond? Auf der ersten Aufnahme stand er knapp über dem Horizont und nun ist er ein Stück höher geklettert, wodurch die Frage von vorhin schon beantwortet ist: Dort ist definitiv Osten!«

»Na, dann ist da eben Osten! Sie verschwenden meine kostbare Zeit!«, erregt sich der Anwalt. Sein Mandant hingegen ist verdächtig ruhig geworden.

Sogleich folgt das dritte Foto. »Hier kommen Sie wieder aus dem Studio«, fährt der Hauptkommissar ungerührt fort. »Es ist 00:21 Uhr und die Mondsichel steht immer noch am Himmel. Wann ging am 10. Mai nochmal der Mond auf?«, fragt er Denise Malowski scheinheilig.

»An diesem Tag gab es überhaupt keinen Mondaufgang. Tobias. Der war nämlich erst am 11. Mai um 01:01 Uhr. Lange, nachdem diese Aufnahme entstand!«

»Danke, Denise! Wie ist das zu erklären, Herr de Fries? Besitzen Sie eine Zeitmaschine? Aber in diesem Fall würde ja die *korrekte* Zeit angezeigt, nicht wahr?«

Heiko de Fries ist jetzt endgültig zusammengebrochen. Bleich und mit stumpfem Blick hockt er wie ein Häufchen Elend neben seinem Rechtsbeistand, dem ebenfalls die Worte fehlen. »Okay, ich sage Ihnen, wie es gewesen ist!«, kommt es nach schier endlos erscheinenden Sekunden heiser aus dem Mund des Tatverdächtigen.

»Bevor mein Mandant eine Aussage tätigt, möchte ich mich gerne mit ihm beraten«, setzt sein Anwalt sofort nach. Auf einmal wirkt der hektische Mann äußerst wachsam und kompetent. »Ich muss Sie daher darum bitten, uns für einige Minuten alleinzulassen.«

* * *

»Kleine Pause?«, wird Denise von Chrissie im Nebenraum empfangen. »Wo ist Tobias?«

»Beim Chef, er wollte sich kurz mit ihm austauschen, bevor es weitergeht.« Da die Hauptkommissarin die Aufzeichnungsgeräte und die Tonverbindung zum Beobachtungsraum vor Verlassen des Verhörraumes pflichtgemäß abgeschaltet hat, läuft jenseits der Scheibe jetzt ein ›Stummfilm‹ ab, lediglich der heftig gestikulierende de Fries und die ernste Miene seines Rechtsanwalts zeugen von einer offenbar hitzigen Diskussion.

»Gleich ist er fällig. Ich wette, dass wir in wenigen Minuten ein Geständnis zu hören bekommen. Merkwürdig fand ich aber seine Ausführungen zu dem Trainingsgerät, an dem ich mich gestern ebenfalls verletzt habe.«

»Du meinst die Tatsache, dass dies ausgerechnet dem Schwiegersohn des ersten Mordopfers passierte?«

»Ich weiß nicht recht«, mischt sich Wolfgang Müller ein. »Schon wieder dieser Christian Berger! Ich frage mich langsam ernsthaft, ob das noch Zufall sein kann!«

Im Verhörraum haben sich die Gemüter offenbar beruhigt und beide Männer starren stumm den Einwegspiegel an. »Ich glaube, man will uns damit sagen, dass es weitergehen kann«, kommentiert Denise Malowski die auffordernden Blicke.

* * *

»Es stimmt, ich habe die Aufnahme der Überwachungskamera manipuliert«, gibt Heiko de Fries zu, nachdem alle ihre Plätze eingenommen haben und auch der obligatorische Wachmann sich wieder neben die Tür gestellt hat. »Ich musste es tun, denn die Wahrheit hätten Sie mir garantiert nicht abgenommen!«

»Demnach geben Sie zu, zur Tatzeit im Haus Ihres Vaters gewesen zu sein?«

»Zuerst war ich nur draußen im Garten, Herr Kommissar.«

»Und was wollten Sie zu dieser späten Stunde dort? Wir wissen, dass es mit dem Verhältnis zwischen Ihnen und Ihrem Vater nicht gerade zum Besten bestellt ist«, wirft Denise Malowski ein. »Da ist es doch eher ungewöhnlich, mitten in der Nacht unangemeldet dort aufzutauchen!«

»Mir steht das Wasser buchstäblich bis zum Hals! Die Studios verschlingen allein durch die Pacht Unsummen jeden Monat. Unser ganzes Vermögen, auch das von meiner Mutter, steckt in der Einrichtung, die zum größten Teil geleast ist. Wenn ich die Läden nicht innerhalb der nächsten vier Wochen am Laufen habe, kann ich dicht machen und das ganze Geld ist zum Teufel!«

»Sie suchten also Ihren Vater auf, um ihn um finanzielle Unterstützung zu bitten. Und das, obwohl er Sie diesbezüglich schon einmal hat abblitzen lassen! Was geschah dann? Gab es Streit?«

»NEIN! So war das nicht! Als ich gerade an der Haustür klingeln wollte, hörte ich ein lautes, klirrendes Geräusch von der Terrasse her und Sekunden später lief eine dunkel gekleidete Gestalt vom Haus weg, mit einer Axt in der Hand. Ich bin hinter das Gebäude geschlichen, um nachzuschauen, was da passiert war, und sofort zu meinem alten Herrn gelaufen, der leblos im Wohnzimmer lag. Aber da war nichts mehr zu machen!«

Tobias Heller wendet sich überrascht seiner Kollegin zu, die bei den Ausführungen des Tatverdächtigen leichenblass geworden ist, und diesen jetzt mit weit aufgerissenen Augen entgeistert anschaut. Er nimmt sich vor, Denise nachher darauf anzusprechen, und fährt stattdessen mit der Vernehmung fort: »Wie spät war es, als Sie das Einschlagen der Scheibe vernahmen?«

»Das war um 22:58 Uhr, Herr Kommissar. Ich hatte Sekunden vorher auf die Uhr geschaut, weil ich mir plötzlich unsicher war, ob es eine so gute Idee sei, meinen Vater so spät noch zu stören.«

»Sie sagten uns am Montag, dass sie gleich nach dem Tatort-Krimi im Fernsehen ins Studio gefahren seien«, erinnert Heller ihn. »Sie werden doch keine ganze Stunde für die paar Kilometer gebraucht haben, oder war das ebenfalls gelogen?«

»Ich bin noch etwas herumgefahren, weil ich Schiss hatte. Sie müssen mir glauben! Ich habe meinen Vater nicht getötet und auch sonst niemanden!«

»Warten wir doch einfach das Ergebnis der Laboranalyse ab! Wenn Sie unschuldig sind, kann das Haar an der Leiche ja nicht von Ihnen sein. Bis dahin bleiben Sie unser Gast!«

Heiko de Fries lässt entmutigt den Kopf hängen. »Da bin ich mir nicht sicher«, flüstert er. »Das kann ja passiert sein, als ich nachschauen wollte, ob mein Vater noch lebt.«

* * *

»Was war denn vorhin auf einmal mit dir los?«, überfällt Tobias Heller seine Partnerin, kaum dass sie an ihrem Schreibtisch Platz genommen hat und ihre frisch gefüllte Kaffeetasse an die Lippen führt. »Du sahst aus, als hättest du einen Geist gesehen. Bist ja immer noch weiß wie eine Wand!«

»Dann ist es dir also nicht aufgefallen? Die Abfolge der geschilderten Ereignisse stimmt so auf keinen Fall, es passt nicht zusammen!«

»Du meinst die Aussage, dass er jemand nur wenige Sekunden nach dem Einschlagen der Terrassentür weglaufen sah, obwohl danach noch ein Mord verübt, und die Wohnung kurz und klein geschlagen worden sein muss? Du weißt doch selbst, wie das mit Zeugenaussagen ist: Frage drei Beteiligte und du wirst vier verschiedene Antworten bekommen. Wenn es denn überhaupt der Wahrheit entspricht, was der uns aufgetischt hat!«

»Das ist es ja gerade! Seine Aussage stimmt haargenau mit meiner eigenen Wahrnehmung eine Woche zuvor überein! Wie konnte ich das nur so lange übersehen?«

»Was meinst du damit?«

»Doktor de Luca konnte doch den Todeszeitpunkt von Theodor Gronau ziemlich exakt auf 22:52 Uhr festlegen, weil bei der Tat die Armbanduhr des Opfers stehengeblieben war, richtig? Ich ging aber erst Minuten später auf die Terrasse, um frische Luft zu tanken. Kurz vor 23:00 Uhr ist das gewesen, ich hatte auf die Uhr geschaut. Wieso kann man eine derart wichtige Sache einfach vergessen?«

»Du warst zu der Zeit nervlich ziemlich angespannt, da kann sowas schon mal passieren«, versucht Tobias eine Erklärung.

»Das darf es aber nicht! Jedenfalls nicht mir! Als de Fries vorhin seine Version schilderte, lief plötzlich alles noch einmal wie ein Film vor meinem inneren Auge ab: Ich saß bestimmt schon an die fünf Minuten auf der Hollywoodschaukel, als ich das Splittern von Glas auf dem Nachbargrundstück vernahm. Und gleich darauf rannte diese vermummte Gestalt durch meinen Garten! Ich schwöre, das war nur Sekunden später!«

Tobias Heller starrt lange sinnend vor sich hin. »Du weißt, was die Konsequenz daraus ist?«, fragt er seine Kollegin nach einer Weile mit rauer Stimme.

»Es bedeutet, dass beide Morde nicht nur vom selben Täter begangen wurden, sondern zudem in der Ausführung exakt geplant waren«, nickt diese mit sorgenvoll gefurchter Stirn. »Es sollte alles so aussehen, als sei der *Berserker* nach fünf Jahren erneut aufgetaucht. Nur, dass dessen Überfälle dieses Mal total aus dem Ruder gelaufen zu sein schienen!«

»Exakt! Wenn Heiko de Fries es tatsächlich nicht war, stehen wir wieder ganz am Anfang!«

KAPITEL 13

Polizeimeister Bachmann biegt in die Schweitzerstraße ein und lässt den Streifenwagen langsam an den Häuserreihen vorbeirollen. Seine Aufgabe und die seiner Partnerin lautet, auf alle ungewöhnlichen Aktionen zu achten, vom Leiter der Mordkommission der Kripo Siegburg höchstpersönlich angeordnet. Donner schärfte ihnen außerdem ein, bei verdächtigen Beobachtungen unverzüglich Hilfe anzufordern und unabhängig von der Uhrzeit zusätzlich Kriminalhauptkommissarin Malowski zu informieren, die dort in der Nähe wohnt.

Die Straße liegt wie ausgestorben vor den patrouillierenden Polizisten, nicht einmal eine streunende Katze kreuzt ihren Weg und die meisten Häuser sind dunkel. Dies ist seit dem Lockdown eher die Regel, niemand hält sich unnötigerweise außerhalb seiner vier Wände auf und schon gar nicht um diese Uhrzeit. »Hier ist alles ruhig«, stellt der junge Beamte zum wiederholten Male fest. »Was meinst du, Kerstin? Treibt sich der irre Axtmörder heute Nacht wieder hier irgendwo herum?«

»An den letzten beiden Sonntagen war es jedenfalls so«, gibt Polizeiobermeisterin Albers abwesend zurück, ohne ihre Straßenseite auch nur eine

Sekunde aus den Augen zu lassen. »Die Kommissare in Siegburg haben zwar mittlerweile einen Tatverdächtigen festgenommen, aber es ist nicht sicher, dass es derselbe ist, der am vergangenen Wochenende und vor vierzehn Tagen in dieser Gegend zugeschlagen hat. Wir sollten also doppelt wachsam sein. Und sei nicht wieder so vorlaut, wenn du mit der Hauptkommissarin sprichst!«, gibt sie dem Kollegen einen guten Rat mit auf den Weg. Sie sind nämlich nur noch ein paar Hausnummern von deren Wohnung entfernt.

Kai Bachmann hält unvermittelt den ohnehin nur im Schritttempo dahinrollenden Wagen an, weil er eine Bewegung im Schatten eines der Häuser wahrgenommen zu haben glaubt. »Da war etwas«, flüstert er unwillkürlich und späht angestrengt in die Nacht. »Ich bin mir sicher, dass da einer herumgelaufen ist!« Er zeigt auf ein Grundstück schräg vor ihnen auf der Fahrerseite.

»Das haben wir gleich!« Kerstin Albers richtet den Suchscheinwerfer auf die fragliche Stelle und lässt den Lichtkegel hin und herwandern. Zuerst ist nichts zu sehen, aber dann erfasst der Scheinwerfer für den Bruchteil einer Sekunde eine mittelgroße, ganz in Schwarz gekleidete Gestalt, das Gesicht mit einer Skimaske der gleichen Farbe verhüllt. Im nächsten Augenblick ist die Erscheinung jedoch schon wieder in der Dunkelheit untergetaucht.

Die Zeit war viel zu kurz, um mehr Details erkennen zu können, aber dass die verdächtige Person eine Axt oder etwas Ähnliches in der Hand hielt, war für beide Polizisten deutlich zu sehen! Da jedoch kaum eine Chance besteht, den Flüchtigen in der Finsternis ohne Unterstützung durch Kollegen wiederzufinden, greift Polizeimeister Bachmann zum Mikrofon der Funksprechanlage, um den Vorfall wie befohlen der Zentrale zu melden. Wenn das Glück ihnen gewogen ist, gibt es noch in dieser Nacht eine Festnahme, und die dürfte sich auf ihre Karrieren äußerst positiv auswirken.

»Sag mal«, wendet er sich anschließend an die Kollegin. »Ist das nicht überhaupt das Haus dieser Malowski?«

»Das ist das Nächste. Im übernächsten Wohnhaus wurde vor genau zwei Wochen der erste Mord begangen. Ich finde es allerdings reichlich dreist von unserem Täter, sich hier erneut blickenzulassen. Los, wir haben noch eine Aufgabe zu erledigen!«, erinnert sie ihn an die strikte Order Donners, in einer Situation wie dieser unverzüglich die Hauptkommissarin zu informieren. Das ist jetzt ohnehin nicht mehr zu vermeiden, weil die vermummte Gestalt auf deren Nachbargrundstück gesehen wurde.

* * *

Von den Ereignissen direkt vor ihrer Haustür nichts ahnend, sitzt Denise Malowski nach einem ereignisreichen Tag entspannt auf der Hollywoodschaukel und lässt die vergangene Woche vor ihrem inneren Auge Revue passieren. So dramatisch die letzten Tage auch waren, so hat sich letztlich doch alles geregelt. Hinter ihr liegt ein perfekter Sonntag, der einen ebensolchen Ausklang verdient hat. Und was wäre besser dazu geeignet als ihr Lieblingsplatz auf der Terrasse? Sven wird bald wieder ganz der Alte sein und auch ihr kleiner Engel schläft, wie sie sich erst vorhin noch einmal vergewisserte, tief und fest mit ihrem Lieblingsteddy im Arm. Leonies überschaubare Welt ist seit heute Morgen wieder in bester Ordnung.

Ihre Gedanken schweifen nahezu automatisch vom privaten zum beruflichen ab. Da momentan beides miteinander verquickt ist, ist das wohl auch irgendwie normal. *Es ist kaum zu glauben, dass ich als erfahrene Ermittlerin eine derart offensichtliche Tatsache übersehen habe!*, grübelt sie über die verblüffenden Erkenntnisse der vergangenen Tage nach. *Da muss erst ein mutmaßlicher Vatermörder daherkommen und mich förmlich mit der Nase darauf stoßen! Wobei noch fraglich ist, ob es denn überhaupt stimmt, was er uns am Freitag im Verhör aufgetischt hat!*

Aber wenn dies der Fall sein sollte, gäbe es zwischen den beiden Vorkommnissen einen weiteren, verstörenden Zusammenhang. Denn auch bei der Tat, deren Zeuge sie sozusagen geworden war, müssen der Mord und die anschließende Verwüstung des Tatortes *zuerst* begangen worden sein, und erst *danach* fingierte der Täter einen Einbruch, indem er das Fenster von außen einschlug. Anders kann es sich nach den bekannten Fakten nämlich gar nicht zugetragen haben!

Ich hatte es die ganze Zeit vor Augen!, geht sie hart mit sich ins Gericht. *Es hätte mir auffallen müssen, dass die Todeszeit mehrere Minuten vor dem Einschlagen des Fensters lag! Und dann läuft dieser Mensch nur Sekunden, nachdem die Scheibe zu Bruch ging, durch meinen Garten. Sowas darf einfach nicht passieren, jedenfalls nicht mir!*

Sie wird unvermittelt von der Türklingel aus ihren Gedanken gerissen. Sven hatte extra zu diesem Zweck vor einiger Zeit eine zweite Glocke auf der Terrasse anbringen lassen, sonst wäre das Läuten hier draußen nämlich nicht zu hören gewesen. Da auf Anordnung des Chefs heute Nacht ein Streifenwagen in der Nachbarschaft herumfährt, ist durchaus mit einem späten Auftauchen der Kollegen zu rechnen, weshalb sie die Klingel nicht ausgestellt hat. Schnell eilt sie ins Haus, bevor der unbekannte Besucher ein zweites Mal klingelt und alles aufweckt.

* * *

Vor der Haustür stehen die ihr bereits vom ersten Einsatz bekannten jungen Streifenpolizisten. »Bitte entschuldigen Sie die späte Störung, Frau Hauptkommissarin«, ergreift dieses Mal die Polizeiobermeisterin das Wort. Kerstin Albers, wenn Denise sich recht erinnert. »Aber Herr Erster Hauptkommissar Donner trug uns explizit auf, Sie zu benachrichtigen, sofern uns bei der Patrouille etwas Verdächtiges unterkommen würde!«

Umständlicher geht es kaum noch!, seufzt Denise in Gedanken. *Respekt vor einem höheren Dienstgrad ist ja ganz in Ordnung, aber man kann alles übertreiben!* »Und? Haben Sie etwas zu berichten?«, ermuntert sie die junge Frau zum Sprechen, da diese eine Pause eingelegt hat und die ranghöhere Kriminalbeamtin abwartend mustert.

»Eine vermummte Person, die vor wenigen Minuten in Ihrem Nachbargarten herumschlich«, rückt die Polizistin endlich mit der Sprache heraus. »Wir glauben, eine Axt oder etwas Ähnliches in seiner Hand gesehen zu haben. Die Kollegen sind schon verständigt. Ich denke zwar nicht, dass derjenige sich noch hier in der Nähe aufhält, aber seien Sie bitte trotzdem vorsichtig! Wir wünschen eine gute Nacht.« Mit diesen Worten dreht sie sich auf dem Absatz um und stapft mit ihrem Partner zum Streifenwagen zurück, um in seinem Inneren auf die angeforderte Verstärkung zu warten.

Denise trifft fast der Schlag. *Wir haben schon wieder den Falschen in Gewahrsam!*, durchfährt es sie in jäher Erkenntnis. *Bitte nicht noch ein Mord in der Nachbarschaft!* Schnell schließt sie die Tür hinter den beiden. Dann fällt ihr ein, dass Horst Weiland vor ein paar Tagen von einem Haus ganz in ihrer Nähe gesprochen hatte, als er über mögliche zukünftige Opfer des *Berserkers* referierte. Hätte sie doch nur nachgehakt! Es ist dies ein weiteres Versäumnis der erfahrenen Ermittlerin, das nur ihren überreizten Nerven geschuldet sein kann.

Mist, ich habe die Terrassentür nicht verriegelt!, fällt ihr jetzt siedend heiß ein. Im Laufschritt eilt sie in das wegen der Insekten nur spärlich mit einem Notlicht beleuchtete Wohnzimmer zurück, um das Versäumte rasch nachzuholen. Nachdem die Glastür ordnungsgemäß verschlossen ist, lehnt sie sich mit bis zum Hals klopfendem Herzen wie ein zusätzliches Bollwerk von innen dagegen. Sie will schon erleichtert aufatmen, als ihr Blick auf die vermummte Gestalt fällt, die stumm in der Zimmertür steht und ihr somit den Weg versperrt. In der Hand hält sie unverkennbar eine Axt!

***

Ohne sich den Luxus einer Schrecksekunde zu gönnen, fasst Denise reflexartig an ihr Gürtelholster und ... greift uns Leere! Die Dienstwaffe, für deren Aufbewahrung zu Hause sie eine Sondergenehmigung besitzt, ist selbstverständlich ordnungsgemäß weggeschlossen.

Ihre Gedanken überschlagen sich förmlich. Um an die Pistole zu gelangen, müsste sie vorher den Kerl ausschalten, der mit seiner bedrohlich aussehenden Axt wirksam den Durchgang zur Diele blockiert. Sie traut sich zwar durchaus zu, die zwei Meter bis zu ihm mit einem einzigen Satz zu überwinden, aber ein einfacher Rempler genügt hier nicht, keine Chance! Allein für das Zahlenschloss des Waffentresors benötigt sie im günstigsten Fall dreißig Sekunden. Eine Ewigkeit!

Ein Scan des ungebetenen Gastes dauert hingegen nur wenige Augenblicke: Mittelgroß, sportliche Figur und garantiert im Umgang mit der Axt geübt, den beiden vorangegangenen Überfällen nach zu urteilen. So es sich denn überhaupt um den gesuchten Berserker handelt, woran aber für Denise keinerlei Zweifel besteht.

Als Taekwondo-Meisterin verfügt sie über die Reflexe einer Katze und bei einem Überraschungsangriff, bestehend aus einer schnellen Folge von Tritten und Schlägen, rechnet sie sich durchaus eine Erfolgschance von fünfzig Prozent

238

aus, den Gegner zumindest kurzfristig ins Land der Träume zu schicken. Lange genug jedenfalls, um an ihre Waffe zu gelangen, diese zu laden und den Kerl damit in Schach zu halten, bis Hilfe eingetroffen ist.

Befände sie sich mit ihrem Widersacher alleine im Haus, würde sie das ohne zu zögern riskieren, aber unter diesen Umständen...? Falls der Angriff misslingen sollte, wäre die nebenan schlafende Leonie in allergrößter Gefahr! *Er weiß wahrscheinlich gar nichts von Leo*, erkennt sie schlagartig ihre einzige Option in dieser Situation. *Das Beste wird demnach sein, ihn von dem Kind fortzulocken!* Unauffällig, wie sie hofft, tastet sie mit einer Hand hinter ihrem Rücken nach dem Griff der Terrassentür.

Bis jetzt hat der Unbekannte noch keinen Ton von sich gegeben, was sich jedoch in dieser Sekunde ändert: »Lassen Sie das!«, herrscht er sie mit gedämpfter und hörbar verstellter Stimme an. Diese wird zusätzlich durch die den Mund bedeckende Skimaske noch verfälscht. »Seien Sie vernünftig, Frau Malowski! Es muss heute niemand zu Schaden kommen, aber wenn Sie jetzt hinaus zu den Bullen rennen ... Sie wollen doch bestimmt nicht, dass Ihrer kleinen Tochter etwas zustößt!«

Denise erstarrt zu Stein. *Der Kerl weiß über uns Bescheid!*, schreit es in ihren Gedanken. All ihre Befürchtungen und die Albträume der letzten Tage, durch die räumliche Nähe der begangenen Morde genährt, haben sich in diesem schicksalhaften Augenblick bewahrheitet: Das Verbrechen ist bis in ihren persönlichen Lebensraum vorgedrungen und sie ist nicht in der Lage, ihre Familie zu beschützen, obwohl sie genau das erst vor wenigen Tagen im Brustton der Überzeugung behauptet hatte, als der Chef ihr Polizeischutz anbieten wollte!

Dennoch konzentriert sie sich mit dem Rest von Professionalität, der ihr noch verblieben ist, auf die Stimme des Eindringlings, denn diese stellt derzeit das einzige Erkennungsmerkmal dar. Halblaut, wie die Worte dumpf durch die Maske drangen, ist dies zugegebenermaßen ein schwieriges Unterfangen. Dennoch vermeint sie, ein ihr bekanntes Timbre herausgehört zu haben. *Ich habe diese Stimme schon einmal gehört!*, erkennt sie schlagartig. *Aber wann und wo kann das gewesen sein?*

Offenbar stehen ihr diese Gedanken auf der Stirn geschrieben, denn der Eindringling bewegt sich unvermittelt mit einem raschen, bedrohlich wirkenden Schritt auf sie zu. »Ich kann nicht riskieren, dass Sie meine Identität preisgeben!«, stößt er hervor und hebt die Axt. »Es wird auch nur ganz kurz weh tun!«

Denise bereitet sich innerlich auf eine Gegenwehr vor, denn kampflos wird sie auf gar keinen Fall untergehen! Sie geht ihrerseits einen Schritt nach vorne und nimmt automatisch die für eine wirksame Abwehr erforderliche Grundstellung mit leicht gegrätschten Beinen ein, um einen sicheren Stand zu haben. Sie befindet sich jetzt endgültig im Kampfmodus, der alles andere ausblendet.

Indes kommt es nicht mehr zu einem Gefecht auf Leben und Tod, weil die vermummte Gestalt vor ihr urplötzlich wie vom Blitz getroffen zu Boden stürzt und die Axt fallen lässt. In der dunklen Türöffnung ist schattenhaft ein weiterer Mann aufgetaucht, mit einem Golfschläger in der hocherhobenen Hand. Mit der anderen hält er sich am Türrahmen fest. »Der Kerl hat sich geirrt«, knurrt er angriffslustig. »Das wird sogar noch verdammt lange weh tun!«

* * *

»Sven!« Denise stürzt auf ihren schwankenden Ehemann zu und fällt ihm erleichtert um den Hals. »Ich hatte solche Angst um euch beide! Jetzt leg aber erst mal dieses Mordinstrument weg!«, ermahnt sie ihn und greift nach dem Schläger in seiner Hand. »Und dann gehst du schleunigst wieder ins Bett, du bist ja völlig erschöpft!«

»Diese Aktion hat mir auf jeden Fall gezeigt, dass es endlich an der Zeit ist, den Golfkurs zu beginnen«, gibt Sven um Luft ringend zurück und nimmt seine Frau zärtlich in den Arm. »Ich weiß ja nicht einmal, ob ich das richtige Eisen für diesen Schlag gewählt habe!«

»Was bist du nur für ein alberner Kerl!«, lacht Denise und drückt ihn wie einen wertvollen Schatz an sich. Sie ist unendlich dankbar, dass ihm und dem Kind nichts passiert ist. Die Umarmung ist jetzt unbedenklich, da Sven vor seiner heutigen Entlassung aus dem Krankenhaus erfolgreich auf Antikörper getestet wurde und daher aus medizinischer Sicht virenfrei ist.

Niemand hatte sich jedoch über seine Rückkehr mehr gefreut als Leonie, die ihren Vater den ganzen Tag ohne Unterbrechung mit Beschlag belegte, was den von der eben erst überwundenen Krankheit geschwächten Mann sofort an den Rand der Erschöpfung brachte und er sich zeitig schlafen gelegt hatte. Nach insgesamt zwanzig Tagen selbstgewählter Quarantäne schlief er erstmals wieder im gemeinsamen Ehebett.

»Wie bist du überhaupt auf das hier aufmerksam geworden?«, wundert sich seine Frau im Nachhinein. »Du hast doch bestimmt tief und fest geschlafen und wir waren sehr leise!«

Sven schiebt sie mit sanftem Druck von sich und schaltet das Licht an. »Erzähle ich dir später in aller Ruhe. Findest du nicht, du solltest dich zunächst um den Kerl da auf dem Boden kümmern? Lange wird die ›Wirkung‹ des Golfschlägers bestimmt nicht mehr anhalten!«

»Du hast recht!« Ihre erste Handlung besteht naturgemäß darin, schleunigst die Axt in Sicherheit zu bringen. Sie schiebt sie der Einfachheit halber mit dem Fuß in eine entfernte Zimmerecke, damit möglichst keine Spuren an dem Beweisstück verwischt werden. »Holst du mal meine Handschellen, Schatz? Sie müssten in der obersten Schublade der Kommode in der Diele liegen!«

Sie kniet sich auf den Boden und fühlt zunächst sorgfältig den Puls des von ihrem Mann immerhin mit einem stählernen Golfschläger niedergestreckten Eindringlings. Erst, nachdem sie ein zwar schwaches, aber eindeutiges Lebenszeichen festgestellt hat, greift sie beherzt an die Skimaske. »So, dann wollen wir doch mal schauen, wen wir hier haben!« Mit einem kräftigen Ruck reißt sie das Teil herunter. »Sieh mal einer an!«, entfährt es ihr beim

Anblick des unverhüllten Antlitzes, jedoch nur mäßig überrascht. Auf einmal passt alles zusammen!

In der nächsten Sekunde schließen sich mit dem dafür typischen Geräusch die von Sven in der Zwischenzeit überbrachten stählernen Handfesseln um zwei Handgelenke. Im Gegensatz zu den meisten ihrer Kollegen, die mittlerweile Kabelbinder dazu verwenden, bevorzugt Denise immer noch die ›veraltete‹ Methode.

»So, jetzt kannst du die beiden Streifenpolizisten hereinbitten, die sich draußen vor der Tür vermutlich schrecklich langweilen!«, weist die ihren Ehemann an, nachdem sie ihr Werk begutachtet hat. »Ein Sanitäter wäre vielleicht auch nicht schlecht«, fügt sie mit einem besorgten Blick auf die bleiche, reglose Gestalt am Boden hinzu.

Nach ihrem ganz gut funktionierenden Zeitempfinden sind nicht mehr als zehn Minuten vergangen, seit die beiden Kollegen an ihrer Haustür klingelten. Sofern sie inzwischen Verstärkung angefordert haben sollten, müsste diese jeden Augenblick eintreffen. Ein perfektes Timing!

KAPITEL 14

Montag, 18. Mai, 09:02 Uhr

Die Nachricht bezüglich der nächtlichen Festnahme schlug im Kommissariat bei Dienstbeginn wie eine Bombe ein, dachte man doch bis zu diesem Zeitpunkt noch, den Übeltäter seit Tagen in sicherer Verwahrung zu haben!

Natürlich wussten schon alle über die Ereignisse im Hause Malowski/Leuchner Bescheid, als Denise – wegen der Vorkommnisse in der Nacht eine Stunde später als üblich – ihr Büro betrat, und hatten sich bei ihrer Ankunft bereits komplett dort versammelt, um die Einzelheiten direkt aus erster Hand zu erfahren. Dass die Kollegen die Wartezeit damit verbrachten, sich schamlos an ihrem Kaffeevorrat zu bedienen, ist nicht weiter verwunderlich und beinahe so etwas wie eine Selbstverständlichkeit.

Selbst Donner ist anwesend und hält einen gefüllten Becher in der Hand, sodass der Raum mit jetzt insgesamt sechs Personen hoffnungslos überfrachtet ist und die Abstandsregel ad absurdum geführt wird. Der Wachgruppenführer der zuständigen Polizeiwache hatte noch in der Nacht einen Bericht über den Einsatz seiner Leute verfasst und diesen an den Kommissariatsleiter gemailt, wobei er diesem ausdrücklich persönlich zu der gelungenen Aktion gratulierte.

»Mit einem Golfschläger?«, wundert sich ihr Partner Tobias Heller zehn Minuten später, nachdem Denise die ganze Geschichte nahezu in Echtzeit zum Besten gegeben hatte. »Sprechen wir von demselben Sven, der die Spinnen im Haus einfängt, um ihnen anschließend im Garten persönlich ein lauschiges Plätzchen anzubieten?«

»Was ist dagegen einzuwenden?«, faucht sie ihn an. »Mein Mann ist eben der Meinung, dass allen Kreaturen auf dieser Welt das gleiche Recht auf Leben und körperliche Unversehrtheit zusteht! Er hatte sogar einmal eine Petition für eine diesbezügliche Änderung des Grundgesetzes vorbereitet, aber das konnte ich ihm zum Glück ausreden.«

»Na, das hätte auch eine weltweite Hungersnot nach sich gezogen«, grinst Hobbykoch Wolfgang Müller, der einem guten Schweinebraten niemals abgeneigt ist.

»Nicht, dass wir uns hier falsch verstehen!«, sieht sich Denise Malowski genötigt, ihren Mann zu verteidigen. »Sven isst durchaus Fleisch. Er ist jedoch davon überzeugt, dass auch Schweine eine Würde besitzen, die man ihnen nicht allein deshalb nehmen darf, weil sie ohnehin dem Tode geweiht sind. Wenn ein Nutztier schon sterben muss, soll es bis dahin wenigstens ein normales Leben führen dürfen! Svens Sanftmut hat jedoch an der Stelle seine Grenzen, wo es um das Wohl seiner Familie geht!«, nimmt sie den Faden wieder auf. Artgerechte Nutztierhaltung ist schließlich jetzt nicht das Thema.

»Ich selbst war ja wie paralysiert, als diese Person mit der Axt auf einmal vor mir stand. Mein einziger Gedanke war, sie so lange von Leonie und Sven abzulenken, bis vielleicht doch irgendwann die vor der Tür wartenden Kollegen aufmerksam geworden wären. Während ich also noch überlegte, wie ich das Beste aus dieser prekären Situation herausholen könnte, war mein Mann aus dem Schlaf aufgeschreckt, weil er von Einbrechern geträumt hatte. Auf dem Weg zu Leos Zimmer, um nachzuschauen, ob alles in Ordnung wäre, kam er am Wohnzimmer vorbei. Durch die von mir glücklicherweise zuvor offengelassene Tür sah er, was da los war und griff sich einen der in der Diele geparkten Golfschläger. Als er dann hörte, wie indirekt das Leben seines kleinen Lieblings bedroht wurde, sind die Pferde mit ihm durchgegangen und er schlug vielleicht etwas fester zu, als es nötig gewesen wäre.«

»Womit wir auch schon beim Thema sind«, ergreift Donner das Wort. »Ich habe vorhin mit dem zuständigen Stationsarzt im Krankenhaus telefoniert. Karin Hoffmann erlitt durch den Schlag auf den Kopf eine mittelschwere Schädelfraktur, ist aber ansprechbar und außer Lebensgefahr. Ich habe selbstverständlich einen Kollegen zur Bewachung vor ihr Krankenzimmer beordert. Eine gerichtstaugliche polizeiliche Vernehmung wird jedoch nach Aussage des Arztes frühestens in drei bis vier Tagen möglich sein. Die Staatsanwaltschaft wird zudem vor der zu erwartenden Anklage nicht umhinkommen, den Geisteszustand der Dame durch ein psychologisches Gutachten feststellen zu lassen, denke ich.« Er vollführt dazu eine bezeichnende kreisende Geste mit dem Zeigefinger an seiner Schläfe.

»Dann ist es also sicher, dass Karin Hoffmann der gesuchte Axtmörder ist?«, vergewissert sich Chrissie Ohlsen. »Auf die wäre ich ja im Leben nicht gekommen!«

»Das geht uns allen so, aber da sie praktisch auf frischer Tat ertappt wurde, ist wohl davon auszugehen. Gesichert ist dennoch momentan gar nichts, wir werden den Bericht der Forensiker abwarten müssen, die zur Stunde in ihrer Wohnung nach belastenden Hinweisen suchen, sowie das Ergebnis der Haaranalyse, die uns dann hoffentlich endlich Klarheit verschaffen wird. Sobald wir von den Ärzten grünes Licht bekommen, fahren zwei von uns ins Krankenhaus, um die Verdächtige polizeilich zu vernehmen. Ich schlage daher vor, diese unangemeldete und deshalb illegale ›Massenversammlung‹ jetzt schleunigst aufzuheben. Ihr könnt den Rest des Vormittags für Recherchen zu diesem Thema nutzen und die bisher insgesamt gewonnenen Erkenntnisse aufarbeiten. Wir treffen uns dann alle um 14:00 Uhr für eine erste Würdigung der neuen Fakten im Besprechungsraum.«

* * *

Chrissie Ohlsen betätigt halbherzig die unbeschriftete Klingel zu einer Wohnung im vierten Obergeschoss des schmucklosen Wohnsilos, eines von vielen in dieser Gegend. Hier, in einem der sozialen Brennpunkte der Stadt, ist das Vorfinden von Namen auf dem Klingelbrett eher die Ausnahme. Offenbar haben die Bewohner kein gesteigertes Interesse an Besuch, der ohnehin meist nur aus Polizei, Ordnungsamt oder Gerichtsvollziehern bestehen dürfte. Eine freundliche ältere Dame, die ebenfalls dort wohnt, hatte ihnen jedoch bei ihrem ersten Versuch am Donnerstag die richtige Klingel für die Wohnung von Jens Köhler gezeigt.

Dieses Mal war es Wolfgang Müller, der nach der morgendlichen Kaffeerunde im Büro der Hauptkommissare darauf drängte, es vor der Fallbesprechung erneut bei dem mittlerweile arbeitslosen Verkäufer von ›Eisenwaren Lohmann‹ zu versuchen. Eine Beschreibung der Person – welchen Geschlechts auch immer – die am 15. April die Äxte kaufte, käme zum jetzigen Zeitpunkt gerade richtig, argumentierte er. Sie hätten dann nachher im Erfolgsfall etwas vorzuweisen und zudem ohnehin derzeit keine dringenderen Arbeiten zu erledigen.

»Komm, lass uns abhauen, Wolfie!«, drängelt seine Freundin ungeduldig, weil sich auch nach einer gefühlten Minute und mehrmaligem Läuten nichts an der Haustür tut.

»Wollt ihr zu dem Köhler?«, ertönt in diesem Augenblick eine heisere Männerstimme hinter ihnen. Chrissie und Wolfgang wenden sich zu dem Ankömmling um und sehen einen einigermaßen vernünftig gekleideten Mann mittleren Alters, der jedoch eine deutliche Alkoholfahne vor sich herschiebt.

»Da werdet ihr kein Glück haben«, fährt der Unbekannte fort, ohne sich an der Musterung durch die Kommissare weiter zu stören. »Die Klingel ist, wie das meiste in dem Gemäuer, nämlich seit Monaten kaputt. Wartet, ich lasse euch rein, dann könnt ihr oben klingeln!«

Zwei Minuten später und vier Stockwerke höher – der Aufzug erwies sich als unbenutzbar – stehen sie vor einer weiteren unbeschrifteten Klingel. Auf ein mehrfaches energisches ›Klopfen‹ der Pranke von Wolfgang Müller an der Wohnungstür öffnet ihnen jedoch nach erstaunlich kurzer Zeit ein Mann mit wirren, ungekämmten Haaren und schaut sie mit kleinen Augen verschlafen an. »Was veranstaltet ihr denn am frühen Morgen für ein Gepolter?«, kommt es verwaschen aus seinem Mund.

›Früher Morgen‹ ist gut, denkt der Oberkommissar nach einem Blick zur Uhr amüsiert und zieht seinen Dienstausweis aus der Tasche. »Herr Köhler? Kripo Siegburg. Wir würden Sie gerne zu einem Vorfall befragen, dessen Zeuge Sie eventuell waren. Haben Sie ein paar Minuten?«

* * *

»Karin Hoffmann ist identisch mit der Person, die am 15. April die beiden Äxte in der Troisdorfer Fußgängerzone kaufte!«, platzt Chrissie Ohlsen mit ihrer Neuigkeit heraus, noch bevor die Kollegen ihre Plätze eingenommen haben.

»Nun mal langsam und der Reihe nach, junge Dame!«, tadelt Donner sie. »Wir vermögen dir ja kaum zu folgen! Ich entnehme deiner Rede, dass ihr den Verkäufer endlich gesprochen habt?«

»Ja, Chef! Wolfgang hatte sich vor Antritt der Fahrt aus dem Melderegister das Passbild der Verdächtigen besorgt und das haben wir dem Mann vorhin gezeigt. Er hat sie eindeutig als seine damalige Kundin identifiziert. Er konnte sich deshalb noch so gut an diese Begebenheit erinnern, weil die Frau es ungewöhnlich eilig zu haben schien und dauernd auf die Uhr schaute. Nachdem sie endlich bezahlen durfte, habe sie das Geschäft in großer Eile verlassen, berichtete Jens Köhler uns.«

»Ich frage mich, worin diese Hektik begründet war«, äußert sich Horst Weiland dazu. »Der erste Mord geschah fast drei Wochen später, da hätte sie doch massenhaft Zeit für etwaige Vorbereitungen gehabt!«

»Hm, das stimmt«, muss der Kommissariatsleiter zugeben. »Es wird demnach ein anderer Grund für ihre Hast vorgelegen haben! Ich frage mich sowieso schon seit Tagen, weshalb der Täter – beziehungsweise die Täterin, wie wir jetzt wissen – sich so lange Zeit genommen hat.«

»Dazu kann ich vielleicht was sagen«, meldet sich Denise Malowski zu Wort. »Wir sollten uns ja auf die heutige Besprechung gründlich vorbereiten. Ich habe mir daher dieses Online-Portal angeschaut, über das die Tickets bestellt wurden. Dem Aufwand nach, der deswegen getrieben wurde, spielten sie eine zentrale Rolle in der Geschichte. Zwar waren seit dem Lockdown alle Großveranstaltungen für März und April abgesagt worden, aber offenbar hoffte man anfangs für den darauffolgenden Monat auf normale Verhältnisse. Die Karten für den 3. Mai waren demnach die ersten, die es zum Zeitpunkt der Bestellung am 15. April zu kaufen gab!«

»Aber wie kam das Blut an die Axt?«, wendet Tobias Heller ein. »Von der Hoffmann ist es bekanntlich nicht, da es nachweislich eine männliche DNA aufweist.«

»Dies diente ebenso wie die Tickets der Verwirrung«, vermutet Wolfgang Müller. »Deshalb fanden wir auch keine Fingerabdrücke darauf! Die Täterin legte im Anschluss an den Mord die Ausdrucke auf den Schreibtisch des Opfers, um uns glauben zu machen, dieser habe an dem Abend etwas vorgehabt. Es sollte alles nach einer weiteren Tat des *Berserkers* aussehen, der dabei unglücklicherweise von dem unvermutet anwesenden Theodor Gronau überrascht wurde. Was das Blut angeht, vermute ich, dass es wie die Bankdaten für den Ticketkauf von Christian Berger stammt!«

»Begründung?«, bellt Donner.

»Wir wissen von Heiko de Fries, dass Berger sich an demselben Trainingsgerät verletzte, das auch Chrissie zum Verhängnis wurde. Seine Mutter leistete vielleicht damals erste Hilfe, wodurch sie an sein Blut kam. Sie musste nur das Tuch aufbewahren, mit dem sie die Wunde säuberte, und es später an der Klinge einer der Äxte reiben!«

»Sorry, Großer«, schüttelt Jürgen Vogel den Kopf. Der Forensiker ist wegen der heute Vormittag bei Karin Hoffmann durchgeführten Wohnungsdurchsuchung anwesend. »Das ist völlig ausgeschlossen! Die Fitnessstudios wurden sämtlich Mitte März dichtgemacht. Das Blut müsste demnach vorher in ihren Besitz gelangt sein und wäre in den mindestens vier Wochen, die bis zum Kauf der Axt ins Land gingen, längst eingetrocknet und somit unbrauchbar gewesen!«

»In welchem Zeitraum hätte denn das Blut an die Axt verbracht worden sein müssen?«, erkundigt sich Donner interessiert.

»Wenn es sich auf einem Tuch befand, spätestens nach einer halben Stunde. In flüssiger Form wäre etwas mehr Zeit gewesen, das kommt auf die Blutmenge und auf die Aufbewahrung an. Hätte die Täterin beispielsweise das Blut sofort in einen luftdicht verschlossenen Behälter gefüllt und diesen tiefgekühlt gelagert, wäre Wolfgangs Überlegung eventuell gar nicht so verkehrt. Ich halte es jedoch für reichlich unwahrscheinlich.«

»Wir werden dennoch versuchen, eine DNA-Probe von Christian Berger zu erhalten und diese mit der uns vorliegenden vergleichen. Wo wir aber schon bei deiner Person sind: Was kannst du uns über die Wohnungsdurchsuchung berichten?«

»Das ist mit einem Wort gesagt: Nichts! Das war ja im Grunde auch zu erwarten, da es sich nicht um einen Tatort handelt, und das Tatwerkzeug hatte sie bei ihrer ›Festnahme‹ ja bei sich. Eine weitere Axt wurde in der Wohnung beziehungsweise im Keller nicht gefunden. Dennoch kann ich euch in ein paar Tagen wahrscheinlich einen Beweis präsentieren, nämlich wenn sich herausstellt, dass die winzigen Blutreste an der sichergestellten Axt von einem der Opfer stammen!«

»Jedenfalls müssen wir davon ausgehen, dass Heiko de Fries tatsächlich unschuldig ist«, bemerkt Denise Malowski abschließend. »Seine Aussage von Freitag passt nämlich exakt zu dem, was ich beim Mord an meinem Nachbarn selbst erlebt habe: Zuerst wurde der Mann ermordet, dann die Wohnung verwüstet, und zu guter Letzt das Fenster eingeschlagen, um es wie einen Einbruch aussehen zu lassen. Außerdem habe ich vorhin von Doktor de Luca die Bestätigung erhalten, dass die ihr zur Analyse überlassene Haarprobe nicht übereinstimmt!«

»Er könnte daran beteiligt gewesen sein!«, relativiert Donner. »Es bleibt darüber hinaus bei beiden Verdächtigen die Frage nach dem Motiv! Beim Mord an seinem Vater wäre Habgier eine Möglichkeit, aber was ist mit den anderen Fällen? Die Ermordung von Theodor Gronau und der Versuch gestern Nacht ergeben für mich überhaupt keinen Sinn! Natürlich könnte man die erste Tat als Generalprobe werten, aber was ist dann mit der dritten? Außerdem wäre der getriebene Aufwand mit dem falschen Blut und den Tickets für einen simplen Test reichlich übertrieben. Ich fürchte, es wird uns nichts anderes übrig bleiben, als die Vernehmung der Tatverdächtigen abzuwarten, und auf ein Geständnis zu hoffen. Die noch ausstehenden Auswertungen der DNA und der Haarprobe werden bis dahin wohl vorliegen.«

KAPITEL 15

Eine Woche später

Montag, 25. Mai, 09:02 Uhr

»Gestern waren Tobias, Staatsanwalt Stein und meine Wenigkeit im Krankenhaus, um die längst fällige Vernehmung von Karin Hoffmann durchzuführen«, eröffnet Donner die zur ungewohnten Zeit einberaumte Dienstbesprechung. Da es jedoch gilt, die Ermittlungen zu einem der brutalsten Doppelmorde in der Geschichte seines Kommissariats endgültig zum Abschluss zu bringen, hielt der Erste Hauptkommissar es für angebracht, die Woche mit einer positiven Meldung zu beginnen und dann umso unbeschwerter ins Tagesgeschäft einzusteigen.

»Zunächst aber darf ich dir eine frohe Botschaft verkünden«, wendet er sich speziell an Denise Malowski. »Die Ermittlungen zum Tatvorwurf der schweren Körperverletzung gegen deinen Mann wurden mit sofortiger Wirkung eingestellt. Der Staatsanwalt ist zu der Überzeugung gelangt, dass es sich bei dem Schlag mit einem Golfschläger um Nothilfe handelte, die nach geltendem Recht straffrei bleibt.«

»Danke, Chef. Ich werde es Sven ausrichten, er war schon sehr besorgt deswegen, nachdem er den Brief von der Staatsanwaltschaft erhielt.«

»Zurück zum Thema: Das Verhör wurde im Beisein eines Rechtsbeistands vorgenommen und wir haben ein zuvor von einem Psychologen erstelltes Attest, das die uneingeschränkte Vernehmungsfähigkeit der Beschuldigten zu diesem Zeitpunkt bescheinigt. Rechtlich gesehen haben wir damit alles menschenmögliche unternommen, den Fall abzuschließen und vor Gericht bringen zu können«, schließt er seine Einleitung ab. Die anwesenden Kommissare, Tobias Heller vielleicht ausgenommen, hängen förmlich an seinen Lippen. Sie wollen natürlich endlich wissen, wie die bislang immer noch nicht vollständig geklärten Tatumstände denn nun zusammenhängen.

»Ohne allzu viel vorwegzunehmen, darf ich euch schon einmal mitteilen, dass die Beschuldigte im Anschluss an die Vernehmung in Untersuchungshaft genommen wurde und derzeit in der Krankenstation der JVA Köln untergebracht ist«, fährt ihr Vorgesetzter fort. »Frau Hoffmann war in vollem Umfang geständig, sodass uns nunmehr ein vollständiges Bild bezüglich Tatmotiv und Tathergang in beiden Fällen vorliegt! Hier die Zusammenfassung.«

Karin Hoffmann, so der Kommissariatsleiter, sah mit Einsetzen der Corona-Pandemie und der damit einhergehenden Schließung der gemeinsam mit ihrem Sohn geführten Fitnessstudios ihre Existenz gefährdet und schmiedete insgeheim einen Plan, wie sie das dringend zur Rettung der Firma benötigte Geld auftreiben könne, indem sie ihren verhassten Ex-Mann tötet. Sie selbst hätte zwar keinen unmittelbaren Vorteil davon, aber indirekt über das Erbe des Sohnes. Denn wenn der Lockdown noch weitere Wochen Bestand habe, so Hoffman, sei sämtliches darin investierte Geld für immer verloren und man müsse Konkurs anmelden.

Die Idee zur Planung der Tat kam ihr durch eine Artikelserie über den *Berserker*, die ihr zufällig in die Hände fiel. Dieser hatte fünf Jahre zuvor ausgerechnet in der Wohngegend von Werner de Fries für Furore gesorgt, indem er Wohnungen mit einer Axt verwüstete. Da der damalige Täter niemals gefasst wurde, beschloss sie, ihn wieder aufleben zu lassen und eine Reihe von Morden nach dessen Vorbild zu begehen, um auf diese Weise vom eigentlichen Tatmotiv abzulenken. Geplant waren, wie beim Original, exakt drei Taten und alle sollten wie damals an einem Sonntag stattfinden.

»Hierbei kam ihr ein unglaublicher Zufall zu Hilfe«, erläutert Donner seinen gebannt lauschenden Zuhörern. »Als sie sich am 15. April auf dem Fischerplatz in der Troisdorfer Fußgängerzone aufhielt, sah sie einen Mann, der unter heftigem Nasenbluten litt und lange Zeit vergeblich versuchte, die Blutung mit Stofftaschentüchern zu stoppen. Nachdem ihm dies endlich geklungen war, kramte Hoffmann kurz entschlossen die blutgetränkten Tücher aus dem Abfallbehälter, in den er sie achtlos entsorgt hatte. Hier war die für ihren Plan dringend benötigte männliche DNA, die niemandem zuzuordnen sein würde! Jetzt musste alles furchtbar schnell gehen, bevor das Blut eingetrocknet wäre. Sie lief rasch zu einem Eisenwarenladen in der Nähe, besorgte sich zwei Äxte und bearbeitete die Klinge einer davon gleich nach dem Kauf in einer abgelegenen Ecke mit den blutigen Tüchern, bis genügend Blut daran haftete.«

»Damit konnte ja nun wirklich keiner rechnen, Chef!«, wirft Wolfgang Müller ein, der bis vor kurzem an seiner Theorie über die Verletzung an dem Trainingsgerät im Fitnesscenter festgehalten hatte. Diese erhielt ihren endgültigen Todesstoß erst mit dem am Freitag eingegangenen Ergebnis des DNA-Vergleichs. Die mittlerweile von Christian Berger freiwillig abgegebene Probe war nämlich ebenfalls nicht identisch!

»Und dennoch hängt der damalige Unfall eines Kunden mit der Geschichte zusammen«, führt Donner weiter aus. »Für ihren Plan benötigte Hoffmann ja noch die Konzertkarten, wobei sie eine Unachtsamkeit beging, indem sie zwei davon orderte. Sie wusste nämlich nicht, dass Theodor Gronau Witwer war. Seine Daten hatte sie in den Akten, da er von seinem Schwiegersohn einmal zu einer kostenlosen Schnupperstunde mitgeschleift worden war. Hierbei kam ihr der Umstand zu Hilfe, dass Gronau mit Name und Adresse im öffentlichen Telefonverzeichnis gelistet war, welches sie vor Ort mit ihrem Handy abfragte. Die IBAN von Bergers Bankverbindung, die sie für die Bezahlung der Tickets verwendete, hatte sie an dem Tag zufällig bei sich. Sie hatte ursprünglich vorgehabt, diese für eine geplante ›Wiedergutmachung‹ zu verwenden, weil Berger sich einige Wochen zuvor an einem ihrer Geräte verletzte und er mit Schadenersatzklage gedroht hatte.«

Einen ersten herben Rückschlag habe ihre Planung erlitten, als sie feststellen musste, dass es im ganzen Monat April kein einziges Konzert mehr zu buchen gab. Sie orderte also notgedrungen den nächsten verfügbaren Termin, an dem sie dann ihren ersten Mord begehen wollte. Der Rest war nicht weiter schwierig. Sie hatte zufällig mitbekommen, wie Berger seinen Schwiegervater wegen seinem Leichtsinn bezüglich des Hausschlüssels unter einem Stein im Vorgarten rügte. Diese Information half ihr, am Tatabend unbemerkt das Haus ihres auserkorenen Opfers zu betreten und den völlig ahnungslosen Theodor Gronau im eigenen Wohnzimmer zu überfallen.

»Damit haben wir auch endlich eine Erklärung für die Lage der Leiche«, wendet der Kommissariatsleiter sich an Denise Malowski, die ja von Anfang an die hartnäckigste Kritikerin dieses Umstands war. »Die Mörderin kam nämlich ganz normal durch die Dielentür ins Wohnzimmer. Gronau versuchte, durch die andere Tür zu entkommen, und wurde brutal von hinten niedergestreckt. Der Rest lief ab, wie von dir vermutet: Hoffmann zertrümmerte das Mobiliar nach Art des *Berserkers* und legte die Eintrittskarten auf den Schreibtisch im Arbeitszimmer. Ihnen fiel die Aufgabe zu, uns bezüglich des Tatmotivs in die Irre zu führen. Es sollte ja alles so aussehen, als sei der Täter von damals wieder auferstanden und sein Überfall dieses Mal durch die unvermutete Anwesenheit des Hausherrn aus dem Ruder gelaufen.«

»Dann hatte Wolfgang recht mit seiner Vermutung, dass das der Grund für die fehlenden Fingerabdrücke war! Gronau hatte sie niemals in den Händen und die Täterin trug bestimmt Handschuhe!«

»Korrekt! Schließlich schlug sie von draußen die Scheibe des Waschraums ein, um es wie einen Einbruch aussehen zu lassen. Dass sie mit dir eine Zeugin hatte, wusste sie nicht.«

»Trotzdem zog sie für etwaige Zuschauer die Show mit dem verletzten Bein ab und ›verlor‹ anschließend die Tatwaffe im Nachbargarten«, nickt Denise. »Ich wusste gleich, dass da was nicht zusammenpassen konnte! Wir sind wochenlang wie die Blöden einer falschen DNA nachgelaufen und hätten die wahre Täterin nie erwischt, wäre sie nicht mit der Axt in mein Wohnzimmer eingedrungen!«

»Wir hätten die Frau irgendwann geschnappt!«, gibt Donner sich zuversichtlich. »Uns liegen seit Freitag bekanntlich die Laborergebnisse vor, wonach die bei dem toten Werner de Fries gefundene Wimper eindeutig von Karin Hoffmann stammt. Die Humangenetik konnte zudem die nicht vollständig entfernten Blutreste an der Tatwaffe mit derselben Gewissheit ihrem letzten Opfer zuordnen.«

»Das aber ebenfalls nicht so gelegen hat, wie man es eigentlich erwartet hätte«, bemerkt Chrissie Ohlsen. »Was war denn dieses Mal der Grund?«

»Ganz einfach: Karin Hoffmann klingelte an seiner Tür und verschaffte sich unter einem Vorwand Zutritt. Die beiden kannten sich ja. Die hinter ihrem Rücken verborgene Axt sah de Fries erst, als es zu spät war. Er versuchte, über die Terrasse zu flüchten, wurde aber vorher von ihr niedergeschlagen. Sie zerschlug die Terrassentür von außen und verschwand in der Nacht. Hierbei wurde sie, wie wir jetzt wissen, von ihrem eigenen Sohn gesehen, der seinem Vater einen späten Besuch abstatten wollte, um ihn gegen alle Vorbehalte ein weiteres Mal um finanzielle Unterstützung zu bitten.«

Donner legt das Blatt Papier zur Seite, von dem er die Eckdaten für seinen Bericht abgelesen hatte. Nicht jeder verfügt schließlich über ein unfehlbares Gedächtnis wie Tobias Heller!

»Wir hatten es dieses Mal mit einem besonders kniffligen Fall zu tun und wurden mehr als einmal in die Irre geleitet. Ihr habt dennoch nicht aufgegeben und das Rätsel mit vereinten Kräften gelöst. Zugegebenermaßen war eine Riesenportion Zufall dabei, aber das schmälert eure Leistung in keiner Weise! Ich darf mich daher wieder einmal herzlich für den gemeinschaftlichen Einsatz und erwiesenen Teamgeist bedanken! Und jetzt an die Arbeit mit euch! Irgendwo wartet schon der nächste Täter auf uns und wir werden ihn nicht erwischen, wenn wir hier tatenlos herumsitzen!«

MALOWSKI UND HELLER ermitteln weiter!

Ich hoffe, der vorliegende Fall für Denise Malowski und Tobias Heller und ihres Ermittlerteams hat Ihnen gefallen und ich konnte Ihnen spannende und unterhaltsame Stunden damit verschaffen, denn zu diesem Zweck wurde das Buch ja geschrieben!

Wenn dies der Fall ist, habe ich eine persönliche Bitte an Sie: Ich würde mich freuen, wenn Sie den Krimi auf der Produktseite von Amazon bewerten und dort ein kurzes Feedback hinterlassen. Sie müssen sich gar nicht in epischer Breite über den Inhalt auslassen, einige wenige Sätze reichen vollkommen aus.

Falls Sie auf Leserplattformen wie *Lovelybooks*, *Goodreads* usw. aktiv sind, einen Buchblog betreiben oder Ihre Leidenschaft für Bücher auf *Facebook*, *Instagram* oder *Twitter* teilen, würde ich mich auch hier über eine Rezension freuen und bedanke mich schon jetzt herzlich für Ihre Unterstützung.

Im Anschluss an diese Seite finden Sie Kurzbeschreibungen der Protagonisten, soweit sie aus Gründen der Vermeidung von Wiederholungen für Stammleser im Text nicht erwähnt wurden.

Ihr René Falk

Das Ermittlerteam

Denise Malowski, Jg. 1981, begann ihre Laufbahn als Kriminalkommissarin bei der Kripo Köln und wechselte später zur Siegburger Kriminalpolizei. Dort ist sie seit 2009 die Partnerin von Tobias Heller. In ihrer kargen Freizeit übt Denise den Kampfsport Taekwondo aus und besitzt den schwarzen Gürtel für den 3. Dan. Sie ist 1,70 Meter groß, schlank und hat grasgrüne Augen, deren Farbe je nach Stimmung oder Lichteinfall in ein helles Braun zu wechseln scheint. Das lange, hellbraune Haar ist meist aus Bequemlichkeit zu einem Pferdeschwanz gebunden. Ihr ganzer Stolz ist ein himmelblaues Smart Cabrio, von ihrem Partner oft als Spielzeugauto bespöttelt. Verheiratet ist sie seit 2015 mit dem Steuerberater Sven Leuchner, die gemeinsame Tochter Leonie wurde 2016 geboren.

Tobias Heller, Jg. 1979, studierte nach dem Abitur einige Semester Kriminalpsychologie an der Universität Bonn, brach dann aber bald das Studium ab und bewarb sich bei der Kriminalpolizei. Dort bildete er zunächst ein Ermittlungsteam mit der damaligen Kriminalkommissarin Melanie Klein, die er bald darauf heiratete. Die Ehe scheiterte jedoch zunächst, im Jahr 2016 ging das Paar aber eine zweite Ehe ein. Heller ist 1,85 Meter groß und hat eine sportliche Figur. Das dunkelblonde lockige Haar trägt er schulterlang. Seine bevorzugte

Kleidung besteht aus Jeans, Turnschuhen und Lederjacke, was einen krassen Gegensatz zur immer modisch korrekt gekleideten Kollegin Malowski darstellt.

Horst Weiland, Jg. 1988, besuchte das Gymnasium in Troisdorf, wo er im Alter von zehn Jahren seinen Klassenkameraden Wolfgang Müller kennenlernte. Die Freunde sind seit ihrer Schulzeit beinahe unzertrennlich und gingen nach dem Abitur gemeinsam zur Polizei. Seit 2013 bildet Weiland mit Müller ein Ermittlungsteam beim Kriminalkommissariat 1 in Siegburg, wo sie den Hauptkommissaren Malowski und Heller unmittelbar unterstellt sind. Horst Weiland ist 1,80 Meter groß und sportlich. In der Freizeit nimmt er oft an Marathonläufen teil. Er ist seit 2012 verheiratet und hat mit der Grundschullehrerin Birgit Weiland einen gemeinsamen Sohn, der 2014 geboren wurde.

Wolfgang Müller, Jg. 1988, hinterlässt mit seinen knapp hundert Kilogramm Gewicht, einer Körpergröße von 1,89 Metern, breiten Schultern und einer tiefen Bassstimme auf den ersten Blick einen eher behäbigen Eindruck, weswegen seine Freundin ihn liebevoll Brummbär nennt. Mit einer hohen Intelligenz, einer raschen Auffassungsgabe und einem Abiturzeugnis mit Bestnoten punktet er aber in jeder Hinsicht. Seit 2016 ist der bis dahin als überzeugter Junggeselle bekannte Ermittler mit Kriminalkommissarin Christina Ohlsen liiert, mit der er fest zusammenlebt und auf Wunsch seines Vorgesetzten seit dem Jahr 2019 auch beruflich ein Ermittlungsteam bildet.

Christina Ohlsen, Jg. 1991, ist seit 2016 im Team, wo sie zunächst die Stelle einer Kommissaranwärterin bekleidete und aufgrund überragender Leistungen schon ein Jahr später zur Kommissarin befördert wurde. Ebenso wie Tobias Heller studierte sie nach dem Schulabschluss an der Universität in Bonn, wo sie Rechtswissenschaften belegte, aber schon nach kurzer Zeit aus einer inneren Überzeugung zur Polizei ging. Die nur 1,62 Meter große, zierliche Christina wird von den Kollegen meist Chrissie gerufen und hält sich zwei zahme Frettchen mit den Namen Quasimodo und Esmeralda als Haustiere. Sie ist Ju-Jutsu Meisterin mit schwarzem Gürtel für den 2. Dan und eine ausgezeichnete Schützin mit einer konstanten Trefferquote von 100 %.

Peter Donner, Jg. 1967, ist der Leiter des Kriminalkommissariats 1. Der Erste Hauptkommissar regiert das Kommissariat mit strenger, aber gerechter Hand. Er ist bei allen Mitarbeitern beliebt und überlässt die Ermittlungsarbeit meist seinen Leuten. Verheiratet ist er seit 1994 mit Adelheid Donner. Er ist 1,77 Meter groß und von untersetzter Gestalt, was ihn kleiner erscheinen lässt. Sein schütteres Haar besteht im Wesentlichen aus einem dunkelblonden, leicht angegrauten Haarkranz. Seine Laufbahn begann er bei der uniformierten Polizei, wo er während einer Tatortsicherung dem leitenden Ermittler durch eine ausgezeichnete Beobachtungsgabe und einen analytischen Verstand auffiel. Wegen akuter Personalknappheit wurde er daraufhin kurzerhand zur Kriminalpolizei versetzt.

Amara Jones, Jg. 1990, ist die Tochter nigerianischer Einwanderer. Die gebürtige Münchnerin studierte Mathematik und Informatik, bevor sie in der Forensik der Kripo Siegburg die Stelle der IT-Spezialistin als Nachfolge Klaus Dreyers übernahm. Sie hat in beiden Studienfächern einen Master und ebenso wie ihr Vorgänger ein untrügliches Gespür für alles Technische. Ihr unüberhörbarer bayrischer Akzent steht in einem lustigen Kontrast zu ihrer tiefschwarzen Hautfarbe.

Jürgen Vogel, Jg. 1971, leitet die forensische Abteilung der Kripo Siegburg seit vielen Jahren. Der meist etwas kauzig wirkende Wissenschaftler liebt seinen Beruf und schwarze Zigarillos über alles. Mit einer Körpergröße von 1,92 Metern und einer extrem hageren Gestalt wirkt er in seinen Bewegungen oft unbeholfen, ist jedoch in seinem Fachgebiet der forensischen Spurenanalyse eine anerkannte Koryphäe und sowohl bei seinen Mitarbeitern als auch bei den polizeilichen Ermittlern sehr beliebt.